e Tonight
by Anna Bennett

見知らぬ伯爵への求婚

アナ・ベネット
細田利江子・訳

ラズベリーブックス

First Earl I See Tonight
by Anna Bennett

Published by arrangement with St. Martin's Publishing Group
through Japan UNI Agency, Inc., Tokyo.

――日記をつけているすべての方に
とりわけ、凝った装飾が施されている鍵付きの日記帳を使っている方へ

見知らぬ伯爵への求婚

主な登場人物

フィオーナ・ハートリー……資産家令嬢。
デイヴィッド・グレイ……レイヴンポート伯爵。
リリー・ハートリー……フィオーナの妹。
ハートリー夫人……フィオーナとリリーの継母。
先々代のレイヴンポート伯爵夫人……グレイの祖母。
ソフィー・ケンドール……フィオーナの親友。
レディ・キャラハン……ソフィーの母。
ジョージ・カービー……グレイの親友。
ペンサム卿……グレイの友人。侯爵。
カーター卿……ペンサム卿の弟。
レディ・ヘレナ……グレイの元婚約者。

1

ミス・フィオーナ・ハートリーの礼儀作法は完璧とは言えなかったが、それでも彼女は、まったく付き合いのない男性にいきなり手紙を送りつけるような女性ではなかった。ましてや、手紙で結婚を申しこんだことなど一度もない。

少なくとも、いままでは。

彼女は書き物机に向かい、紙の上で羽根ペンをかまえたまま、羽先で顎を撫でていた。ミス・ヘイウィンクルの女学校では、伯爵に結婚を申しこむ方法など教わらなかった。だがそれを言うなら、役に立ちそうなことはなにひとつ教わっていない。ばかみたいなボンネットが滑稽に見えないようにおもてを歩くにはどうすればいいか、ガウンと二重のペチコートに邪魔されながらクリケットのボールを上手に打つにはどうすればいいかといったことのほうがよほど大事なのに。

そして残念なことに、ミス・ヘイウィンクルはいちばん肝心なことを教えてくれなかった――引っ込み思案な女相続人が、財産以外の理由で近づいてくる男性をどうやって見分けたらいいのか。悲しいかな、言い寄ってくる男性たちは、フィオーナがいずれ相当な額の持参金や分与金を手に入れること以前に、彼女がひとりの女性であることを理解していないようだった。おめでたい考えかもしれないが、フィオーナ自身は純粋に好意を持ってくれる男性と結婚したいとずっと思っていた。できれば愛してくれる男性と。

だが、少なくともいまはそんなことを言っている場合ではない。愛するだれかと結婚する夢は、昨日の午後に窓から飛んでいってしまった——見たところなんの変哲もない、一通の手紙が届いたせいで。

フィオーナはだれからだろうと思い、銀の盆からその手紙を取りあげた。厚みのある紙に、優雅な筆跡で宛名が記されている。だが封を切って読みはじめると、そこにはぞっとするようなことが書いてあった。

それは、だれも知るはずのないことだった——両親や親友のソフィーも、当局でさえも。とりわけ、妹のリリーは知る由もない。

寝室の暖炉にあかあかと火が燃え、ショールも羽織っているのに、フィオーナは寒気を覚えた。このおぞましい手紙を送りつけた人でなしは、リリーを守るためならこちらがどんな犠牲もいとわないことを知っていて、口止め料としてとんでもない金額を要求している。けれども、そんな大金を用意するのは簡単ではない——たとえ裕福な女相続人であっても。

父はロンドンを離れていて、あと一週間は戻らないはずだった。でも、いつ戻るかは関係ない。なぜなら、心臓の弱い父にそんな恐ろしいことを知らせるわけにはいかないからだ。去年父が執務室で倒れて以来、医者からは、なるべく心の負担を避けるようにと言われている。実の母をすでに亡くしているのに、このうえ父を失うなど考えられなかった。

その夜はろくに眠れなかった。考えたあげくにたどりついた論理的な結論はただひとつ。

爵位持ちの男性と結婚するしかない――それも急いで。

レイヴンポート伯爵は完璧な花婿候補だった。経済的に困窮していて、二週間前まで婚約者がいたのに約束を反故にされたというもっぱらの噂だ。裕福でないうえに無愛想な性格なので、娘の結婚相手を探している母親たちからはほとんど相手にされていない。したがって競争相手は少なく、成功する確率は高いはずだった。

レイヴンポート卿が思い浮かんだのにはもうひとつ理由がある――人生最大の大恥をかいた夜に、助けてくれたのが彼だったからだ。ダンスフロアでつまずいて、譜面台をなぎ倒しながら楽団員たちのなかに倒れこんだ彼女を見て、ダンスの相手はその場に凍りつき、ほかの招待客たちは忍び笑いを漏らした。

けれども、ただひとりレイヴンポート卿だけは違った。彼は人混みのなかから進みでて手を差しのべ、軽々と引っ張って立たせてくれた。どういうわけか、それだけで――手袋をはめた彼の手に両手を包みこまれただけで安心して、胸がざわついたことを憶えている。あのときは大いに助けられたけれど、伯爵はこちらの名前すら知らないはずだった。

伯爵がたまたまハンサムだったことは関係ない。そう、そんなことはまったくどうでもいいことだ。けれども、彼の素っ気ない笑みに少しくらいどぎまぎしたっていいでしょう？　こんな協定を結ぶならなにかしらの役得があってしかるべきだし、長身でたくましくて、ぶっきらぼうだけれど魅力的な男性と結婚したら、どんな娘だって悪い気はしないはず――たとえ名ばかりの結婚だとしても。それに、なにもその男性に心まで捧げるわけではないのだから。
それでも、いつか伯爵をスケッチしたら楽しいだろうと思った。いまはまだ、彼のことをよく知らない。もちろん、身体的な特徴——額にかかる黒っぽい髪や、わずかに曲がった鼻、ボクサーのようながっしりした体つきは簡単に思い出せるけれど。でも、堂々とした立ち居振る舞いとは裏腹に、だれよりも高い壁をめぐらせて、ほんとうの自分を見せないようにしている。ほかの人はどう思うか知らないけれど、彼のそういうところには一目置いていた。
フィオーナはつやつやしたマホガニーの机を爪でコツコツ叩いて、前に進むことにした。ほとんど口をきいたこともない人に、どうやって結婚の話を切りだせばいいのかしら？　彼女は肩をすくめると、ペンをインク壺につけて書きはじめた。

親愛なるレイヴンポート卿
これまで正式にご紹介いただいたことはございませんが、ミルブルック家の舞踏会でお会いしたことを憶えておいででしょうか。コティヨン（フランス由来のダンス）の最中につまずき、楽団員席に頭から突っこんで、ヴァイオリン奏者をひっくり返した娘はわたくしです。どうかわたくしとご結婚いただき、今後の人生を共にしていただけないでしょうか。

少し正直に書きすぎてしまった。ミス・ヘイウィンクルなら、なんて不躾なとあきれ果てるだろう。女学校時代の校長が目をむくところを想像すると少し気分が晴れたが、手紙はそういうわけにはいかない。ため息をついて紙を丸め、机の引きだしから新しい紙を取りだした。

そして、かなり厚かましい申し出であることを考慮して、今度は可能なかぎり丁寧に手紙をしたためた。

親愛なるレイヴンポート卿

突然の失礼をお許しください。今回お手紙を差しあげるのは、型破りではありますが、きわめて真剣なご提案をするためです。どうか、熟慮を重ねた結果でありますことをご承知おきください。その提案とは、閣下とわたくしの縁組みが実現しましたら、おたがいにとって大きな利益になるのではないかということです。わたくしの潤沢な持参金は、かならずや閣下のお役に立つことでしょう。加えて、わたくしは妻として多くを求めないことをお約束します。具体的には、閣下はなにをしようと――ご自分のお好きなように過ごされてかまいません。

わたくしの望みは、コーンウォールの小さな田舎家で暮らすことと、手はじめに五千ポンド、そして毎年そこそこの年金をいただくことです。それらの決められたお金は、わたくしの好きなように、とくにことわりなく使わせていただくものとします。

そして最後に条件がひとつ。差しつかえなければ、結婚式は二週間以内に挙げさせていただけないでしょうか。いかにも猶予がないことは承知しておりますが、この縁組みが便宜上のものである以上、遅らせる理由もございませんでしょう。どうかご検討いただき、すみやかにお返事をいただけますようお願い申しあげます。

ミス・フィオーナ・ハートリー

これなら大丈夫。フィオーナは震える手で紙を折りたたみ、蠟で封をした。

ひとたび手紙が手を離れたら、取り戻すことはできない。もう後戻りはできないのだ。レイヴンポート卿がどう出るかはさっぱり見当がつかなかった。彼が友人たちに言いふらして噂が広まり、社交界の笑いものになるかもしれない。あるいは、返事すらもらえないかも。けれども、無数のゴシップや辱めから妹のリリーを守るには、こうするしかなかった。

ノックの音がして、フィオーナは飛びあがった。慌てて手紙をスカートの襞に隠して、「どうぞ」と明るく返事をした。

いつも快活な侍女のメリーがせかせかと部屋に入ってきたので、フィオーナはほっとした。

「お邪魔します、ミス・フィオーナ。ミス・ケンドールがお見えですわ。ミス・リリーと一緒に、客間でお待ちです」

「すぐに行くと伝えてちょうだい。あと少し……」もうしばらく立ち止まって、自分の将来に——とりわけ愛のない結婚をすることについて、気持ちの整理をつけたかった。「……あと少しで手紙を書き終わるから」

メリーはダマスク織りのカバーの掛かったマットレスに洗いたてのリネンのシーツを掛け

た。「かしこまりました。ただ、ミス・リリーはあまり辛抱強いたちではいらっしゃらないので、ご自分で呼びにこられるかもしれません」そこで彼女は耳をそばだて、小さく舌を鳴らした。「まあ、どうやらおふたりでいらっしゃったようですわ」

大変。フィオーナはぱっと立ちあがると、気が変わる前に手紙をメリーの手に押しつけた。「すぐに届けさせてもらえるかしら？　とても重要な手紙なの。だれにも知られないようにして」

侍女が応じる前に、リリーが部屋に飛びこんできた。ソフィーが困った顔をしてあとから入ってくる。リリーは両手をほっそりした腰に当てると、眉をひそめてフィオーナを見た。

「どうしてこんないいお天気の日に閉じこもっているの？　ソフィーとふたりで、お姉さまがもう出てこないいんじゃないかと思いはじめたところだったのよ。今夜の舞踏会のために、いろいろと策略をめぐらせないといけないのに」

「〝策略〟だなんて」ソフィーが穏やかに言った。「それを言うなら、〝計画〟じゃない？」

「いいえ、〝策略〟よ」リリーは重たいベルベットのカーテンをさっと開けると、フィオーナと侍女を訝しげに見た。「なにかお邪魔だったかしら？」

「いいえ、とんでもない」フィオーナは作り笑顔で応じた。

メリーは慌てて手紙を後ろに隠すと、さっとお辞儀をしてドアのほうに動いた。「それではごゆっくり……ご用の際は呼び鈴でお呼びくださいませ」そしてフィオーナにちらりとほほえむと、そそくさと部屋を出ていった。

フィオーナは侍女を追いかけて手紙を取り戻し、びりびりに破いてしまいたい衝動に駆られた。だが思いなおして親友をしっかりと抱きしめ、ベッドのそばにある肘掛け椅子をすすめた。「あなたが来てくれるとは思わなかったわ、ソフィー。さあ、楽にしてちょうだい。舞踏会のことでなにをそんなに急いでいるのか、リリーの話を聞きましょう」そして、おどけた顔で妹を見た。「いいえ、当ててみるわ。けさ、青いシルクのガウンを着て、きつくなっていることに気づいたんでしょう？」

リリーはにっと笑うと、おてんば娘さながらにフィオーナのベッドに勢いよく倒れこんだ。「いいえ、ガウンはなんの問題もないわ。ほかには？」

フィオーナは指先で下唇を軽く叩いた。「靴に合うサファイア色のヘアリボンが見つからないとか？」

「またもや不正解」起きあがったリリーは緑色の瞳を意味ありげにきらめかせた。「朝食のあと、散歩しているときにふと思ったの。三人ではじめての社交シーズンを迎えて、ようやくひと月たったけれど――女学校であれこれ教わったことは、なんの役にも立たないみたい」

フィオーナはベッドの天蓋を支える柱に片腕を巻きつけてほほえんだ。「けさ、わたしも似たようなことを考えたわ。でも、ミス・ヘイウィンクルは学費を返してくださらないでしょうね」

ソフィーは金髪の巻き毛を耳の後ろに撫でつけ、首をかしげた。「学校で教わったことは、とても役に立っていると思うわ。フランス語の活用が山ほどなければ、もっとよかったけれど……。でも、わたしたちが社交界で恥をかかないように、ミス・ヘイウィンクルはたしかにいろいろなことを教えてくださったじゃない」

「あなたはどのみち恥をかかないわよ」リリーの言葉にフィオーナもうなずいた。ソフィーはもともとしとやかで、いかなるときも礼儀正しく、だれに対しても優しい言葉を欠かさない。リリーはつづけた。「それに、わたしが言っているのは答えがはっきりしていることじゃないの。たとえば、晩餐会の最初の料理にどのフォークを使うか、先代の公爵夫人はなんとお呼びするべきかといったことじゃなくて――もっと大事なことよ」

ソフィーは眉をひそめた。「たとえば？」

リリーは頭を反らして目を閉じた。「舞踏室の人混みのなかで、だれよりも素敵な男性からまっすぐ見つめられたらどんな気分かしら？」

「それならわたしも知りたいわ」フィオーナはため息をついた。「その方が背中に手を添えて、耳元でささやいてくれたらどんな気分か……」そして、ソフィーが座っている椅子の肘に腰をおろして、親友の肩を軽く叩いた。「あなたはどう思って？」

ソフィーは顔を赤らめてそわそわと身じろぎした。「まあ……どんな気分になるか知っておいても損はないと思うわ……その、恋に落ちたときの……ときめきを」

「まあ、ソフィー！」リリーが声をあげた。「ずいぶん大胆なことを言うのね！　驚いたわ」

ソフィーは両手で顔を覆ってうめいた。「ああ、恥ずかしい……いま言ったことをなかったことにはできないんでしょうね」

フィオーナは親友の肩に腕をまわした。「リリーはからかってるだけ。わたしたちにはなんだって話していいのよ」

リリーはベッドから飛びおりると、焦茶色の巻き毛を苛立たしげにかきあげた。「そうだわ！　わたしたちに必要なのは、まさにそういうことなのよ。ちょっと箇条書きにしてみるわ」そう言って姉の書き物机の前にすとんと腰をおろすと、机の上に重ねてあったスケッチをめくり、はたと手を止めた。「まあ、よく描けてるじゃない。これはレディ・エヴァリーね。後ろの枝に止まっているオウムが、いつも噂話ばかりしているこの方にお似合いだわ」

「ありがとう」フィオーナは応じた。「でも、人には見せないつもりよ」

「そうでしょうけれど――」リリーはため息をつきながら言った。「お姉さまの描く肖像画には、いつだってその人の真実が現れているわ」そしてさらにスケッチをめくり、机の引きだしを開けた。「まっさらな紙はないの？」ふたたび机の上に目をやった。「いいわ、くずかごに入っているこの紙を使うから」

「だめ！」フィオーナはぎょっとして、さっき書きかけて捨てた紙をリリーの手からひったくった。「そういうリストは、真新しい紙に書いたほうがいいわ」そして引き出しのなかから白い紙を引っ張りだして、怪訝な顔をしている妹の前に置いた。

リリーは形のよい眉をつりあげると、ペン先をインクにつけ、はじめての社交シーズンで体験したいことを順々に書きだした。「いろいろ欲張りなのはたしかね。でも、わたしたちはこうしたことをぜんぶ体験すべきだと思うの……それ以上のことも」

　フィオーナは妹のように楽観的ではなかった。その日の朝から、社交の目的は愛を見つけることではなく、大急ぎで夫をつかまえることに変わっている。手紙の送り主は、二週間以内に金を払えと脅していた。したがって、それまでに結婚するようレイヴンポート伯爵を説得しなくてはならない。

　つまり、時間をかけて心を通わせ、ロマンティックな関係を築く余裕はない。もっとも、形ばかりの婚約にも利点はあるはず――どんなことがあるのか、いまは思いつかないけれど。

「それじゃ、みんな賛成でいいわね」リリーの口調は念押しに近かった。

　フィオーナとソフィーはもごもご言いながらうなずいた。リリーに口答えしても無駄だ。

　リリーは覚え書きを記した紙を取りあげると、立ちあがって言った。「ここに書きだしたことを、それぞれの日記に綴るの。どんな気持ちだったか忘れないように――恋に落ちたときの気持ちを」

　ソフィーは慌てて首を振った。「そんなことを日記に書くなんて、とんでもないわ。お母さまに見つかったらどうするの？」

　リリーは肩をすくめた。「わたしの日記だと言えばいいわ」

「お母さまはわたしの筆跡を知っているのよ」ソフィーは立ちあがると、落ち着かなげに指先を嚙んだ。「だめよ、日記を書くなんて危険すぎるわ。わざわざ書き留めるようなことが起こるとも思えないし……」

「そんなことないわよ」フィオーナは口を挟んだ。リリーの提案で、思ってもみなかったことがひらめいた。人生はどうにもならないことばかり――むしろ厄介なことばかりだけれど、リリーの言うとおりにすれば、多少なりとも人生の主導権を取れるかもしれない。「もっと自分のまわりに注意を払うの。そうしたら、ささやかなことがじつはとても意味のあることだと気づくかもしれない。心のこもった称賛の言葉や、優しいしぐさや、ひそかなほほえみに、特別な意味が込められているかもしれないでしょう？　わたしはやってみる価値があると思うわ」

「あなたがいやなら、お相手の名前は書かなくていいのよ」リリーが付けくわえた。「名前を伏せておきたいときはそうしましょう。わたしたちが書き留めたいのは〝そのとき感じたこと〟なんだから」

「でも、なんのために？」ソフィーは尋ねた。「だれが読むの？　なにも、その日記を出版するわけじゃないでしょう」そう言って、彼女は少し青ざめた。「まさか、そのつもりなの？」

「いいえ、わたしたち自身が気づきを得るために書くのよ」フィオーナはきっぱり答えると、真顔で妹に向きなおった。「おたがいにそうしたことを打ち明け合ってもいいし、日記をトランクケースの奥にしまいこんで、いつかわたしたちの娘が社交界に出ていくときに読みなおしてもいいと思うの。そうすれば、はじめての社交シーズンを迎えるときに、こんなふうにときめきや不安、希望がないまぜになった奇妙な気分になるものだと娘たちに伝えられるでしょう」

「少しばかり自分の思いを書き残すのはかまわないと思うけれど……」ソフィーはなおも疑わしげだった。「名前をすべて伏せて書くなら」

「よかった。それじゃ決まりね」リリーが言った。「今日から日記をつけましょう。今夜の舞踏会で、書くことがたくさんできるといいわね」

フィオーナは身がすくむ思いだった。もし望みどおり、今夜の舞踏会にレイヴンポート伯爵が現れたら――書くことには事欠かないだろう。

気持ちを落ち着けて、妹とソフィーの手を取り、三人で小さな輪を作った。「三人で誓いましょう――わたしたちの日記に」彼女は真顔で言った。「そして、自分で進むべき道を見つけることを――たとえそれが、思っていたのとは違うものであっても」

「なにかあったの、フィオーナ？」ソフィーが気づかわしげに眉をひそめた。「いつものあなたらしくないわ。なんでも打ち明けてちょうだいね」まったく、ソフィーは勘が鋭い。

「じつは――」フィオーナはふたりの手を離して、両手を腰に当てた。「今夜の舞踏会に着ていくガウンをもう選んであったんだけれど、あれではやはりだめみたい。別のガウンを選ぶのを手伝ってもらえるかしら」

ふたりは即座に応じた。リリーがつかつかと衣装簞笥に近づき、両開きの扉を開けて肩越しに言った。「ミス・ヘイウィンクルが許さないようなガウンを選べばいいんでしょう？」

「そのとおりよ」フィオーナは応じた。伯爵に結婚を申しこんだ以上、慎み深い白いガウンではふさわしくない気がした。それに、中途半端は好きではない。「そこにある濃いローズピンクのガウンはどうかしら」

レイヴンポート卿に結婚を無理強いするわけにはいかないけれど、彼の気を引くことならできる。

ローズピンクのシルクのガウンは、その最初の一歩にぴったりだった。

2

レイヴンポート伯爵であるデイヴィッド・グレイは、二種類の女性を避けることにしていた。こちらが引いてしまうほど必死になっている女性と、頭が完全にどうかしている女性だ。ミス・フィオーナ・ハートリーは、あいにくその両方にぴったりはまっていた。

ミス・ハートリーは知り合いというわけではなかったが、正式に紹介されずとも彼女が厄介な女性であることは明らかだった。彼女が結婚を申しこんできた手紙——いま上着の胸ポケットにおさまっている——がなによりの証拠だ。

彼女の父親は貿易で富を築きあげたが、その富をもってしても、ミス・ハートリーはロンドンの名門貴族にいまだに受け入れられていない。さらに残念ながら世故にうとく、立ち居振る舞いもぎこちないせいで、平民あがりの女性をばかにしている人々のいい餌食になっていた。

とはいえ、彼自身も問題を抱えていた。領地の館は文字どおり崩れかけているし、地所の経営は完全に破綻している。おまけに優しいがとことん頑固な祖母から、跡継ぎが必要だとしじゅうせっつかれていた。

彼は、ミス・ハートリー——そして彼女が仕掛けているいかなるゲームとも関わり合いになるつもりはなかった。こんなのはお遊びに決まっているし、危険が大きすぎる。

それでも、ミス・ハートリーの手紙には興味をそそられた――少なくとも、今夜このノースクロフト家の舞踏会に少しだけ顔を出そうと決心する程度には。彼はいま、開いたテラスドアの陰で人目を避けていた。ここからなら、すべてを見渡せる。舞踏室に入ってくる招待客や、ダンスフロアでくるくる踊る男女。そして娘の結婚相手をつかまえようと手ぐすね引いている年配のご婦人たち。背中に感じるひんやりしたそよ風が心地いい――おかげで、罠にはめられたような気分にならずにすむ。

親友のジョージ・カービーが近づいてきて、グラスを彼に渡した。「ダンスにもほかの客にも興味がないなら、なんでここに来たんだ？」

「まったくだ。いまは来たことを後悔している」グレイはブランデーをゆっくり口に含み、公爵に思わせぶりに流し目を送っている婚約者――いや、元婚約者のヘレナに目をやらないようにした。だが、習慣になっていたことをやめるのはむずかしい。

どういうわけか、ヘレナがどこでだれといるか、どんな色合いのガウンを着ているかといったことはつねにわかった。彼女の行動や感情の動きにいちいち敏感になっている――そうでなければいいのにとどれほど願ったことか。

カービーがグレイの気持ちを見透かしたように鼻を鳴らした。「今夜顔を見せたのは賢明だったな。さもなければ、にぎやかな集まりを避けているとか、悪くするとレディ・ヘレナのせいで打ちのめされていると思われただろう」

「どう思われようとかまうものか」グレイはぼそりとつぶやいた。

正確に言うと、彼の心は打ちひしがれているというより、氷のように冷えきっていた。かつてはヘレナとの将来を思い描いていた――くっきりと目に浮かぶほど。領地にある大きな古い樫の木の下でふたりきりで昼寝し、夜には館のテラスで月の光を浴びながらワルツを踊って――いずれは子宝に恵まれ、子どもたちはやんちゃな子犬のように外を走りまわる……。

だが領館を訪れたヘレナの目に、そうした未来は映らなかった。彼女が見たのは崩れかけた煙突や手入れされていない庭、はがれかかった塗装だった。そしてほどなく、ヘレナは心変わりした。結婚に対しても、彼に対しても。

カービーがグレイの肩をつかみ、酔いを醒まそうとするように揺さぶった。「いまきみに必要なのは気晴らしだ。このあと社交クラブで落ち合って、賭博場か娼館――きみの好きなほうに行こうじゃないか」そして、ひそかにグレイの脇を小突いた。「なんなら両方でもいい」

グレイは舞踏室の人混みを見つめたままかぶりを振った。賭けごとをしたり、一夜の慰みに金を浪費したりする余裕はない。ただでさえ材木や煉瓦、大理石を買う金が必要だというのに。「明日の朝早くに予定がある」

カービーはやれやれというように言った。「またフォートレスでやることがあるのか」グレイはあるときは愛情を込めて、またあるときは自虐的に、自分の領館を砦《フォートレス》と呼んでいた。中世の小さな城のような館――それもかなり激しいいくさをくぐり抜けてきた、傷だらけの建物に似つかわしい名前だ。

「あいにく山ほどある」グレイは応じたが、それはかなり控えめな言い方だった。屋根からは雨漏りがするし、漆喰の壁にはひびが入り、いくつかの鎧戸は蝶番《ちょうつがい》から外れて斜めにぶらさがっている。だが彼は、一族の館にかつての栄光を取り戻そうと決めていた。祖母がふたたび誇りを取り戻し、笑顔になれるように――手遅れにならないうちにそうしてやりたい。

そして、フォートレスがいつの日か修復されてかつての姿を取り戻したら、ヘレナはレイヴンポート伯爵に愛想を尽かしたことを後悔するだろう――そうなれば溜飲もさがるというものだ。

「『勤勉も程度によりけり』と言うだろう」カービーがからかうように言った。「仕事ばかりしていると退屈な男になってしまうぞ」

「もうなっているさ」グレイは肩をすくめた。「きみの楽しみを止めるつもりはない。わたしはあと一時間かそこらしたら帰る」ミス・ハートリーに、きみと結婚するなどありえないと――できるかぎり角の立たない言い方で告げるにはそれだけあれば充分だ。

「ほんとうに来ないのか？」カービーはなおも食いさがった。

そのときグレイは、視界の隅にミス・ハートリーの姿をとらえた。白いふわふわしたドレスの海のなかで、濃いピンク色のガウンが際立っている。だが、彼が目を留めたのはドレスではなかった。

シャンデリアの明かりに照らされて、彼女の赤褐色の髪は輝き、滑らかな肌は内側から輝いているようだった。典型的な美人ではない。顔や肩にはそばかすが散らばっているし、体のわりに手足が長いせいで、どことなく生まれたばかりの子馬を思わせる。だが彼女が友人を振り向いて――ぱっと笑顔になるのを見た瞬間、呼吸が止まった。

カービーに無理やり目を戻してうなずいた。「このブランデーを飲み終わったら、祖母に挨拶して帰るつもりだ」真実とは言えないが、ミス・ハートリーのことを黙っていても害はないだろう。少なくともいまのところは。

「わかった。では明日の夜、クラブで夕食を共にしよう」カービーは念を押すように付けくわえた。「いいか、『勤勉も程度によりけり』だからな」彼は後ずさりながら、見えない縄を首に巻きつけられて、天井のほうにぐいと引っ張られるふりをした。

グレイは親友の悪ふざけに顔をしかめた。だが、カービーの言うとおりかもしれない。少し怠けたからといって、世界が崩壊するわけでないのはたしかだ。問題は、仕事をする以外になにをしたらいいのかわからないということだった。

彼はミス・ハートリーと彼女の知り合いが集まっているところにゆっくりと近づいた。ミス・ハートリーがこちらに気づいて驚いた顔をしている。彼女は気を取りなおして、ふたたびこちらを見返した。

不躾に結婚を申しこまれたが、それでもいきなり話しかけるのは――たとえ無難な天候の話題でもはばかられる。だが幸いなことに、たまたまその集まりのなかにいた祖母の友人のレディ・キャラハンが、みずから紹介役を買ってでてくれた。

「まあ、レイヴンポート卿」レディ・キャラハンは慣れた手つきでぱちんと扇子を閉じると、歌うように言った。「よろしければ、娘のミス・ソフィー・ケンドールとそのお友達のミス・フィオーナ・ハートリー、ミス・リリー・ハートリーを紹介させてくださいな」

グレイはお決まりの挨拶を交わすと、ミス・フィオーナ・ハートリーに向きなおった。ふわふわした後れ毛が顔のまわりを縁取り、濃いピンク色のガウンからほっそりした首筋と滑らかな肩がのぞいている。彼女はふっくらした下唇を不安げに噛んでいた。

すぐにここから逃げだせと本能が叫んでいたが、ブーツを履いた足はその場に根が生えたように動かなかった。なおまずいことに、自分でも気づかないうちにミス・ハートリーにダンスを申しこんでいた。

「こ……光栄ですわ」ミス・ハートリーはかろうじて返事をすると、彼が差しだした腕に手を置いた。

ふたりでダンスフロアに向かいながら、グレイは正しい決断をしたのか不安になった――今日は何度そう思っただろう。ミルブルック家の舞踏会でミス・ハートリーがつまずき、楽団席に突っこむのを見たとき、ヘレナと踊っていた自分はダンスをやめて彼女に手を差しのべた。

あの出来事がきっかけとなって、あまりにも多くのことが変わった。

あれは、ミス・ハートリーが踊っていた相手のせいだったのだろうか？　あるいは単に彼女が転びやすいから？　とにかくそんなことが二度と起こらないように、ミス・ハートリーの腰にしっかりと手を添えた。そして音楽に合わせて動きはじめた。

最初のメロディーが終わらないうちに、ミス・ハートリーが口を開いた。「わたしが差しあげた手紙は読まれましたか？」

「ああ」曖昧に答えて彼女をくるりとまわした。

ふたたび顔を合わせたとき、ミス・ハートリーはまっすぐ彼の目を見た。「どうお思いですか？――わたしの申し出を」震える声で付けくわえた。

グレイはおやと思ったが、ひとまず質問に答えた。「まだ、たがいのことをほとんど知らないと思うが」

「おっしゃるとおりです。でも、そうしたことはたやすく補えるのではありませんか？」やはりそうだ――紛れもなく、ミス・ハートリーは切羽詰まっている。

「たしかにそのとおりだが、深く知り合えば知り合うほど、たがいのことが好きでなくなることもある」ひねくれた考えだが、両親の仲が良くなることはなかったし、彼とヘレナもそうだった。

ミス・ハートリーはいったん目を逸らしたが、気を取りなおしてさらに言った。「そうかもしれません。でも、かならずしも好きになる必要はありませんから」

グレイは小さく笑った。「自分より冷めた人間に会うとは思わなかった」

「では、わたしの申し出を考えてくださいますか？」

「いいや」グレイはきっぱり答えた。違う状況なら、ミス・ハートリーが相続する財産に惹かれたかもしれない。だが彼女は明らかに、個人的な理由でこちらを利用しようとしていて──さらに、爵位以外のなんらかの目的もあるようだった。いずれにしろ、若くて個性的な美人の女相続人が結婚相手を探しているとなれば、飛びつく貴族は少なからずいるはずだ。

だが、それは自分ではない。

「そんなふうににべもなく突き放すのは、いささか酷ではありませんか？」ミス・ハートリーは失礼にならないぎりぎりの口調で言い返した。ずいぶんと威勢がいい。

「イエスと言えば、偽りの期待を抱かせてしまう。わかりきったことを先延ばしにするだけだ」

「ことわるとおっしゃるのですか？」

「そのとおりだ」彼はまだ、ヘレナから愛想を尽かされたことを引きずっていた。あんなつらい思いは、だれにも味わわせたくない。

「どうか考えなおしていただけないでしょうか」ミス・ハートリーは食いさがった。「女の身で結婚を申し出るのがふつうでないことはわかっています。ですが──」

「聞いたことがない」

「少なくとも、興味は抱かれたはずです──なぜわたしがこんな行動に出たのか」ミス・ハートリーは青い瞳できっと彼を見あげた。

グレイは肩をすくめた。「きみにはあんな申し出をする理由があり、わたしにはそれをことわる理由があった」

「せめて説明させてください」ミス・ハートリーはなおも言った。「十五分お時間をいただければ充分です。それで納得なさらなければ、二度とこの話はいたしません」

彼女とこれ以上話し合いをするわけにはいかないと、グレイは思った。いまいちばん避けなくてはならないのは、ほかでもない、自分本位でぐいぐい人の人生に立ち入ってくる女性だ。そう言ってやろうと口を開きかけたとき、だれかが背中にぶつかった――それも思いきり。

はずみで体が衝突して、ミス・ハートリーは後ろによろめき、寄せ木張りの床に仰向けに倒れそうになった。とっさにほっそりした腰にさっと腕をまわして抱きとめると、彼女は息をのんで上着につかまった。ほっとしたのと恥ずかしいのとで、複雑な表情を浮かべている。

「なんてこと……」

ミス・ハートリーの顔はすぐ目の前にあった。虹彩に濃い青の斑点が散らばっている。鼻のそばかすもはっきり見えた。「――すまない」

「なにがでしょうか?」

たしかに――なにがすまなかったんだ? 彼女にぶつかったことか? ほっそりした腰を力を込めてつかんでいることとか? それとも彼女がこれ以上恥をかかないようにしないといけないときに、胸の膨らみを見てよからぬ想像をめぐらせたことか? ミス・ハートリーの問いを無視して尋ねた。「大丈夫か?」

「ええ」ミス・ハートリーは頬を赤らめると、ため息をついて心許ない笑みをちらりと浮かべた。「舞踏会では、もっと恥ずかしい思いもしていますから」

グレイは肩越しに振り返って、ダンスフロアで踊っていたほかの男女を見た。ヘレナがダンスの相手と一緒に、気まずそうな笑みを浮かべてこちらを見ている。

そこで気づいた。ミス・ハートリーと踊っていたときは、ヘレナのことをちらりとも思い出さなかった。この場にヘレナがいたことすら忘れていたくらいだ。

「明日、ハイドパークで会おう」彼は新しい女性に気を取られていた自分に悪態をつきながら言った。「つづきはそこで聞かせてもらう。だが、わたしの気持ちは変わらないと思っておいたほうがいい」

ミス・ハートリーはほほえんだ。「ありがとうございます。わたしの望みはただひとつ、この契約でどのような利益があるのか、ご説明するだけですから」

「なんの約束もできないが」グレイは言った。「サーペンタイン橋のそばで待っている。三時に」

「無駄なお時間は取らせません」ミス・ハートリーの言葉に、彼は一抹の不安を覚えた。もしかしたら、彼女の言うとおりになるのだろうか。ミス・ハートリーは世間知らずで表裏のない女性だが――かつてのヘレナよりずっと危険かもしれない。

3

ダンスフロアでの緊急事態から*救いだされたことについて

　腰にまわされたR卿の腕の力は意外なほど強くて、胸がどきどきした。ワルツの最中に転んだのは、この一カ月で二度目――床に倒れる間際で、あの方は羽根ペンをつかむように軽々とわたしの体をつかまえた。あれほど安心して、守られていると感じたことはない。

（*）とはいえ、あんなことになったのは、踊っているほかのふたりの進行方向にR卿が踏みだしたせいだった。自分が厄介な状況を引き起こしたときに、ほかのだれかに手を差しのべられるものかしら？　R卿がとっさに抱きとめてくれたのはさすがだった。

　しかもあんなに大きな、たくましい手で。

　フィオーナは、レイヴンポート伯爵との待ち合わせに遅れて苛立っていた。ふだんは待ち合わせに遅れないのを自慢にしているくらいなのに、その日はまず、侍女と家を出るのに手間取った。というのも、姉が外出すると聞いたリリーが、自分も一緒に行くと言いだしたからだ。それで、あなたの誕生日の贈り物を買いに行くからと、嘘をでっちあげなくてはならなかったし、その贈り物を買うために、途中でボンド・ストリートに立ち寄らなくてはならなかった。そこで妹の瞳と同じ緑色のしゃれたマントを手早く選んだが、店員にしつこくすすめられて、リボンや手袋、帽子をえんえん見せられる羽目になってしまった。伯爵と、とても重要なことを話し合わなくてはならないのに。

結局、約束の時間に十五分遅れてハイドパークに到着した。

伯爵はサーペンタイン池のそばの散歩道を歩いていた。フィオーナは侍女を置き去りにして、彼のほうに急いだ。

「レイヴンポート卿！」あいにく空はどんよりと雲が垂れこめていた。「お待たせして申し訳ありませんでした」

伯爵は振り向いたが、ハンサムな顔にはなんの表情も浮かんでいなかった。「考えなおしたのかもしれないと思った」

「わたしが……来ないのではないかと？」フィオーナは息を切らして言った。

「昨日の申し出のことだ」

「いいえ」フィオーナは即座に言った。「それは変わっていません。いまも結婚を承諾していただきたいと思っています」伯爵にはぜひとも承諾してもらわなくてはならない。妹が評判を保ち、幸せを手に入れられるかどうかはその一点にかかっていた。

「それなら、わたしがまだとどまっていてよかったな。わたしにとって、時間は貴重なものだ。公園をそぞろ歩いて水鳥と上品な会話をするより、もっと優先することがある」伯爵はきらめく水面を滑るように泳ぐつがいの白鳥を振り返った。

「そんなことがおできになるんですね」フィオーナはつぶやいた。

「白鳥と話をすることか？」

「閣下が礼儀作法にかなった会話をなさるとは思いませんでした」フィオーナはにっこりした。

伯爵はうんざりして頰を撫でた。「自分から言いだした話し合いの約束に遅れたくせに、相手に礼儀作法で説教するとは大したものだな」

「やむを得ない理由で遅れてしまいました」フィオーナは心から申し訳なさそうに言った。

伯爵はからかうように眉をつりあげた。「なにか危ない目にでも遭ったのか？　追いはぎに声をかけられた？　それとも馬車がひっくり返って溝に放りだされたか」

「そんな大ごとではないんですが……」フィオーナは言葉を濁して、ほかの話題を探そうとした。

「では、なんに時間を取られていたのか話してもらおうか」

「その……買い物をしていました」フィオーナは頭をあげて、正直に答えた。

「買い物か……」伯爵は皮肉を込めてうなずいた。まるで、女性は軽薄な存在であることがたったいま証明されたと言わんばかりに。

「贈り物を買うのに時間がかかってしまいました。そのような習慣はご存じかと思いますが」フィオーナは冷ややかに言った。

伯爵は薄笑いを浮かべた。「知っているとも。ときとして相手がほしくもなく、必要だとも思っていないものを一方的に押しつける習慣だ」

「わたしは贈り物を選ぶのが得意なんです。でも、だれもが一方的な押しつけを喜ぶとはかぎらないことも承知していますわ」ということは、結婚を承知してもらえたら、少なくとも誕生日やクリスマスになにを贈ればいいか悩まずにすむのだ。

「まったくそのとおりだ」

「いずれにしろ、お待たせすべきではありませんでした」フィオーナはできるかぎり誠意を込めて言った。待ち時間のあいだ、こんなにひねくれた人の相手をしなくてはならなかった白鳥が気の毒になる。けれども、いまはこれ以上の言い合いを避けなくてはならない。「どうか失礼をお許しください」

伯爵は表情をやわらげて、サーペンタイン池に面したベンチを指し示した。「座ろうか？」

フィオーナはさっと振り返った。侍女のメリーが数ヤード離れたところをうろうろしている。「差しつかえなければ、歩きながらお話ししてもかまわないでしょうか？」侍女のほうに目配せした。「そのほうが人に聞かれないですみますから」

「きみの好きなようにしよう」伯爵が差しだした腕に触れると、フィオーナはたちまちゆうべのできごとを思い出した。

ふたりでダンスをして――気がつくと、わずか数インチのところに彼の顔があった。抱きとめられたとき、あの瞳が暗くなって、どことなく――欲望めいたものを感じた。

あの夜、舞踏室のろうそくの明かりの下で見た彼は、少しだけ危険な雰囲気を漂わせていた。それがいま、明るい光のなかで見るとなおさら――荒削りの輪郭に、あごに生えた無精ひげの暗い影、右目の下にうっすらと残る傷跡があらわになって、倍も怖く見える。

フィオーナは大きく息を吸って、湧きあがる不安を抑えこんだ。伯爵のいないところで、こちらの提案を文章にするのはまだよかった。けれども、生身の彼と結婚の話をするのは、はるかに気が引ける。

でも、怖じ気づくわけにはいかない――とにかく伯爵を説得する以外に道はないのだから。今日はそう覚悟を決めて来た。

すでに話を聞かれないくらい侍女から離れていたが、フィオーナはそれでも用心して声をひそめた。「無駄話に貴重なお時間を費やすつもりはありません。わたしとの結婚を承諾していただければ――ぜひともそうしていただきたいのですが――閣下はかなりの持参金を手に入れることができます」

「だが、きみの手紙によれば、すべてではないわけだ。きみはコーンウォールの家とささやかな地所、そして現金で五千ポンドを自分の分け前とするんだったな。加えて、そこそこの金額の年金も」

「そのとおりです」フィオーナは伯爵が横目でこちらをじっと見ているのを感じながら、つとめて明るく応じた。

彼は上着の胸ポケットに手を伸ばすと、フィオーナの手紙を取りだして広げた。「『それらの決められたお金は、わたくしの好きなように、とくにことわりなく使わせていただくものとします』」彼は読みあげた。

「不当に多いとは思いませんが」フィオーナはすまして言った。

「五千ポンドあれば、帽子や手袋……そのほかくだらないものを山ほど買えるな」伯爵は皮肉を込めて言った。

「そうかもしれません」ほんとうにほしいのは、脅迫者の沈黙だけだった。

「それから、二週間以内に結婚しなくてはならないとあるが」

「昨日の時点で二週間以内でした。つまり今日から十三日以内です」

伯爵は立ち止まってフィオーナに向きなおった。「なぜそんなに急ぐんだ？」

「個人的な理由です」

「人には話せない理由があるのか？」

フィオーナはいっとき目を閉じ、脅迫状に書いてあったおぞましい内容を思い出した。

「ええ」

「それなら、わたしの答えは変わらない――問答無用でノーだ」伯爵は手紙を折りたたんで胸ポケットに押しこむと、暇乞《いとま》いをするように一礼した。

このまま行かせるわけにはいかない。

フィオーナの口のなかは乾き、心臓は早鐘を打っていた。「どうか耳を傾けていただけないでしょうか」フィオーナは彼の腕に手を伸ばした。「普通でないことは承知しています。実際には結婚というより、事務的な契約と言ったほうがいいでしょう。閣下とわたしの双方に利益のある契約です」

「そうまでして結婚を急ぐ理由にひとつ思い当たったんだが、ミス・ハートリー」

「個人的な事情ですので、お話しするわけには――」

「きみには秘密を守る権利がある」伯爵は言った。「しかし、申し訳ないが、ほかの男の子どもにわたしの名前を継がせるわけにはいかない」

フィオーナはあまりのことに思わず彼の頬を引っぱたきそうになったが、かろうじて思いとどまった。「よくも……よくもそんな……」

「なにも珍しいことじゃない」伯爵は彼女の怒りに気づかない様子でさらにつづけた。「わたしたちはふたりとも大人だ。この世がどうやってまわっているかも心得ている。きみがそれほど結婚を急ぐ筋の通った理由はただひとつ。身ごもっているとしか思えない」

「筋の通った理由でしたら、ほかにもあるでしょう」フィオーナは言い返した。「わたしは身ごもっていませんし――そのようなことを偽る理由もありません」雨粒がぽつりと鼻の頭に落ちてきた。

「それはどうかな」伯爵は顎を撫でると、玉石の敷かれた散歩道をふたたび歩きだした。

「この契約できみのほうにどんな利益がある?――金銭や不動産上のことを除いて」

「閣下の爵位です」フィオーナはきっぱり答えた。「わたしにとって爵位は重要なことではありませんが、父と継母はわたしが上流階級の方と結婚することにこだわっているものですから。ふたりを喜ばせたいんです」

「それだけではないはずだ。ほかにはなにがある？」彼はしつこく尋ねた。「なぜ、わたしなんだ？」

それは、尊敬に値する男性でなくてはならなかったから。ほかの適齢期の男性は――ハンサムな人も含めて、さまざまな理由で候補からはずれていた。ある男性は、母親と話すときにどういうわけか素っ気なかったし、また別の男性は、そうまでしなくてもと思うほど馬に厳しかった。さらに別の男性は、自分の容姿を気にしてばかりで、鏡のあるところではまったく会話にならなかった。

けれども、まさかそんなことは話せない。だから、質問には直接答えないことにした。「閣下と結婚することで独立できるからですわ」フィオーナはため息をついた。「男性にはわかっていただけないでしょうけれど、わたしは自由がほしいんです。好きなことに打ちこむ自由が」

伯爵は首をかしげた。「たとえば？」

フィオーナは深々と息を吸いこんだ。笑われるかもしれないけれど、未来の夫にはほんとうのことを知ってもらわなくてはならない。「絵を描くことですわ」そっと言った。「スケッチを――いろいろな方をスケッチするのが好きなんです」

「なぜ？」

フィオーナは思わずうんざりして天を仰ぎそうになった。「興味が尽きないからですわ」

「ほんとうに？　わたしの知り合いは退屈な人間ばかりだ。おもしろくもなんともない」

「それは、その方をちゃんと見ていないのかもしれません。絵を描くのは、その方を包んでいる薄皮を一枚ずつむいていくような作業なんです」

伯爵がにやりとしたので、彼女はどぎまぎした。「ということは、裸にしてしまうのかな」

「いいえ」彼がからかっているのはわかっていたので、さらりと流した。「わたしが描くのは、その方の仮面の奥にあるものですわ。スケッチをすることで――それがあらわになるんです」

伯爵はぴたりと足を止めて、彼女をまじまじと見た――そして納得したようにうなずき、ふたたび歩きはじめた。ほどなく小雨が降りだし、彼は空を見あげた。「傘がないなら、馬車まで送ろう」

「少しくらい濡れても、どうということはありません」フィオーナは鼻を鳴らした。「それに、お返事をいただくまで帰るつもりはありませんから」

「わたしのつぎはだれだ？」伯爵が尋ねた。

フィオーナは目をしばたたいた。「どういう意味でしょうか？」

「わたしがいやだと言ったら、つぎはだれに声をかけるつもりだ？」伯爵は信じられないほど広い肩をすくめた。「ほかにだれを候補者として考えているのか、教えてくれてもいいだろう。おそらく爵位があって、できれば年寄りでも肥満でもなく、歯も抜けていない男だろうが。ほかにもいるなら知りたい」

そういえば、伯爵以外にはだれも考えていなかった――どうしてそうしたのか、理由はこの際どうでもいい。「一か八かで、ひとりの方にすべてを賭けました」真顔で言った。

「ずいぶん大きな賭けに出たものだな、ミス・ハートリー」

「そうかもしれません。けれども、結婚とはつねにそうしたものではありませんか？　婚約者がふさわしい相手かどうか、たしかなことはわかりませんし、どんな未来が待ち受けているかはだれにも予想がつかないでしょう。でもわたしと結婚していただけるなら、閣下になにかを無理強いするような妻にはならないと約束しますわ。自由に過ごしてくださって結構です」フィオーナは、これ以上魅力的な話はないとばかりにたたみかけたが、内心では、夫婦がべつべつに生活するのはかなり寂しいことではないかと思っていた。

「ほかにこの計画を知っている者は？」

「だれも知りません。閣下だけです」

伯爵が話を切りあげずに質問してきたのはいい兆しだった――それに伯爵は、しばらくノーと言っていない。そのとき一陣の風が吹いて、フィオーナのスカートをはためかせた。ボンネットをかぶっていても、雨粒が頬にたたきつけてくる。

フィオーナはあとからついてくる侍女のメリーを振り返った。片手で帽子を押さえ、もう片方の手で肩に掛けたショールをつかんでいる。「びしょ濡れになる前に馬車に戻ってちょうだい」フィオーナはメリーに声をかけた。「わたしもすぐに行くわ」メリーはいっときためらったが、すぐに馬車のほうに駆け戻っていった。

フィオーナはレイヴンポート伯爵に目を戻した。眉にかかる黒っぽい巻き毛から水滴がしたたり落ち、濃紺の上着も雨に濡れて肩の辺りが黒くなっている。「ひとまず――」

ドーン。雷鳴がとどろいて地面を揺らし、空気がパチパチと音を立てた。「ここまでだ」伯爵が話をさえぎった。「馬車に戻ろう。さあ早く」フィオーナは手を引っ張られて走りだした。彼が長い足で一歩進むあいだに、二、三歩進まなくてはならない。

小道を急いでいる最中に雨は土砂降りに変わり、進むことはおろか、視界さえもきかなくなった。風から守ろうと、伯爵が肩を抱き寄せる。雨は冷たかったが、彼の体はたくましくて温かかった。

「あっちだ」伯爵が嵐のなかで声を張りあげた。フィオーナは彼に体を預け、スカートをつかんでできるかぎり急ぎ足で走った。水たまりの水や泥がガウンの裾に容赦なく跳ねかかる。ようやく玉石敷きの表通りにたどり着くころには、全身がずぶ濡れになっていた。

伯爵はすぐ近くに止まっている馬車を指さした。「わたしの馬車だ」

彼はお仕着せ姿の従僕に手で合図した。従僕がすぐさま馬車のドアを開け、フィオーナは伯爵に押されて、暖かくて乾いた馬車のなかに転がりこんだ。ドアが背後でバタンと閉まり、ふたりは片側の座席に座りこんだ。

「嵐はすぐにやむだろう。それまでここにいればいい」

雷鳴が頭上でとどろき、フィオーナは黙ってうなずいた。馬車のなかで男性とふたりきりになるべきではないけれど、外で嵐が吹き荒れている以上、多少のことは仕方がない。

女学校の校長、ミス・ヘイウィンクルはとてもそうは思わないだろうけれど。

4

馬車の屋根に叩きつける雨音が、ふたりだけの気づまりな空気をやわらげていた。レイヴンポート伯爵は隣で、長い脚を伸ばして座っている。フィオーナは、バックスキン（黄褐色のシカ革）のズボンが濡れて貼りついた太腿を見ないようにした。

けれども、なかなかうまくいかない。

もちろん、ある程度の観察は必要だ——いずれ彼の肖像を描くなら。フィオーナはそのつもりだった。絵描きとしての彼女は、彼の腰や太腿、たくましい脚の輪郭、膝の内側のわずかなくぼみに目を留めたが、女として気づいたこともあった——とても無視できないほどはっきりと。たとえば彼の体が発散する熱や、革と石鹸の香り、顎にうっすらと生えた無精ひげ……。

向かいの座席に移ろうとも思ったが、すでに片側のベルベット張りの座席をぐっしょり濡らしてしまっている。このうえほかの座席まで濡らすことはできない。

そこで、この時間を使って話を進めることにした。ガウンはびしょ濡れで髪からは水がしたたり落ちていたが、できるかぎり威厳を保ち、背筋を伸ばして伯爵に向きなおった。「先ほどのお話のつづきですが——」

「ちょっと待ってくれないか」伯爵がさえぎった。

フィオーナはすまして聞き返した。「なんでしょうか?」

「そんなボンネットをかぶった女性と真面目な話はできない。濡れた羽根飾りが目の前にぶらさがっているじゃないか」

もちろんそのダチョウの羽根飾りなら見えていたが、フィオーナは表情を変えずに言い返した。「わざわざご指摘いただくなんて、恐縮ですわ」垂れさがった羽根飾りをつまんで、さっと後ろに押しやった。「これでよろしいでしょうか?」

伯爵は鼻に皺を寄せた。「今度は小さな濡れネズミがボンネットの縁で居眠りしているように見える」そう言って彼がにこりとしたので、フィオーナはいっときわれを忘れた。

「そうかもしれませんが、いまは閣下もわたしも、だれよりも粋な格好をしているわけではありませんから」とは言うものの、伯爵はいまいましいほど魅力的だった。首巻き《クラヴァット》がしわくちゃで、濡れた髪もぺったりと後ろに撫でつけてあるのに。これより魅力的な男性はなかなか想像できない。

「ボンネットを脱ぐのを手伝おう」伯爵はフィオーナの顎の下に手を伸ばしかけてぴたりと止めた。「かまわないか?」

フィオーナがうなずいてリボンをほどくと、彼はボンネットを脱がせた。髪の毛を留めていたピンが何本かはずれ、長い巻き毛の一部が肩のまわりにこぼれた。

「このほうがずっといい」少しくぐもった声で彼は言うと、ボンネットを向かいの座席に放り、長い脚を足首のところで組んだ。「では、話を聞かせてもらおうか」

　フィオーナはにわかに不安に駆られて、すっと息をのんだ。「唐突に手紙を差しあげてしまったことは承知しています。でも、少し時間をおいて、わたしの申し出があながち見当違いでないことはご理解いただけたのではないかと……。わたしと——結婚するかどうか、少なくとも何日かお時間を取って考えていただけないでしょうか？　閣下がお仕事でさまざまなことを検討されるように」

「仕事の提案と同じだというのか？」伯爵は訝しげだった。

「はい、閣下——」フィオーナは声を絞りだした。「おたがいに利益のある提案です」

　伯爵は前屈みになって両肘を膝についた。「結婚は、ただ契約書に署名して握手するだけじゃない」

「よく存じております」フィオーナは懸命に落ち着いて言った。「でも、そこまで話を複雑にすることはないと思いますが」

「わたしに言わせれば、この世に結婚ほど複雑なことはない」

　彼の瞳に炎がひらめくのを無視して、フィオーナはさらに言った。「そうでしょうか？」

　伯爵は彼女の手を取ると腰をずらし、膝と膝が触れ合うほど近づいた。「いまここで証明しても？」

　フィオーナはすっと息をのんだ。「ええ……もちろん」

　フィオーナの言葉が終わらないうちに、伯爵は彼女の濡れたシルクの手袋を脱がせ、さらに自分の手袋も脱いだ。

まずボンネット、それから手袋まで……。フィオーナは、次はなにを脱がされるのかと思って身震いした。靴？　ストッキングかしら？　不思議なことに、胸がどきどきした。

「なにをなさるんです？」

「いま言ったことを証明するんだ」彼はフィオーナの手を両手で包みこむと、親指の腹で手のひらをゆっくりと、円を描くように撫でた。

なんてことを――体がぞくぞくし、つま先が丸まった。

「感じるか？」伯爵が言った。まるで、どんなふうになるか知っているように。

「……なにをでしょう？」

伯爵は彼女の顔を見返し、それから唇をいっとき見つめた。「この手のことで、単純なことはひとつもない」

「そうでしょうか」フィオーナは天気の話をしているつもりで言った。もしくは刺繍――とにかく、彼の指の感触以外のことを。「複雑にしてしまわなければすむことです」

「では、キスさせてくれないか」

「正気ですか？」フィオーナはさっと手を引っこめた――触れられていると、まともに考えられなくなる。

「わかった」伯爵はため息をついた。「では、きみのほうからキスしてもらってもいい」

「なんですって？」自分はうまいこと丸めこまれて言われたとおりにするような娘ではない。言い返そうとしてはっとした。伯爵はわざとこうしているのだ――こちらが怯えて逃げだすように。

フィオーナは気を取りなおした。なにしろ妹の幸せは――というより今後の人生は、自分が持参金を手に入れられるかどうかにかかっている。それも早く。

「わたしがキスをしたら、結婚を考えてくださいますか？」心臓がどきどきするのを無視して、伯爵の答えを待った。

外では雨が降りつづき、馬車の窓ガラスを伝って水が流れ落ちていた。遠くで雷が鳴っている。

「――考えよう」彼は面くらった表情を浮かべていた。まるで自分の言っていることが信じられないように。

それはフィオーナも同じだった。

「わかりました」自分で思っているよりずっと自信ありげな口調で言った。契約を結ぶのにキスが必要ならそうしなくてはならない。それで、この関係が複雑でもなんでもないことを証明する。

あとはしくじらないようにするだけ。

フィオーナは、自分がしようとしていることが信じられなかった。しかも、怖じ気づいて当然なのにそんな気がしない。

身を守る本能が働いて、グレイはぴたりと動きを止めていた。ミス・ハートリーは自分がなにをしようとしているのかわかっていないらしい。彼女がとくに世慣れた女性でないことはわかっていた。ダンスは上手ではないし、男を誘惑するのも得意ではないらしい。

彼女は咳払いして背筋を伸ばすと、指を曲げ伸ばしした――これからキスをするのでなく、ピアノフォルテを弾く準備をしているように。そしてむずかしい顔をしてじりじりと体を近づけると、こちらの肩をつかみ、飲みたくもない苦い薬を見るような目で唇をじっと見た。あるいは、ヘラクレスと同じ試練に挑むような目で。

そして目をつぶって顔を近づけた拍子に、鼻と鼻がぶつかった。それも、一度ならず二度も。いいにおいのする髪が頰をくすぐり、奇妙な音――驚いた猫があげるような悲鳴が彼女の喉から漏れた。その途中で柔らかな唇がこちらの唇をかすめたかもしれないが、一瞬のできごとだったのでなんとも言えない。

それでも、はっきりしたことがふたつある。

ひとつ、たったいま起こったことは、かつてないほどみっともないキスだった。

ふたつ、ミス・ハートリーは身ごもっていない。なぜなら、あんなぶざまな行為をキスと考えるような人物に恋人がいるはずがないからだ。なんなら賭けてもいい。

「これでよろしいでしょうか」ミス・ハートリーは座りなおして息をつき、いまやり遂げたことに大いに満足しているような笑みを浮かべた。

まず思ったのは、彼女がこのうえない勇気と度胸の持ち主だということだった。明らかにまともなキスもしたことがないのに、彼女はひるまずこちらの挑戦を受けて立った。彼女の肌と洗いたてのリネンと雨のにおいが、記憶のなかで混ざり合っている。赤褐色の濡れた巻き毛が首すじに貼りついているのを払いのけて、そばかすを数え、その一つひとつに唇で触れたかった。

いったいどうしたというんだ？　あんな不器用なキスで息が止まるほど、女性にご無沙汰だったか？

ほんとうは、彼女を怯えさせて引きさがらせるつもりだった。レイヴンポート伯爵と結婚するなどばかげたことだとわかってもらうつもりだったのに、彼女のほうから危険に飛びこんできた。

「雨が小降りになったようです」ミス・ハートリーがやけに明るい声で言った。さっき救いがたいキスをしたことなど、はじめからなかったように。

おかしなことに、彼はその記憶を消し去りたいと思う反面、頭のなかで何度も思い返したいと願っていた。もちろん、さっきの行為に誘惑されるような要素はまったくない。それでも、体じゅうの血管がいまも脈打っていた――あのキスは破滅のはじまりだということがわからないのだろうか。

「きみの馬車はそれほど離れていないところにいるはずだ」彼は言った。キスの話をするより安全だ。「差しつかえなければ送ろう」だが、心のなかではミス・ハートリーがまだとどまってくれることを願っていた。

「ご親切にありがとうございます」ミス・ハートリーはすまして礼を言った。「なるべく早くお暇しますわ。ただその前に、今後のことをご相談しようと思っていたのですが……」

「もちろんだ」彼は意味もわからずに応じた。

「まず、これから数日間、毎日わたしを訪問していただけないでしょうか。わたしに心惹かれているように振る舞っていただきたいのです。花束があればなおいいでしょう。父はしばらく戻らないので、まだ会っていただく必要はありませんが」

「ちょっと待ってくれないか」グレイはこめかみを揉んでミス・ハートリーのきれいな青い瞳を見た。「わたしはまだ婚約を承知したわけじゃない。ただ、考えようと言っただけだ」

ミス・ハートリーは一瞬、傷ついたような表情を浮かべた。「そのことでしたら承知しています。ただ、すでに申しあげたとおり、時間が差し迫っていますし、しばらく共に過ごさなければ結婚相手としてふさわしいかどうかもわからないでしょう。閣下の疑問や懸念も解決できると思います」

「疑問や懸念なら山ほどある」

「でしたら、時間を無駄にしている余裕はありません」ミス・ハートリーは言った。「いつ、どこでお会いするかは、そちらで決めていただいて結構です。なにをするかもお任せしますわ」

彼は片眉をつりあげた。こちらが不謹慎なことを考えているとちらとでも感じとっていたら、すべてを任せるような愚かなまねはしないはずだ。ミス・ハートリーは疑うことを知らない。

「すぐにでも話をまとめなくてはならないんです」

ミス・ハートリーの口調はやはり切羽詰まっていたが、理由はやはりわからなかった。結婚するとはひとことも言っていないのに、彼女はもうそのつもりでいる。

だが、自分は彼女の夫としてふさわしくないし、恋愛ごっこのそぶりをする時間もない。なにしろ、いまはフォートトレスの修繕工事を監督するので精いっぱいだから。

そう、フォートトレス――そのことをもっと早く思いだすべきだった。あの館には、ある女性に結婚を思いとどまらせた実績がある。

「いいだろう」彼は言った。「本気でもっと付き合いを深めたいなら、うちの領館に来るといい。ハウスパーティ（田舎の館に客を招いて数日滞在させるつどい）をしよう」

ミス・ハートリーはうれしそうに両手を組み合わせた。「ハウスパーティですって？　素敵でしょうね！」

とんでもない。「少しも豪華なところではないんだ」彼は急いで言った。「そのうえいまは館の修理中だから、きみが滞在する部屋も、控えめに言って質素なものになる」

「父は工場を離れられないかもしれませんが、継母と妹のリリーは喜んで一緒に来てくれると思います。それに、ソフィーも誘わなくては――レディ・キャラハンのお嬢さんですわ――わたしの長年の親友で、ソフィー抜きではなにごとも語れません。みなと一緒にお屋敷にお邪魔しても？　ご親切にありがとうございます」

グレイは鼻を鳴らした。ミス・ハートリーはフォートトレスをひと目見た瞬間にがっかりするだろう。ハウスパーティも、結婚をあきらめさせるための残酷な冗談だと悟るはずだ。

どのみち、それが真実なのだから。

「では決まりだな」グレイは言った。「明日の午後に訪問して、正式に招待することをきみの母上に伝えよう」

「いろいろとご配慮いただきありがとうございます」ミス・ハートリーは馬車をおりようと、濡れそぼったボンネットと手袋を手に取った。「お屋敷にお邪魔して、ご家族とお友達にお会いするのが楽しみですわ」

時と場合が違えば、その言葉もうれしかったかもしれない。だが、それと同じようなことを口にしたヘレナは、フォートレスをひと目見るなり婚約者に愛想を尽かした。

おそらく、ミス・ハートリーも同じだろう。

5

馬車のなかで、ある男性にキスをしたことについて

あんな状況はすすめられない。服がびしょ濡れで、しかも馬車のなかという狭い場所にいたので、かなり蒸し蒸ししていた。窓も曇るほど。でも、はじめてのキスで、しかも相手がハンサムな伯爵だったことを考えると、うまく振る舞えたのではないかしら。相手がだれだろうと、同じようにできるはず（ただし、むかし隣に住んでいたウィリアムは別。あのときはおたがいまだ十二歳で、まわりの子どもたちにけしかけられてそうしただけだった）。

実際、あのできごとでR卿は、なんて不慣れな女だと驚いたかもしれない。けれども、なにかと話題になるキスのやり方を身につけるのはそれほどむずかしいことではなさそう。それからもうひとつ——少しも不快ではなかったけれど、キスをしているときに体に思いもよらない変化があった。鼓動が速まって胸がときめいたのは、きっと狭いところにふたりきりでいたせい。さっきも書いたように、理想的な状況ではなかったから、そんなふうになっても不思議はない。体がほてるほど暑かったことは書いたかしら？

フィオーナは翌日の午後にレイヴンポート伯爵のスケッチを描こうか思案した。公園で会ってからもう二十四時間近くたつのに、彼の髪や、顎にうっすらと生えた無精ひげ、用心

深い表情をいまだにありありと思い浮かべることができる。ただ、彼の手の感触を思い出すと体がぞくぞくして、ほかのことをろくに考えられなくなった。

それに、レイヴンポート卿には紙と木炭ではとらえきれないところがある。冷ややかに光ったかと思えば熱っぽくきらめく瞳。つまらなそうに引き結ばれていたのに、ふっとやわらぐ口元。

どういう人なのか、いまだによくわからない。

そこで、記憶のなかにある牧師の顔を描きはじめた――客間でリリーから容赦なく質問責めにされながらだったので、〝描こうとした〟というほうが当たっている。

「レイヴンポート卿から、今日訪問してかまわないかと聞かれたんでしょう？」リリーはフィオーナの前をいらいらと歩きまわった。フィオーナは長椅子に座って、牧師の眼鏡を一心に描いているふりをしていた。

「そうよ」フィオーナがそう答えるのは、これで五回目だった。伯爵が今日来訪することは、ゆうべ夕食の席で話した。前もって話しておかないと、みんなびっくりしてしまうからだ。思いがけない――だが願ってもない知らせに、継母はローストビーフを喉に詰まらせそうになり、リリーはフォークを取り落とした。

リリーは肩にかかる焦茶色の巻き毛をさっと後ろに払って腕組みした。「それは、公園でたまたま伯爵にお会いしたときに出た話だったのよね」

フィオーナは妹と目を合わせないようにした。「ええ」さらりと応じた。水曜の午後はいつもそんな感じだと言わんばかりに。

リリーは怪訝そうに首をかしげた。「その申し出はどんな感じだったの？　形式的な感じ？　それとも心から出た言葉だったのかしら？」

まったくもう……。フィオーナはスケッチに向かって顔をしかめると、ささやかな嘘を絵のなかの牧師が許してくれることを祈った。ほんとうは伯爵から訪問してかまわないかと聞かれたのでなく、こちらから指図したのだ。「――形式的なものだったわ」このほうが、〝心から出た言葉〟よりはまだ真実に近い。

リリーはうなずいて、その情報を思案した。「そうでしょうね。どちらかというと冷たい感じの方だもの。レイヴンポート伯爵にロマンティックなところがあるとは思えないわ」

フィオーナは、自分なら〝冷たい〟という言葉は使わないだろうと思ったが、妹の言うこともわかった。「どちらかといえば、生真面目な方ね」そして頑固で、癪に障る人。けれども、いまさらほかの花婿候補を探すわけにもいかない。それに自分がほかの男性を探したいのかもよくわからなかった。

「きっとノースクロフト家の舞踏会でお姉さまのことが気に入ったのよ」リリーがからかうように言った。

「あのときのワルツのことを言っているの？　危うく一緒に倒れて、あの方の下敷きになるところだった」

「とてもハンサムな方よね」リリーはさらに言った。「もっと危ういことになっていたかも……」

「リリー！」

「伯爵のことは書いた？　お姉さまの日記に」

フィオーナは入口のほうをちらりと見て、継母が不意に入ってこないかたしかめた。継母は昼食をすませてから、伯爵を迎えるために、侍女に手伝わせて部屋で身支度をしている。

「約束どおり、日記なら書きはじめたわよ」

リリーはうれしそうに両手を組み合わせた。「素敵じゃない！」妹が好奇心をあらわにするのを見ても、フィオーナは心配にならなかった。リリーは姉の寝室に忍びこんで秘密を探ったりするようなことはしない。

もっとも、だからといって、リリーがあらゆる手だてを駆使して姉から秘密を聞きださないとはかぎらないけれど。

「舞踏会のことは書いた？　公園で伯爵にお会いしたことは？」

フィオーナは唇を引き結んで、小さくハミングしながら牧師の靴の留め金を描きはじめた。

だが、リリーは簡単にはあきらめなかった。「わたしなら日記にこう書くわ」芝居がかった言い方でつづけた。「『伯爵は無愛想だけれど魅力的な方なの。アドニス（ギリシャ神話に登場する美青年）のようにハンサムで、体は――」

「もうたくさん」フィオーナは片手をあげてさえぎった。「あなたは焦がれる思いを書けばいいわ。わたしの日記にそんなことは書かないから」そんな甘ったるいことを書きつらねるなら、雷に打たれたほうがまだましだ。「それに、そろそろレイヴンポート卿がいらっしゃるころだわ。訪問してくださる男性についてあれこれ想像をたくましくするのはやめて、まっとうなレディらしく振る舞いましょうよ」

「レイヴンポート卿はありふれた訪問者じゃないわ」リリーは言った。「粋な男性で、謎めいた魅力があって――しかも伯爵なのよ。お母さまはきっと、伯爵がこの家に足を踏み入れたとたんに大はしゃぎするわ」

リリーはくすくす笑いながら姉の後ろにまわりこみ、膝の上の絵を見た。「まあ、これもよく描けてるわね」いっとき間を置いてつづけた。「こう思うのはわたしだけかしら？　心正しい牧師さまが、なんだかわたしたちを戒めているような気がしない？」

フィオーナは牧師の優しい顔と賢そうな目を見おろし、ため息をついた。「そうね、あなたの言うとおりだわ」たしかに牧師は、彼女がなにをしようとしているのか知っているように思えた――秘密を隠したまま、馬車のなかで伯爵にキスをするなど不謹慎だと言いたげだ。

リリーは笑った。「これから公園でソフィーと会うんだけれど、お姉さまも来る？」

「わたしはこの肖像画を仕上げることにするわ。ソフィーによろしく伝えてちょうだい――それから、あまり長いこと留守にしないで。レイヴンポート卿が来たときにあなたにもいてほしいの」

「ふたりきりで会わせたりしないわよ」リリーは愛情を込めてフィオーナの肩をぎゅっとつかんだ。「一時間くらいで戻るわね」

「ありがとう」

リリーが出ていくと、フィオーナは足早に書き物机に近づき、引きだしの底から例の脅迫状を取りだした。自分が決めたことに自信がなくなったときはいつも、その手紙を取りだして読みなおし、決意を新たにすることにしている。手紙の一枚目の下にはこう書いてあった。

当方の要求に疑念を持たれたかもしれないので、〈ロンドン便り〉宛に書いた手紙の写しを添えておく。貴女からの支払いを受けとりしだい、この手紙の原本は破棄し、秘密をわが墓場まで持っていくことを約束しよう。しかし、要求どおりの金額が支払われない場合は、ただちに新聞社に手紙を届けさせ、次の版で記事にしてもらう。

フィオーナは深々と息を吸いこんで紙をめくった。脅迫者が〈ロンドン便り〉宛に書いたのは、人々の興味をこのうえなくかき立てる内容だった。もしこんなものが掲載されたら、ロンドンじゅうの人々が新聞を手に入れようと躍起になるだろう——なにかしらの手を打たないかぎり。

裕福な工場経営者の令嬢であるミス・リリー・ハートリーは美しさと富に恵まれた女性だが、じつは恥ずべき暗い秘密の持ち主でもある。彼女は赤ん坊のころ、実の母親に捨てられた。神のご加護がなければ、その家の玄関先でじきに凍え死んでいたかもしれない。

真実はこうだ。ミス・リリー・ハートリーを出産したのは、メイフェアでもっとも悪名高い場所の経営者にほかならない。彼女とマダム・セレナ・ラベルの顔を見比べれば、ふたりが親子であることはだれの目にも明らかだろう。さらに、捨てられた赤ん坊は証拠も身につけていた。発見されたとき、片足だけ履物《ブーティ》を履いていたのだ。そこにはLの字が刺繍されていて、ブーティのなかには書き置きが――『わたしのかわいい子、リリーのお世話をお願いします』。そしてマダム・ラベルはもう片方のブーティを手元に残した。自分の罪を忘れないように。

ミス・リリー・ハートリーは、もちろん真実を秘密にしておきたいだろう。だが当人が結婚市場に出ている以上、彼女に求婚するかもしれない紳士諸君には、真実を知らせるのが公平というものだ――ミス・リリー・ハートリーにはけがれた血が流れている。

まっとうな女学校で教育を受けていようと、一国の王女並みの持参金があろうと、真実を消し去ることはできない。ミス・リリー・ハートリーの母親は売春婦だ。

ブーティとそのなかに残された書き置きのことがなければ、こんな脅迫など信じなかった。リリーとふたりで、産みの母親はだれかしらと幾晩話しこんだだろう。母親はどこかの国を追われた王女なのだと、ふたりでロマンティックな想像をめぐらせた。愛するわが子を育てることができずに、優しそうな夫婦のもとに赤ん坊を置いていったのだと。

そして無邪気に夢想した。いつの日か、王女は片方のブーティを持ってこの家を訪れる。

そしてリリーに詫び、王族のひとりとして彼女を宮殿に迎えようとするのだ。

そうしたら、リリーはこう答えるつもりだった。フィオーナと自分は実の姉妹も同然ですから、離れることはできません。ふたりで一年の半分は宮殿で暮らし、残り半分はロンドンでハートリーの両親と一緒に暮らすことで満足していただかなくては……。

刺繍の施されたブーティは、第二の家族とリリーを結びつけるものだと思っていた。

それが、リリーの破滅につながりかねないなんて。

小さな思い出の品のせいで、家族全員の人生がめちゃくちゃにされるかもしれない。


ハートリー家の玄関でノッカーに手を掛けたグレイは、奇妙な既視感を覚えた。ひと月前、彼はヘレナの屋敷を訪れ、彼女の家族に気に入られようと当たり障りのない会話をした。

それがいやでたまらなかった。

ヘレナに愛想を尽かされて幸いだったのは、彼女の小うるさい母親がいまいましい庭園で育てていた何十種類ものバラに、もう興味があるふりをしなくてすむことだ。甘やかされた意気地なしの弟にフェンシングを教えなくてすむし、湿気った葉巻を吸いながら、退屈な父親とつまらない話をしなくてすむ。

自分の時間は、自分のために使うものだ。ほかのだれのためでもない――ただし、祖母のためなら喜んで命さえ投げうつつもりだが。

それがいま、ミス・ハートリーの家の玄関にたたずんでいる――彼女にキスされたせいで。

今日なすべきことはふたつ。第一に、フォートレスでのハウスパーティに招待すること——そこでレイヴンポート伯爵と結婚するという考えをきっぱり捨ててもらう。第二に、ハートリー家の人々やペットになれなれしくされないうちに、とっとと帰ること。

ドアをノックし、一分の隙もない服装に身を包んだ執事に名刺を渡した。執事はかしこまってうやうやしく名刺を受けとったが、その表情がかすかに変わったのをグレイは見逃さなかった。鼻の穴が少しだけふくらみ、目をわずかに見開いている。どうやら、ミス・ハートリーやその妹を訪問する人間はそう多くないらしい。

グレイの胸に、思いがけない怒りがひらめいた。ミス・ハートリーが高貴な生まれでないから、あるいは彼女の父親が貿易で富を築いたからといって、それがなんだというんだ？　これからクリスマスの季節まで、舞踏会のたびに彼女が転んでも、そんなことはどうでもいいじゃないか？　たしかに彼女は気に触る女性だが、だからといってのけ者にされる筋合いはない。

執事は磨きあげられた床にコツコツと靴音を響かせながらグレイを客間に案内した。豪華な部屋だ。あらゆるものが新品のようにぴかぴかしている。木彫りの炉棚に置かれた金色の置時計に、ぴかぴかのマホガニーのテーブルに置かれた銀の花瓶、壁に取りつけられた燭台のクリスタルの飾り——部屋にあるのは選び抜かれたものばかりで、いかにも贅沢だった。富を感じる。

グレイは冷や汗をかいた。ハートリー家には充分な数の召使いがいるようだし、快適な暮らしに必要なものもそろっている。ここで暮らす人たちがフォートレスを見たら、どう思うだろう――窓から隙間風が吹きこみ、家具は傷だらけで、壁紙がはがれかけているあの館を。近ごろは夜に、壁のなかでネズミが走りまわる音や天井裏をコウモリが飛びまわる音が聞こえるくらいだ。だが、この屋敷にはハエ一匹入りこみそうにない。

頭のなかで、ばかげたことはやめろ、ここを出て二度と振り返るなと叫ぶ声がした。わざわざ赤っ恥をかいて苦しむことはない。

だがそこで、ミス・ハートリーを見つけた――履き物を床に脱ぎ捨てて、長椅子の上に脚をたたんで座っている。日の光を背に受けながら、彼女は膝の上に置いたスケッチブックに一心に木炭を走らせていた。集中するあまり、後れ毛がこめかみにこぼれ落ちていることや、スカートの裾がめくれて、ストッキングを穿いたふくらはぎがちらりと見えていることも気づいていないらしい。

彼女はとてもひたむきで……傷つきやすそうに見えた。館に招く約束を破ることはできない。

だが、穏やかに説得して、計画を止めることならできる。

ミス・ハートリーの妹――ピアノフォルテの前に座っていたのに気づかなかった――が咳払いをするのとほぼ同時に、執事が口を開いた。「レイヴンポート卿のお越しです」

膝からスケッチブックを落としながら、ミス・ハートリーは慌てて立ちあがった。膝を曲げてお辞儀しながら、ガウンの陰で部屋履きをなんとか履こうとしている。「……ようこそおいでくださいました、閣下」

グレイが口を開きかけたとき、母親のハートリー夫人が、大きな胸をヴァイキング船さながらに突きだして部屋に入ってきた。「レイヴンポート卿、このような狭苦しいところにわざわざお越しくださって光栄ですわ。恐悦至極に存じます」そう言って片手を胸に当て、もう片方の手を彼のほうに差しだした。

グレイはその手を取って一礼した。「こちらこそお目にかかれて光栄です、ハートリー夫人」――なすべきことはふたつ。招待することと、逃げること。

「わたくしのふたりの愛娘《まなむすめ》、フィオーナとリリーはご存じですわね」ハートリー夫人が娘たちをそれぞれ指し示すと、きつい香水の香りが漂ってきて目を刺した。「ほんとうは継娘なんですの――もうお察しでしょうけれど。三人で姉妹に間違われることもございますのよ」

ミス・ハートリーに目をやると、見るからにうんざりしていた。グレイはハートリー夫人を見なくてすむように頭を傾けて応じた。「そのような間違いなら許されるべきでしょう」

「あら、おしゃべりが過ぎましたわ」ハートリー夫人は舌打ちした。「どうぞお座りください。いまお茶を運ばせますから」

「残念ながら、長居はできないんです」グレイは口早に言った。

ミス・ハートリーは驚いて口を開いた。「でも、たったいまいらしたばかりですのに」

「じつは、ほかにも用事が……」彼は言葉を濁した。「ご理解いただけるでしょうか」

「もちろんですわ」ハートリー夫人が応じた。「伯爵として、なすべきことが山ほどおありでしょう。わたくしどもがお引き留めするわけには参りません」そして、娘たちが横やりを入れないように目配せした。

「今日ここにお邪魔したのは、みなさんをご招待するためで――」グレイは言った。「来週――月曜から、わたしの地所の館でささやかなハウスパーティを開きます。奥さまとご家族みなさんでどうぞお越しください。お知り合いのレディ・キャラハンとお嬢さんもよろしければご一緒に」

ハートリー夫人はぽかんとした。「ハウスパーティですって?」彼女は娘たちを振り向いて、幸運が信じられないとばかりににんまりした。「ハウスパーティだなんて――それも、閣下の地所のお屋敷で」

「ただ、あまり豪華な部屋はご用意できません」グレイは釘を刺した。「目下、館を改修しているところで――ほとんどは祖母のためなんですが――祖母にとって、かつて幸せな日々を過ごしたあの館と地所はとても大切な場所なんです」

なぜハートリー家の人々に個人的なことをぺらぺらしゃべるんだ? 感傷的な思いを洗いざらい話してしまわないように、しっかり口を閉じた。祖母のこと――とりわけ、祖母の視力が落ちていることを他人に話す必要はない。二年以内になにも見えなくなってしまうと医者から言われていることや、まだものが見えるうちに、館にかつての輝きを取り戻そうとしていることは。

祖母が最後に見るものが、ひびの走る漆喰の壁やツタに覆われて暗くなった窓であってはならない。祖母が幸せな時代を過ごした懐かしいわが家がそうだったように、磨きあげられた大理石の床やぴかぴかの窓、手入れされた芝生を見せてやりたい。祖母のためにしてやれることはそれくらいだから。

ハートリー夫人は館に招待されただけで感極まったらしく、目に涙を浮かべていた。「娘たちと一緒に、喜んでお邪魔いたしますわ、レイヴンポート卿」

「素晴らしい。詳細については明日お知らせしますので」そろそろ引きあげる潮時だ。「来週お会いするのを楽しみにしています」

「来週？」ミス・ハートリーが思わず口を挟んだ。「その……それまでどこかでお会いできるものと……」

「フィオーナ！」ハートリー夫人が声を押し殺して戒めた。

ミス・ハートリーの妹リリーが、両手を揉み絞りながら口を開いた。「お屋敷にお邪魔する前に……ロンドンのどこかでお会いできるかも……舞踏会や夜会で……オペラ見物にも出かけますし」

「あいにく都合がつかない」グレイは言った。たとえそんな催し物に興味があったとしても――そんな気持ちは皆無だったが――フォートレスを人が滞在できるようにするために、一刻も無駄にできない。

グレイはさっとお辞儀すると、最後にミス・ハートリーをちらりと見て――そうしなければよかったと思った。

彼女は頬を赤くし、見るからに腹を立てていた。みなの前で求婚してほしかったのだ。そして、速やかに婚約したかったのだろう。

だがグレイはどちらも同意できなかった。

彼女とは結婚できない。

心臓《ハート》の片隅に凍りついていないところがあるなら、祖母のために取っておきたかった。それに、この男は見込みなしだと早く悟ってもらったほうが彼女のためだ。

6

ハートリー夫人は、フィオーナとリリーに新しいガウンが何着か必要だと言い張った。伯爵家でのハウスパーティという貴重な機会に、いま持っているガウンはどれもふさわしくない。彼女は三人分の衣装一式を注文したがったが、残念なことにそうするには時間が足りなかった。今回はいまある服をうまく手直しするしかない。

フィオーナとリリーは手持ちのガウンで充分だと言ったが、ハートリー夫人は聞く耳を持たなかった。彼女はすっかり意気消沈して居間の長椅子にもたれ、額に手を当ててつぶやいた。「こんな機会はめったにないのよ。なんとしてもものにしないといけないのに」そしてフィオーナをじろりと見て、無言で釘を刺した――しくじらないで。望ましい相手にめぐりあうのは今回が最後かもしれないのよ。

そんな念押しは無用だった。来週のハウスパーティが、リリーにとっても、自分や家族にとっても重要なことはよくわかっている。伯爵と結婚しなくてはならない理由が母と自分でまったく違っていたとしても、それは変わらない。

それに、母は上流階級に受け入れられることをなにより望んでいた。娘が有利な結婚をすれば、ハートリー家に対する人々のまなざしも変わるはずだ。

ともあれ、母とガウンのことであれこれ言い合っても疲れるばかりなので、フィオーナはリリーと一緒にマダム・デュボアの仕立屋に来ていた。伯爵の訪問以来、仕立屋を訪れるのはこれで三日連続になる。

店ではいちばん腕利きのお針子ふたりがほとんど休みなく針を動かして、フィオーナとリリーのドレス六着を作りかえていた。そのうち何着かは素晴らしい仕上がりだ。

ベルベットのカーテンで仕切られた片隅で、フィオーナは金色のシルクガウンを頭からかぶった。以前あったレースの縁取りが外されて、かわりに繊細なクリスタルビーズの刺繍が施されている。ほの暗いカーテンのなかでも小さなビーズがきらめいて、うっとりするほど美しい。

同じガウンとはとても思えなかった。というより、鏡に映っている女性が自分とは思えない。

マダム・デュボアのお針子が奇跡を起こすように、母が父に頼んでかなりの大金を払ったのだろう。もしかしたら、脅迫状で払うように言われた金額より高額かもしれない。

脅迫者に払うお金を父に出してもらえたらどんなによかっただろう。でも、父を動転させるような危険なことはできない。父の父――祖父は、いまの父と同じ年齢のときに突然心臓が止まって亡くなってしまった。加えて父のかかりつけの医者は、神経をすり減らすようなことは避けて、もっとのんびり暮らすようにとしょっちゅう父を諭している。フィオーナは先頭に立って、できるかぎり父を守るつもりだった。

母に相談するのは論外だった。母はきっと納得せずに問いただしてくる。若い娘に入り用なお金はもうお父さまからいただいているでしょう。いったいなんに使うの？　当然、母は怪しむだろう。もし何者かに強請《ゆす》られていることを母に知られたら、リリーの秘密も隠しとおせなくなるかもしれない。

恐ろしいのは、そうなったらリリーに対する母の考えが変わるかもしれないことだった。そうなったら、どれほどつらいことか。リリーは血のつながった妹ではないかもしれないけれど、ほとんど同い年で、双子のように一緒に育てられた。なにがあろうとリリーに対する気持ちは変わらない。

だが、母は――母は気まぐれな女性だ。自分の心許ない地位を脅かす存在は、だれだろうと邪魔者扱いする。もちろん、母はリリーを愛している――ほかの人々と同じくらいに――けれども、もしリリーにまつわる真実が明るみに出たら、母は親子の縁を切ってリリーを追いだしかねない。

その点、父は違う――少なくとも、むかしは違った。父は娘ふたりを溺愛し、都合がつくときはいつも公園にピクニックに連れていってくれた。父が仕事をしているときは、机の下でリリーとふたりで楽しく過ごしたものだ。仕事部屋を片づけたり、父が工場に行くときに一緒についていったり……。でも父が再婚すると、継母は良家の娘はそんなはしたないことはしないと言って譲らなかった。継母のすすめで良家の子女向けの寄宿学校に行かされたときは、父と離ればなれになったことが悲しくてたまらなかった。それは父も同じだったはずだ。

そしていま、父は家にほとんど戻らず、家族のことはすべて継母に任せきりにしている。まるで、娘たちのことになると自分では頼りにならないとでも思っているようだった。

やはり、両親に打ち明けることはできない。

それに、もう後戻りするにも手遅れだった。脅迫者が〈ロンドン便り〉に手紙を送りつける日まで、あと十日しかない。そうなる前に信託財産を引きだしてお金を払えるように、とにかくレイヴンポート伯爵を説き伏せて結婚しなくてはならないのだ。

けれどもその当人は、すんなり協力してくれそうになかった。

フィオーナは金色のシルクガウンを脱ぐと、お針子に礼を言ってドレスを渡した。たしかに伯爵は約束どおり、自分と家族を領館に招待してくれたけれど、あれはいかにもしぶしぶだった。座ってしばらく話をすることもせずに、早々に逃げだすなんて。お茶を一杯飲むのが――それともわたしに気があるように振る舞うのが、そんなに苦痛だったのかしら？

お針子に手伝ってもらいながら自分のドレスを着て、母とリリーが待っているところに戻った。ふたりはそわそわしていた。「たったいま、どなたが通りかかったと思う？」リリーが言った。

いやな予感がしたが、素知らぬ顔をして近くのカウンターに置いてあった巻き布を眺めるふりをした。

「レイヴンポート卿よ！」母がうっとりして言った。思ったとおりだ。「偶然だと思わない？　いまここを出れば追いつけるわ」

「あとを追いかけるなんて、礼儀にかなっているとは言えないでしょう」フィオーナは母をたしなめた。「それに、二日後にお会いするのよ――ハウスパーティで」

「たしかにそうだけれど――」リリーが言った。「でも、お姉さまに会えたらうれしいんじゃないかしら。それに、直接お礼が言えるじゃない」

まったく……。「じつは、さっきから少し頭が痛くて……」フィオーナはそれらしくこめかみを押さえた。「一時間のうちに六着もガウンを試着したものだから、もう——」

母が腕をぐいとつかんで、フィオーナを店の出口に引っ張った。若木さえ引っこ抜いてしまいそうな勢いだ。「気後れしてはだめ。偶然に会ったようなふりをすれば大丈夫よ」

とんでもない。母にさりげない行動ができないことはわかりきっている。フィオーナはいまのうちにレイヴンポート伯爵が行ってしまうことを祈った。べつに、伯爵に会うのがいやなのではない。ふたりきりになったときに自分の目的を説明するまでは人前で会いたくないだけだ。その時期はこちらで決めたかった。

リリーが店のドアを開けて飛びだし、歩道の先を見た。「ほら、ブーツ屋の前でほかの男性と立ち話をしてらっしゃるわ」

「願ってもないことだわ」ハートトリー夫人はにんまりした。「さあ、行きましょう。あなたたちのお父さまのために、新しいヘシアンブーツを買うことにしますからね」

グレイはブーツ屋の前でカービーに別れを告げた。だが角に止めてある馬車に向かいかけたところで、甲高い声に引き留められた。「レイヴンポートさま！」

彼はしぶしぶハートリー夫人を振り向き、作り笑いを浮かべた。ハートリー家の人々をハウスパーティに招待して以来、そのことをずっと後悔していた。そしていま、あと二日で客が押しかけてくるという段になって、フォートレスで催しを開くことがいかに愚かなことだったかひしひしと思い知らされている。大胆なことを好むカービーからも、そんな計画を実行に移すなどどうかしていると言われた。ハートリー家の人々がフォートレスに到着して二十四時間以内にロンドンに戻ることに、カービーは十ポンド賭けている。

いっそそうなればいい。

「やはり……閣下でしたのね」ハートリー夫人が娘たちを従えてせかせかと近づいてきた。こんなふうに英雄かなにかを見るような目で声をかけられると、強い酒をあおりたくなる。下の娘のリリーも同じようにうっとりしているが、ミス・ハートリー――フィオーナは明らかに気乗りしない様子だった。

一礼して挨拶した。「こんなところでお会いするとは、奇遇ですね」

「いまマダム・デュボアの店から出てきたところなんです。ロンドン一の婦人服仕立屋で――閣下でしたらご存じですわね」ハートリー夫人がそこで意味ありげに片目をつぶったので、グレイはぞっとした。「たまたま閣下のお姿をお見かけしたので、ご挨拶しようとお声をかけた次第ですの」

グレイは愛想よくうなずくと、フィオーナをちらりと見た。日差しで髪がいっそう赤みがかり、そばかすもいつもより目立っている。パラソルを差したり、おしろいをはたいたりしない女性なのだろう。うなじにかかる巻き毛がそよ風に揺れている姿は、買い物に来たロンドン娘というより森の妖精だった。

だが、彼女は目を合わせようとしなかった。もし大きな岩がそばにあったら、間違いなく陰に隠れようとしただろう。おもしろい。

「買い物を楽しんでいるようだな、ミス・ハートリー？」

「ええ」フィオーナは歩道に目を落としたまま答えた。見たところ慎み深い娘のように振舞っているが、そうでないことはよく承知している。

「ハウスパーティにお邪魔する前に、入り用なものを揃えにきたんです」妹が口を挟んで気まずい沈黙を破った。「わたしたちがなにを注文したかご覧になったら、地方のお屋敷で一週間過ごすのでなく、アメリカに船旅に出かける仕度をしていると思われたかもしれません」

「備えあれば憂いなしだ。それに、あなた方が泊まる船室なら、うちのどの客用寝室よりも豪華でしょう」

ハートリー家の女性たちは冗談だと思って笑ったが、それはまぎれもない真実だった。

フィオーナがにこりとして言った。「お急ぎのところをお引き留めするわけにはいきませんので、そろそろ失礼させていただきます」

彼女がさっさと立ち話を終わらせようとしてくれているのに、どういうわけか腹が立った。

「フィオーナ」ハートリー夫人はさりげなく娘を肘で小突いた。「閣下になにか申しあげたいことがあったんじゃなかったかしら？」

フィオーナは眉をつりあげた。「いいえ、なにも。そろそろお暇しないと……夕食に遅れてしまうわ」

妹のリリーは姉をきっとにらみつけると、グレイに向かってにこやかにほほえんだ。「先日いただいたお花がとてもきれいでした。ピンクのバラをいただけるなんて――」ため息をついてつづけた。「なんてロマンティックなのかしら」

「花を？」グレイはフィオーナを見た。

フィオーナは目を閉じてすっと息を吸いこんだ。「そう、ご親切にお花を届けてくださってありがとうございました。お礼も申しあげず、うかつでしたわ」

なるほど――彼のなかで、パズルのピースがはまりはじめた。自分以外の何者かが、フィオーナに花束を贈ったのだ。正確にはピンクのバラの花束を。それをフィオーナは、レイヴンポート伯爵から届けられたものだと母と妹に思いこませた。

どういうことだ？　そんなでたらめに付き合っている時間も忍耐もない。だがそこで、フィオーナが懇願するようにこちらを見ていることに気づいた。話を合わせろということか。

「――礼など無用だ」

フィオーナは見るからにほっとして息を吐きだした。「ずいぶん長いことお引き留めしてしまいました。では、また――」

「あんなにしていただいたのにそれだけ？」リリーが横から言った。「お花だけじゃなかったでしょう」

　グレイはフィオーナを見た。

「リリー、レイヴンポート卿がきまりの悪い思いをされるでしょう」フィオーナは妹が引きさがるように声を押し殺してたしなめた。

　だが、グレイは聞き流すつもりはなかった。もしフィオーナがだれかに言い寄られているのなら、その男がだれなのか知る権利がある。べつに、フィオーナに求婚者がいることが不服なのではない。むしろその逆だ。だれかフィオーナと結婚したい男がいるなら、彼女ともう関わらずにすむかもしれないし、そうなればもろもろの気苦労もしないですむ。

「べつに、きまりが悪いとは思わない」愛想よくしようとしたが、われながら少し苛立たしげな口調になってしまった。その色男は、ほかになにを送ったんだ？

「そうでしょう」ハートリー夫人が急いで口を挟んだ。「閣下の詩は――」彼女は目を閉じ、手でぱたぱたとあおぎながらふさわしい言葉を探した。「――それは感動的でした。〝心を揺さぶられた〟と申しあげたほうがいいかしら？　わたくしのホイスト（トランプ遊びの一種）仲間も、ひとり残らず口を揃えて――閣下には詩の才能がおありだとほめそやしていました」

　グレイはハートリー夫人が聞いたら卒倒してしまいそうな悪態を口走りそうになったが、どうにかこらえた。いや、怒りをぶつけるならフィオーナだ。山ほど言いたいことがある。だが、そうするかわりにハートリー夫人に言った。「詩人と言われたことはありませんね。

ましてや才能ある詩人とは、とんでもない」

リリーがほっそりした肩をすくめて、いたずらっぽくほほえんだ。「ひょっとして、本物のインスピレーションを感じたことがおありでないのかも……」

「もういいかげんにして」フィオーナがぴしりと言った。上気して、頬がピンク色になっている。「あれはわたし宛ての詩で、人に見せるものではなかったはずよ」

「そのとおりですわ」ハートトリー夫人が言った。「どうかお許しください。でも、世の中にはだれかに話さずにはいられないこともあるんです。たとえばこんな一節があったでしょう。『きみの瞳は月のない夜空の星々より輝いている。ひと目見て盲目にならない男はいない』……。この一節を聞いて、グリーンブライア夫人はカードテーブルに涙をこぼしていました。牧師さまの奥さままで、このうえなくロマンティックだとおっしゃって……。若者の恋ほど尊いものはありませんわ。その場にいた全員がうっとりしていました」

「ああ……月夜のくだりですか」グレイはなんとか話を合わせた。いったい、どういうつもりだ？　もしもこの話が行きつけのクラブの仲間に伝わったら、どんなにからかわれるかわかったものではない。フィオーナは、どういうつもりでこんなことを――どこかのぼんくらから送られた花束や詩を、なぜレイヴンポート伯爵からのものだと偽っているのだろうか。とにかく、このゲームにはすみやかに決着をつけなくてはならない。

彼女の目的を突きとめるには、ふたりきりで数分話ができれば充分だ――そう思って、あらゆる可能性をじっくり考える前に愚かな口を開いた。「ミス・ハートトリー、よかったら明日の午後、馬車でハイドパークに出かけないか?」

　フィオーナはぎょっとした。「それは――」

「結構ですこと!」ハートリー夫人は大きな胸の上で両手を合わせると、喜びの涙をこらえきれないように下唇を噛んだ。

　神よ守りたまえ。

「では決まりだ」彼はフィオーナに一礼した。「二時ごろ迎えに行く」

　フィオーナは沈鬱な表情でうなずいた――まるで馬車で公園に行くのでなく、町の広場で二十回鞭で打たれに行くような顔をして。

　馬車に向かって歩きはじめると、背後でハートリー夫人が聞こえよがしにささやいた。

「明日お会いしたら、きっとまた新しい詩を書かれるわね」

　そうかもしれない――どんな詩が書かれたか、わかるのはハートリー家の人々より後になるだろうが。

7

ハイドパークに馬車で出かけることを承諾したことについて

　年ごろの娘なら、だれだって人生の節目をずっと夢見て楽しみにしている。そうした夢は、いくつかのできごとで――たとえば舞踏会に出かけてワルツを踊ることでかなうときもあれば、期待はずれに終わるときもある。コルセットがそう。女学生のころはコルセットを着けたくてたまらなくて、お母さまに何カ月もせがんでようやく買ってもらった。それがいまは、いやでたまらない。深々と息も吸えなくなるまであんなものに締めつけられて、なにがよかったのだろう。

　男性から公園まで馬車で出かけないかと誘われるのは、とりわけ憧れていた夢のひとつだった――昨日、R卿から台なしにされるまでは。

　うぶな娘なりに思い描いていたのは、こんな流れだった。ハンサムな紳士がわたしを訪問して、なにかとほめそやしてくれる。そして熱い思いを秘めたまなざしで瞳をじっと見つめられて、馬車で出かけませんかと誘われる。わたしが承諾するとその方は、ロンドンじゅうのあらゆる紳士からうらやましがられるに違いないと、感極まって声をうわずらせる……。

　けれどもR卿の誘い方は、ロマンティックどころか事務的な呼びだしのようだった。あんな現実離れした空想にかまけていた自分が悪いのだけれど。

ちょうどコルセットに憧れていたみたいに。

「わたしは詩など書かない」レイヴンポート卿の声には、怒りとも苛立ちともつかない感情がこもっていた。彼は隣に座っているフィオーナを横目でじろりと見ると、馬車の行く手に目を戻して、道端に駐めてあった馬車を巧みによけた。彼のカーリクル（二人掛け二輪馬車）は新しくもなければ派手でもなかったが、公園のそこここで注目を集めた。だれもが好奇心をあらわにしてフィオーナを――そして伯爵を見ているようだった。一緒にいるふたりを。

馬車の幌をたたんでいたので、ふたりの姿は周囲から丸見えだった。フィオーナの神経はすでにぴりぴりしていたが、それはレイヴンポート卿が怒っているからでなく――怒るのは無理もない――路面の凹凸で馬車ががたつくたびに、彼の太腿がスカートにぶつかるからだった。しかも彼が手綱を右に引くたびに、上腕が肘にぶつかってくる。もはや馬車に揺れてほしくないのかわからなかった。もしかしたら待ち遠しいのかもしれない。

ロンドンにしては珍しく空が青く澄みわたっていたが、レイヴンポート卿はなにひとつ意に介さない様子だった。気持ちのいい日差しも、フィオーナが隣に座っていることも、世の中のあれこれも。

「わたしは詩など書かない」彼は繰り返した。「詩を読むこともないし、詩のなかに書いてあることも信じない」

「それはどうでしょうか」フィオーナは伯爵が花や詩を送ったように見せかけたことをちょ

うど謝ろうとしていたところだったが、彼の言い草があんまり極端だったので、つい口を挟んだ。「ユニコーンやドラゴンやひとつ目の巨人を信じないのはご自由ですけれど、詩に書いてあることは否定できません」

「いや、できる」彼は言い返した。「いま言ったとおりだ。詩は装飾された言葉の羅列に過ぎない。率直にわかりやすく話す人々を見くだしている」

「詩は鼻持ちならないとおっしゃるんですか？」フィオーナは彼の言葉が信じられなかった。

伯爵はうなずいた。「そうとも。恋人の瞳や唇についてくだらないことをだらだらと書きつらねる以外にすることのない、感傷に浸るのが好きな連中が書きはじめたものだ」

「そうですか」フィオーナは冷ややかに言った。「詩はお高く止まっていて、なおかつ飾りすぎだとおっしゃるんですね」

伯爵はフィオーナに顔を近づけてにんまりした。「そのとおりだ」

「そんなお粗末な見解をオウィディウスやホメロスが聞いたら悲しむでしょうね」

「間違いない」彼は皮肉を込めてつづけた。「シェイクスピアもすっかり打ちのめされるだろう」

よくわかったわ、とフィオーナは思った。レイヴンポート卿が文学の天才が遺した偉大な作品の価値を理解できないなら、考えを変えさせようとするだけ無駄だ。彼が無知でいようと知ったことではない。いま必要なのは詩人でなく、夫なのだから。

フィオーナはにこやかにほほえんで――彼に教養がなくても少しもかまわないという気持

ちを込めて——周囲に目をやった。公園の道はフェートン（二人掛け四輪馬車）やバルーシュ（四人掛け四輪馬車）、散歩する人々や見物人で混み合っている。「今日はにぎやかですね」

「『地獄にはだれもおらず、すべての悪魔はここにいる』（シェイクスピアの戯曲『テンペスト』のせりふ）」伯爵がぶつぶつ言った。

フィオーナは眉をひそめて彼を見た。「たったいま詩をけなしたばかりなのに、よくシェイクスピアを引用できますね」

伯爵は口をゆがめてにやりとすると、肩をすくめた。「エイボンの詩人（シェイクスピアの異名）のような輩でも、たまには宝石を掘り当てることがある」

フィオーナは深々と息を吸いこんで、彼とそれ以上言い合わないことにした。いまはしかめ面をしていないから、機嫌はかなりよさそう——そのことを利用したほうがいい。「閣下にお詫びしなくてはなりません」殊勝な顔で言った。「花束や詩を閣下が贈ったものだと家族に伝えてしまいました。どうかお許しください」

伯爵は短くうなずくと、手綱を握りしめた。「きみを崇拝している男にも謝るのか？」

フィオーナは目をしばたたいた。「どなたのことでしょう？」

「きみに想いを寄せている男がいるんだろう。花束や詩を贈ってきた男が……」

フィオーナの頬はかっと熱くなった。「じつは、これはどちらかというと笑い話で……」

「恋人がいるなら隠すことはない。むしろ、公《おおやけ》にすべきだ」その声はどこかうつろに聞こえた。

「そんな単純な話ではないんです」

「その男はきみを憎からず思っているらしい。だれかと結婚しようと決めているなら、なぜその男ではいけないんだ？　なぜわたしを巻きこむ？」

「そんな方は存在しないんです。恋人などいません」フィオーナは言った。「花を贈ったのはわたしなんです。詩もわたしが書きました――自分に捧げる詩を」

伯爵はすぐさまカーリクルを道端の木陰に駐めて、フィオーナに向きなおった。片手で手綱を持ち、もう片方の手で苛立たしげに髪をかきあげて、彼は言った。「つまり、恋人がいるふりをしたのか？」

「そのとおりですわ、閣下」フィオーナはぐいと顎をあげた。「閣下を偽りの恋人にしました」

「そんなひどい話は聞いたことがない」

「同情はしていただかなくて結構です」いまはなりふりかまっていられない。もし同情で結婚してもらえるのなら……。

「なぜ言い寄ってくる男がいないんだ？」

なぜ？「いくつか理由があると思いますが、いまそれを並べ立てるつもりはありません。いずれにせよ、閣下をわたしの嘘に巻きこむべきではありませんでした」

「なぜそんなことをした？」伯爵の口調には、怒りより好奇心がこもっていた。

フィオーナはだれも近くにいないことをたしかめると、声をひそめて言った。「わたしと結婚するおつもりでないことは承知しています――いまのところは。でも、もしわたしの説明に納得していただけたら？　結婚することになった場合は、わたしたちが自然に惹かれ合ったように見せることが肝要です。ごくありきたりの婚約に見えるように」

「知り合って二週間もたたない相手と結婚するのに、ありきたりなことなどあるものか。いくら花束や詩を贈っても、それは変わらない」伯爵はいっとき考えこんでいたが、しまいに真顔で尋ねた。「これまでにだれかと恋に落ちたことは？」

フィオーナはどぎまぎした。「田舎にいたとき、近所に住んでいた男の子に恋をしていると思っていました。十二歳のわたしの目に、ウィリアムはとても賢い少年に映ったものですから。釣りをしたり、弓の練習をしたり……あのころはウィリアムをよくスケッチしたものです。でもそのうち、わたしたちが長い時間を過ごしていることを知ったウィリアムの父親に、会うのを禁止されてしまいました」

「それはつらかったろうな」

「いいえ、それほどでも」それはほんとうだった。「ときどき会いたくなったのはたしかですが……」

「それからはだれもいなかったのか？」

「そうですね……」何人かのハンサムな紳士が目に留まったことはあったが、恋に落ちることも、それ以上心が惹かれることもなかった。

伯爵はさらにつづけた。「まあ、わたし自身、この手のことには少しもくわしくないんだが、これだけは言える。恋愛をでっちあげることはできない。池のほとりをそぞろ歩いている連中を見たらいい」彼は近くの散歩道を歩いている男女を指し示した。「あのなかに、ほんとうに恋をしている者はひとりもいない。なかには一時の気の迷いで熱をあげている者もいるかもしれないが、できることなら別の相手と散歩したいと思っている者がほとんどだ。もっとましな相手はいないかと、きょろきょろしながら歩いている」

なんてひねくれた見方をするのかしら。きっとレディ・ヘレナにひどく傷つけられたせい――伯爵は認めたくないでしょうけれど。

「ずいぶんと醒めた見方をなさるんですね。でも、たしかにそのとおりかもしれません」フィオーナは応じた。「あそこにいる方々は、だれひとり恋をしていないのかも……。それでも、恋をしているように見せかけることはできます。実際、母と妹は閣下がわたしに夢中になっていると思いこんでいますから。それは、ひとつにはわたしが書いた詩のせいもありますが、最大の理由は、母と妹がそうなることを信じたかったからでしょう。お屋敷でのハウスパーティのあいだじゅう、のぼせあがった男性の役を演じていただきたいとは申しません。ただ、もう少しだけ、そのいかめしいお顔をやわらげていただけないでしょうか？　そしてときどき、わたしに称賛のお言葉をいただければ……。そんなにむずかしいこととは思えませんが、いかがでしょう？」

ミス・ハートリーをほめるのは少しもむずかしいことではないと、グレイは思った。いますぐにでもいくつか思いつけるくらいだ。彼女は話しやすいし、軽やかな声を聞くとこちらの気持ちも明るくなる。そして、これ以上なにがあっても驚かないと思っていても、さらに驚かすようなことをやってのける女性だ。賢くて、きれいで、温かい。そしていいにおいがする。

そう、彼女を称賛するのは簡単だ——だが誤解を招きかねない。

「うわべだけちやほやして、期待されても困る」彼は言った。「きみとわたしが結婚する可能性はほとんどないんだ」

「〝ほとんどない〟は、〝少しはある〟ということです」

「そんなものはないのと同じだ」まるで自分が人でなしになったような気分だった。だが、真実は早く受け入れてもらうほどいい。愛が苦い思い出に変わったときにどうなるか、自分はいやというほど思い知らされている。あんな思いはだれだろうと味わうべきではない。「明日わたしの館に来ればわかる。きみとわたしは住む世界が違うんだ」

「まるで住む世界が違うことが悪いようなおっしゃりようですけれど、そうとはかぎらないでしょう。わたしがお願いしているのはただひとつ、わたしたちが夫婦になる可能性を考えていただくことです」

グレイは鼻を鳴らすと、手綱を振るってカーリクルを道に戻した。まったく、なんて頑固な女性だ。「フォートレスには一週間滞在してもらう」彼は言った。「それだけあれば、きみとの約束を充分果たしたことになるだろう」

「結婚すれば、閣下はわたしの持参金を使えるようになります」ミス・ハートリーはなおも言った。「それに、いずれは跡継ぎをお望みでしょう」

彼女には遠慮というものがない。それなら、こちらも受けて立つまでだ。「跡継ぎは必要だ。万一に備えてもうひとり。だが、そこで止める理由はない。屋敷じゅう子どもだらけにしてもいいかもしれない」ミス・ハートリーをちらりと見ると、顔が少し青ざめていた。いい気味だ。

「そのようなことについて話し合うのはやぶさかではありませんが――」彼女は言った。「たぶん、わたしを脅すためにそんなことをおっしゃってるんでしょう。でも、わたしは簡単には引きさがりませんから」

「わかっている」

ミス・ハートリーは膝に置いた手を握りしめた。「問題は、あと九日で結婚しなくてはならないということです」

そこで思い当たった。「もしかして、遺言書によくある時代遅れの条件のせいでそんなに急いでいるのか？　ある年齢になるまでに結婚しないと、遺産として遺された金が受け取れないとか？」

「いいえ、そのようなことではありません」ミス・ハートリーは答えた。「すべては家族を守りたいと思ってのことです。それ以上は申しあげられません」

「そういうことなら、力になれなくて残念だ、ミス・ハートリー」そこで、別の考えが頭に浮かんだ。もしかしたら彼女を助けられるかもしれない——ふさわしい結婚相手を見つけてやればいいのだ。自分以外のだれかを。

ミス・ハートリーは美人で、賢くて、気立てもいい——そして父親は大金持ちだ。爵位持ちの夫が望みというが、それなら独り者の貴族の知り合いが大勢いる。結婚の仲介をする柄ではないが、自分の負担がなくなるなら、今回だけキューピッド役を買ってでてもいい。

すでにカービーをフォートレスでの茶番劇に参加するよう説きふせてあるが、あとひとりかふたり増やしたらどうだろう？　花婿候補は礼儀正しくて、物腰の穏やかな男がいい——自分に妹がいて、その妹が求婚されたとしても反対しないような男だ。

名案を思いついて気をよくしていたとき、カーリクルの左の車輪が不意に轍《わだち》にはまりこんだ。ミス・ハートリーは身がまえる間もなく座席を滑り、彼の体——肩から腰にぶつかった。

彼女を妹にたとえていたことなどどこかに飛んでいってしまった。

頭のなかが真っ白だ。

「まあ……」ミス・ハートリーはなんとか姿勢を立てなおそうとしたが、どうにもならなかった。

彼は片手に手綱をまとめると、もう片方の腕を彼女の腰にまわして体をずらした。「すまない。轍を見落としていた」

「いいえ、とんでもない」慌ててボンネットを直している姿が愛らしかった。直したボンネットが斜めになっている。「わたしのほうこそ気をつけるべきでした。じつは、このように軽快に走る馬車には乗り慣れていないんです。でも、素晴らしい乗り心地でした。そよ風が気持ちよくて」

ミス・ハートリーの率直な感想がうれしかった。「公園を走るだけでは、この馬車の速さを楽しんだとは言えない。田舎に行ったらまたきみを乗せて――」そこでふっと口をつぐんだ。ミス・ハートリーに期待させてはならないことをいっときでも忘れた自分に腹が立った。彼女とさっさとおさらばするのが目的なのに、またもや外出の約束をするようなことがあってはならない。「――わが家のハウスパーティに来る男はみな、喜んできみを乗せて田舎を走りたがるだろう」

いまいましいことに、ミス・ハートリーはなにもかも見通しているようだった。「素敵でしょうね」

彼女とのやりとりでふたたび優位に立つために――いままでそうなったことがあるとしてだが――きっぱり言った。「もう詩は書かないでくれないか。少なくとも、わたしが書いたとは言わないでもらいたい」

「わかりました」ミス・ハートリーはため息をついて応じた。「詩も花束も、思いを綴った手紙もなし。閣下に恥をかかせてしまうかもしれませんが、どうかご容赦ください」

彼は肩をすくめて、度量の大きいところを見せようとした。「かまうものか。もし行きつけのクラブの仲間にあんな詩を書いたことが知れたら、かつがれて書いただけだと説明しないといけなくなる」

「それほどひどい詩ではなかったと思いますが」

「いや、寒気がする代物だった」

ミス・ハートリーはそれにはなにも言わずにほほえんで、太陽に顔を向けた。ボンネットのリボンが風に吹かれている。ふたりはしばらくのあいだ、心地よい沈黙を楽しんだ。しばらくして、彼女が向きなおって言った。「ひとつ質問してもよろしいでしょうか？」

「もちろん」

「ロマンティックな物語詩《バラッド》をどう思われますか？」

うなじのあたりがむずむずした。「聞くほうか？　それとも書くほうか？」あてこするように尋ねた。

「歌うことについてです。たとえば、閣下のお知り合いの女性の伴奏で歌うのはいかがですか？」

「ミス・ハートリー……」

彼女は無邪気に目をしばたたいた。「あくまで仮の話ですわ。でも、そうなったら楽しいかもしれませんね」

彼はミス・ハートリーをにらみつけた。こんなふうににらみつけると、たいていの男は震えあがる。

ミス・ハートリーは笑った。こともあろうに。それも芝居ではない、心底楽しそうな笑い声をあげて。彼女の笑顔を見て——世界がいっとき止まった。

「いまのはただの冗談です」彼女はそう言って、生意気にも片目をつぶった。「でも、気が変わって歌いたくなったときは知らせてくださいね」

8

グレイは祖母と一緒に翌朝フォートトレスに到着した。招待した人々は数時間後に到着することになっている。彼はハウスパーティに来ないようになんとか祖母を説得しようとした――祖母が来るのがいやなのではない。あの館ではゆがんだ床板につまずくかもしれないし、隙間風が入りこむ食堂で体が冷えることもあるからだ。だが祖母はパーティに参加したいと言い張った。フォートトレスで――ほかの場所でも、彼が人をもてなすのはずいぶん久しぶりだからと言って。

さらに数人の年若いレディが一週間滞在するとなれば、たとえ悪魔だろうと祖母を引き留められない。

祖母の寝室は模様替えし、経済状況が許すかぎり――といっても大してお金は出せない――最上のカーテンと絨毯を選んだ。祖母の侍女に命じて、余分の毛布や祖母が好きな本、そのほか快適に暮らすために必要なものもすべて荷物にまとめて持ってこさせた。

祖母は彼の肩をぽんと叩いて言った――この年まで生きていると、だれだろうと頑固で辛抱強くなるものですよ。

祖母はまさにそのとおりの人だった。猩紅熱《しょうこう》で夫を亡くし、息子とその妻にも先立たれている。十二歳で両親を亡くしたグレイを慰めてくれたのも、愛してくれたのも祖母だった。

孫が悲しみと罪悪感の荒波を乗り越えるのを助けながら、みずからの深い悲しみはけっして見せなかった祖母。

そしていま、ようやく恩返ししようとしているのに、祖母は目が見えなくなってしまうという——それを防ぐ手だてもない。

グレイは祖母の手を取って、館のなかでいちばん居心地のいい客間に入った。家具は傷んでいるが、漆喰壁のひび割れは絵画で巧みに隠してある。割れた窓ガラスはすでに取り替えてあるし、家政婦がいくつか縫ってくれた色鮮やかなシルクのクッションのおかげで、すり切れた長椅子や椅子の見た目もいくらかましになっていた。

暖炉に火が小さく燃えていた。グレイは暖炉のそばに置かれた安楽椅子に祖母を座らせた。

「メイドに毛布を持ってこさせましょうか？」彼は尋ねた。

「いいえ、結構。暑さでわたしを昇天させたいなら別ですけどね」

「お茶はいかがですか？」

祖母はかぶりを振った。「いいから座りなさい、デイヴィッド」向かいの椅子を指してつづけた。「ハートリー家のお嬢さん方とお友達のミス・ケンドールのことを聞かせてちょうだい。なぜその方たちを招待したの？　ロンドンじゅうのどんな若いレディでも選べるのに」

グレイはおどけて答えた。「たしかにそうですが、ほとんどのレディは招待してもことわりますよ」たとえばヘレナがそうだった。だが、そこまで話す必要はない。祖母はもう知っ

ている ことだ。

「嘘おっしゃい。良家の娘なら、レイヴンポート伯爵から招待されてうれしくないはずがないでしょう。それなのにあなたはその三人を選んだ。なぜです？」

グレイは椅子に腰をおろしながら、どうはぐらかそうか考えた。ここに来る馬車のなかでも三回は同じことを聞かれて、そのたびにはぐらかしたが、さて――。

ボキッ。彼が座っていた肘掛け椅子の右後ろの脚が折れ、グレイは後ろに転がり、小さなテーブルをひっくり返した。くそっ。

「デイヴィッド！」祖母が叫んだ。「大丈夫？」

「心配いりません」そう言ったものの、内心では別の状況を考えてひやりとしていた。もし祖母がこちら側の椅子に座っていたら？　頭を打って――下手をすると首の骨も折っていたかも知れない。

彼は立ちあがると上着をはたいて、折れた椅子を調べた。これなら簡単に直せそうだ。修理するリストにあとで付けくわえることにしよう――四ページ目の下のあたりに。

「どうやら、わたしの質問に答えないですむように、あらゆる手だてを駆使しているようね」祖母が言った。「ひっくり返る芝居まで打つなんて」

「お忘れかもしれませんが、この椅子に座るように言ったのはおばあさまですよ」グレイは祖母にちらりとほほえむと、さっと屈んで祖母が座っている椅子を調べた。どこも緩んでいないし、腐ってもいない。「こちらの椅子は大丈夫そうです」

「あら、わたしなら心配していませんよ」

「わたしはそうは思いません。ここにいるあいだはとくに気をつけていただかないと」グレイはあとで祖母の寝室の家具も調べることにした。

「気をつけると約束しますよ」祖母は意地悪く付けくわえた。「あなたが質問に答えてくれるなら。なぜあの三人を特別に招待したんです？」

ほんとうに、なぜだろう？「ハートリー姉妹を招待したのは――」姉のほうがわたしに結婚を申しこんで、馬車のなかでわたしにキスをしたからです。愚かなことに、どういうわけか彼女に惹かれていて……。「友人がいるように見えなかったからです」

祖母は眉をひそめると、うなずきながら彼が言ったことを思案した。「そうなの」

「いずれにしろ、すぐにご自分の目でたしかめられますよ。わたしの友人も含めて、みんな今日の午後に到着する予定ですから」グレイはカービーと彼の父、ダンロープ卿も招待していた。ふたりとも狩りが好きだし、フォートレスでの楽しみといえば、おびただしい数のキジとライチョウを狩るぐらいしかない。

加えて、社交クラブで顔見知りのペンサム卿も招待した。侯爵で、見たところまっとうな男だ。酒も賭博もほどほどにする程度で、人を見くだすようなところがない。真面目で落ち着いたあの男なら、突っ走りがちなミス・ハートリーとうまく釣り合いが取れるだろう。申し分ない花婿候補だ。

自分と結婚するより、はるかにいい。

ミス・ハートリーがそれでよければ――いやだと言う理由がない――もう彼女にせっつかれることもなくなって、自分の人生に戻ることができる。フォートレスを修理し、祖母に尽くそう。ヘレナや社交界のほかの人々から見直される男になろう。

これから七日間、がまんして客をもてなし、楽しませればいい。

館の目も当てられない状態からして、客たちが週の半ばまでとどまっていたら奇跡だ。


「ここにありました」と言って、メリーがピンク色のシルクの室内履きを持ちあげた。「二足とも荷物に入れ忘れたんじゃないかとびくびくしていたんです。トランクケースの底のほうに――ペチコートの下に隠れていました。これがなければ大変なことになるところでした」

フィオーナはくすくす笑った。「そうね。お母さまから毎日違う室内履きを履くように言われたもの」

侍女はフィオーナとリリーがふたりで使うことになっているがらんとした寝室をせかせかと動きまわって、舞踏会用のガウンや下着、ナイトガウンやアクセサリーを荷物から出していた。

「あとはリリーとわたしでするわ」フィオーナが言った。「お母さまのところに行って、荷ほどきを手伝ってちょうだい」廊下の先に母の寝室と、レディ・キャラハンとソフィーがふたりで使う寝室がある。

メリーは言った。「奥さまは気付け薬がご入り用かもしれませんね」

馬車で長いこと揺られると、母はいつも気分が悪くなる。それに母は、伯爵の館に一週間滞在するので気が昂ぶっていたし、それと同じくらい不安になっていた――そんなことは口が裂けても認めないだろうけれど。

「そうね、行ってらっしゃい」リリーもうなずいた。「お母さまが落ち着いたら、あとは自分のお部屋にさがってかまわないから」

「承知いたしました」メリーは部屋のあちこちに目をやりながら窓に近づいてカーテンを開け――ガラスに大きなひびが入っているのを見つけた。「まあ……」

「伯爵がこちらのお屋敷を修復しようとしている話はしたかしら?」フィオーナは明るく言った。「もう取りかかっているそうよ」

リリーが鼻に皺を寄せた。「わたしは家具からはじめるべきだと思うわ。寝室にあるはずのものがないんだもの。まるで中世のお城にいるみたい。もしかしたら、大広間で夕食をいただく前に馬上槍試合が見られるかも」そして、ほっそりした肩をすくめて言った。「甲冑姿の騎士に会ってみたいわ――白馬に乗ってなくてもいいから」

「たしかにそうね」フィオーナは言った。「ロンドンのわたしたちのうちほど優雅なところではないわ。でも、そう思うのはわたしたちが甘やかされているのよ。この壁だって、何世代もの歴史を見てきたんだから。どんな物語が繰り広げられてきたのか、できることなら聞いてみたいわ」

侍女は肩をすくめてドアに向かった。「もし壁から声が聞こえたり、幽霊がふわふわ出てきたりしたら、明日の朝いちばんに馬車でロンドンに帰らせていただきます」そして、戸口で振り返ってほほえんだ。「でも、そんなものはいないでしょう。なるべく早く戻って参ります。夕食前に身支度をお手伝いしないといけませんから」そう言うと、キャップをかぶった頭をひょいとさげて、そそくさと部屋を出ていった。

リリーは小枝模様のモスリンのドレスをトランクケースから引っ張りだし、衣装簞笥の前にいるフィオーナに渡した。簞笥の左右の戸のうち、片方は開いたままになっているが、もう片方が開かない。取っ手を力いっぱい引っ張ってもだめだった。

リリーが訝しげに言った。「なにかそのなかに潜んでるんじゃないかしら……。わたしは知りたくないわ」

「戸板が少しゆがんでいるだけよ」フィオーナは閉まったままの戸の内側に手を伸ばし、クモがいませんようにと祈りながらモーニング・ガウンを掛けた。「たしかに家具は少ないし――わたしたちが見慣れているような贅沢な調度品もないけれど、きれいにしてあるじゃない。それに、多少埃があったとしても、どうということはないわ。お父さまのお仕事部屋の床に座って、ナックルボーンズ（羊の骨を使うお手玉に似た遊び）で飽きもせず遊んだことを憶えてない？」

リリーは懐かしそうな表情を浮かべて、フィオーナに別のガウンを手渡した。「お父さまが雨のなかで散歩に連れだしてくださったことも覚えてる。わたしたちが水たまりという水たまりをぜんぶ踏んで、フロック（女児用のワンピース）が泥はねだらけになっても、お父さまは一緒に大笑いしていたわ」

「そうだったわね」フィオーナは父の笑い声をほとんど忘れてしまっていることに気づいた。

「お父さまに会いたいわ」リリーはそう言ったが、フィオーナは妹が恋しがっているのが生身の父親だけではないことを承知していた。リリーは以前の生活に戻りたがっているのだ。父が再婚する前の元の生活に。「一緒に来られたらよかったのに」

フィオーナも同じ思いだった。仕事から何日か離れれば、娘たちと心を通わせることもできたかもしれない――そして、むかしのような父に戻れたかもしれないのに。「お父さまに手紙を書きましょうよ」彼女は言った。「この広々としたお屋敷や、狩りの獲物がたくさんいることや、葉巻をくゆらす殿方について。そうしたら、お父さまも来る気になるかもしれないでしょう」けれども、それは心から出た言葉ではなかった。リリーも弱々しい笑みを浮かべているところを見ると、本気にはしていないらしい。

「お父さまが来なくても、存分に楽しみましょうよ」リリーは新しく仕立て直したガウンを胸に当てて、くるりとまわった。「ダンスもできるといいわね」

「それはどうかしら」フィオーナはなにも置かれていない机にアクセサリーを並べた。化粧台がないので、この机を使わなくてはならない。幸い、荷物のなかに小さい鏡も入れてあった。「レイヴンポート卿は、豪華なパーティや娯楽はないものと思ってほしいとおっしゃっていたわ」

「素敵なおもてなしね」リリーは素っ気なく言うと、ガウンを掛け、フィオーナの旅行鞄をふたりで使うことになっている大きなベッドに置いた。そして、なかからひと抱えの本を取りだした――フィオーナの日記帳も入っている。「本はどこに置きましょうか?」

「自分で置くわ」フィオーナは妹にさっと近づいて本の山を受けとった。日記を持ってきたのは賢明ではなかったかもしれない。てっきり自分専用の寝室が用意されているものと思っていた。リリーが日記をのぞき見たりしないことはわかっているけれど、用心するに越したことはない――なにしろ、新たに届いた脅迫状が日記帳に挟んである。

二通目の手紙はけさ、ロンドンを出発する直前に届いたが、すぐに妹やソフィーと馬車に乗りこんだので読むことができなかった。手紙をよく調べれば、脅迫者についてなにか手がかりがつかめるかもしれないし、少なくともその男――あるいは女――がどうしてリリーの秘密を知っているのか、糸口が見つかるかもしれない。そこで、レイヴンポート伯爵の館に滞在しているあいだに分析しようと、手紙を日記帳に挟んで旅行鞄に忍ばせたのだった。でも、それでよかったのか、いまとなってはわからない。

本の山は、ベッド脇のテーブルに積みあげた――スカートの陰にさっと滑りこませた日記帳を除いて。それからスケッチブックを取りあげ、日記帳を挟むように胸に押しつけた。なにを隠しているのか知っているような顔をして、リリーがこちらを見ていた。

でも、わかるはずがない。

脅迫者からの手紙を読まれるくらいなら、広場で日記のすべてのページを声に出して読まれるほうがましだった。

「お庭を散歩しようと思って」とぼけて言った。「少しだけ探検して、なにかスケッチしようと思うの。一緒に来る？」

リリーは心得たように言った。「ひとりで行ってちょうだい。わたしはまずお母さまの様子を見にいって、それからソフィーの部屋に顔を出すことにするわ。夕食前に髪をまとめるのを手伝ってもらえるかしら？　たぶんメリーはお母さまの手伝いで手いっぱいじゃないかと思うの」

「いいわよ」フィオーナは耳に鉛筆を挟むと、肩にショールを羽織った。「一時間以内に戻るわね。騎士や幽霊、妖精を探すには、それだけあれば充分でしょう」

「素敵ね。報告を楽しみにしているわ」リリーはにんまりした。「とくに騎士の話を」

9

館の裏にある庭園に出るまで、だれにも会わなかったのは幸いだった。いまはひとりきりになる時間が必要だ——新たに届いた脅迫状を読みなおし、少しスケッチをして、夕食で伯爵と顔を合わせる前に心の平静を取り戻す時間が。

石畳の小道を歩いて広い半円形のテラスに出た。円周上に大理石のベンチがいくつか配置されている。ところどころ日陰になっている場所がコケで覆われている以外、敷石はむきだしだった。人工的な景観をやわらげる色鮮やかな花やツタはない。テラスの周囲を取り巻く裸の木々の枝にも、しゃれたランタンひとつ掛かっていなかった。

けれども、テラスの前に広がる庭園は、なにもかもが伸び放題で、生命力にあふれていた。よく手入れされた英国式庭園の対極にあるような景色だ。きっちりと剪定されることを拒んでいるような灌木の茂み。伸びすぎたツタの重みでたわんでいる格子のアーチ。何年も鋏《はさみ》が入っていないように見える草花や雑草。傾いてひびの入った天使やニンフの彫像が、茂みや枝葉のあいだから覗いている——まるで、失われた文明からの闖入者《ちんにゅうしゃ》のように。

フィオーナはそのすべてに目を奪われた。景色を紙の上にとらえたくてうずうずする。さっそく生い茂った草をかき分け、大きな岩によじのぼり、スケッチブックを開いた。ふだんは肖像画を描いて、モデルにした人の内面をあらわにするのが好きだけれど、この庭園はそれ自体が個性を持って息づいているように思える。あらゆる茂みが謎めいた過去を——数多《あまた》の秘密をほのめかしていた。

目に留まったのは、中央に雪花石膏《アラバスター》の人魚像がある噴水だった。以前は人魚のまわりにきれいな水をたたえていたのだろうが、いまは雨水の水たまりに落ち葉や小枝が浮かんでいるだけだ。そのすべてをスケッチすることにした。噴水に侵入する低木。徐々に翳っていく光。漆喰の欠けた水盤……。だが、人魚の表情には希望があった——断固とした決意も。そうした印象を無我夢中で写しとった。

そしてスケッチブックに長い影が差してきたころ、名前を呼ばれてぎくりとした。

「——ミス・ハートリー」

顔をあげて罪深いほどハンサムな顔を見なくても、その深みのある声でわかった。「レイヴンポート卿」

いったい何時間ここにいたのかしら？　どうか伯爵までわたしを探していたのではありませんように。そこで不意に、足下の地面に日記帳を置いていたことを思いだした——よかった、ちゃんとある。けれども、その日記帳と伯爵がそれほど離れていないせいで、少しも落ち着かなかった。まるで、麦わらの家に火口《ほくち》箱を置いているような気がする。

「こんなところでなにをしていたんだ？」伯爵は咎めるように言ったが、その声には好奇心がにじんでいた。

スケッチブックをぱたんと閉じて答えた。「こちらの庭園のありのままの美しさに見とれていただけですわ。素敵なところですね」

伯爵はふんと鼻を鳴らした。「うちの庭の手入れがまったく行き届いていないことはよくわかっている。頼むから、ばかにしたければ素直にそうしてくれないか。少なくとも、きみを楽しませることといったらそれくらいしかないのだから」

「閣下をばかにするつもりはありません――こちらの庭園もです」ミス・ハートリーは戸惑ったようにかぶりを振った。なかなかの芝居だ。「美しいと思ったのはたしかです。それで、あちらの噴水をスケッチしていました」

グレイは平静を装っていたが、胸のなかには怒りがふつふつと湧きあがっていた。「きみとわたしの付き合いでひとつ好ましいことがあるとすれば、それはたがいに率直になれることだと思うんだが」

「まったく同感です」岩に腰掛けたミス・ハートリーは、森の妖精のようだった。顔を縁取る柔らかな巻き毛が夕べのそよ風に吹かれている。だが、それには気づかないふりをしてなおも言った。

「それなら、偽りを言ってわたしを侮辱するのはよしてくれないか。壊れてひびの入った、汚らしい噴水を描いたと言ったが、なぜそんなことをした？　ロンドンの友人に見せて、笑いものにするためか？」

「そんなことはしません」ミス・ハートリーは顔を赤くして言い返した。気分を害したのか、それとも後ろめたくなったのか。

彼女はヘレナと違うかもしれないと思っていた。もっと思慮深くて、偏見のない女性ではないかと。だが、それが間違っていたことが早くも証明された。「ここは、かつては王宮にふさわしいほど見事な庭園で――祖母の誇りであり、喜びでもあった。いまは目も当てられないが、いずれはかつてのように美しい庭にするつもりだ。たとえ生えているものを根こそぎ抜いて、更地からやりなおすことになっても」

ミス・ハートリーは眉をひそめて、形のよい耳に鉛筆を挟んだ。「閣下はお気づきでないかもしれませんが、わたしにはここのよさがわかります。決められたことにそぐわない、独特の美しさが……」

「草木を二十年かそこら放置しただけじゃないか。いまはもう、手がつけられなくなっている」

ミス・ハートリーは体をずらして岩をおりると、腰に手を当てた。「わたしが侮辱したとおっしゃいましたが、傷つけるようなことをおっしゃっているのは閣下のほうではありませんか?」

そうかもしれない。ついでに、陰険でひねくれていることも付けくわえたほうがよさそうだ。「ああ、そうだな。だが、きみは――その――いいかげんにしないと夕食に遅れるぞ」

「まあ……そうでした。リリーが心配しているわ」

「足下が荒れているから、手を貸そう」ぶっきらぼうに言った。

ミス・ハートリーは冷ややかだったが、それでも彼女に惹かれずにはいられなかった——自分でも認めたくないほど。頭に思い浮かぶのは、髪をほどき、脱いだガウンを足下に落としてたたずむ、なまめかしいイブのような彼女の姿だった。そして草の上に彼女を横たえ、欲望で息もつけなくなるまでキスをし、体に触れ……。

そうするかわりに、腕を差しだした。

「待ってください」ミス・ハートリーは思い詰めたように息を止めて、長々と吐きだした。「館に戻る前に、わたしのスケッチを見ていただけますか」そう言って、スケッチブックを開いた。

その絵を見たら、決まりきったお世辞を言って終わらせるつもりだった。一生をふいにするようなことをしでかす前に、この荒れ果てたエデンの園から抜けださなくては。

しかし絵をひと目見たとたんに釘付けになった。大胆な線に繊細な陰影。本物のような質感と明暗。人魚は石像というより、魔法をかけられた生き物のようだった。誘うような表情を浮かべて——周囲の緑豊かな楽園の女王であるかのように、満足げにほほえんでいる。

あまりの出来映えに、すっかり引きこまれていた。ミス・ハートリー——フィオーナの描いた絵に。そして、その絵が明らかにしたあらゆるもの——庭園と、フィオーナ——そして彼自身に。

「大まかに描いただけです」彼女はスケッチブックを引っこめながら言った。「ふだん風景は描かないので、自信があるとは——」

「きみに謝らなくてはならない」彼はスケッチブックに手を伸ばして、もう一度じっくり眺めた。「てっきり、きみもほかの人々と同じものを見ていると思っていた――生気のない石像や、雑草に埋めつくされて手の施しようがなくなった庭を。だが、きみの目がとらえるものは違うようだ。きみはもっといろいろなものを見ている。わたしにも見えないものを」

フィオーナは目を潤ませた。「ありがとうございます。美しいものは、いちばんふさわしくないところにも潜んでいるんです」

彼女の赤褐色に輝く髪や、長いまつげ、鼻の頭に点々と散らばるそばかすをじっと見つめた。「……たしかに」

自分でも気づかないうちにスケッチブックを岩の上に置いて、傍らの草むらから紫色の花を摘みとっていた。そして花を持ってフィオーナと向かい合った。「とても珍しい異国の花だと言いたいところだが、おそらく野の花だろう」

彼女はほほえんだ。「美しい野の花ですね」

「どうかこの名前もわからない花を、仲直りのしるしとして受けとってほしい」

フィオーナは目を細めてほほえむと、すべてを許すと言わんばかりにうなずいた。「喜んで」

だが、フィオーナ彼女が花に手を伸ばしかけたところで彼は首を振った。「いや待て。このほうがいい」そう言って、耳に挟んであった鉛筆をそっと取りあげ、かわりに花を挟み――そのまま耳から首筋に手の甲を滑らせた。

フィオーナは唇を開いて、息を弾ませていた。瞳も暗くなっている。不意に、真っ逆さまに坂を転げ落ちていくような気がした。もう止まらない。

くそっ。このままではキスしてしまう。

フィオーナのほうに一歩踏みだすと、彼女も一歩進みでた。体と体がぶつかる――彼女のしなやかな体と、自分のがっしりした体が。頭をかがめてひと呼吸置き、次に来るものを意識した――もう避けられない。

フィオーナがため息をついて顔を近づけてきたので、滑らかな髪に指を差し入れた。心臓の鼓動が一気に速まる。唇と唇が触れて――止まらなくなった。

唇の輪郭を舌でなぞって味わった――はじめて馬車のなかで鼻をぶつけてから、ずっとそうしたいと願っていたように。情熱的なことについてフィオーナは飲みこみが早いのではないかと思っていたが、実際そのとおりだった。自分から舌を絡め、両手を首にかけてうなじを撫で、欲望をかき立ててくる――そうしないとこちらが燃えあがらないとでもいうように。

フィオーナはスイカズラの花のように甘い味がした。彼女の香りと周囲の花々や草の香りが混ざり合って、いにしえの強力な媚薬を飲んだように頭がくらくらする。フィオーナは彼女がさっき描いた人魚さながらに魅惑的だった。思いがけなく現れた、目もくらむような美女。こんなふうに誘惑されたら、聖人でさえ一線を越えてしまいそうだった。

だが、それはできない――ふたりに将来はないのだから。だから一度、目まいがするほど完璧なキスをすることで満足したつもりだった。

だが、これで多少なりとも自制心を取り戻せると思ったそのとき、フィオーナがおずおずと、ぎこちない動きで顎から首筋に唇を滑らせてきた。クラヴァットを緩めて、さらに挑んでくる。

挑戦されて、逃げたことはない。

フィオーナの頭を両手で挟み、ためらわずに唇を斜めに重ねた。やわらかなうめき声を受け止め、彼女の背に両手を這わせる。腰まわりの豊かな曲線をたしかめながら、体を抱きしめ、昂ぶっているものを押しつけた。

それでもフィオーナは、なおもキスを返してきた——彼女自身も歯止めがきかないらしい。たがいの服をはぎとって、フィオーナをいいにおいのする草むらに横たえたかった。そしてゆっくりと彼女をものにする。彼女がのぼりつめて歓びの声をあげるまで。

だが、そこで思い出した。彼女はほんとうの意味での結婚を望んでいない。それは自分も同じだった。

仕方なく、徐々に唇を離した。

そしてフィオーナのうるんだ目をのぞきこんで、ひそかに悪態をついた。「今日、謝るのはこれで二度目だ。われを忘れていた。許してくれないか」

フィオーナが耳の後ろに後れ毛を撫でつけた拍子に、花が落ちた。彼女はほっそりした指で腫れぼったくなった唇に触れて言った。「いいえ——謝ることなどなにも……」

こちらがなにを考えていたのか知っていたら、同じように許してくれただろうか。

「さっきはスケッチを見せてくれてありがとう。わたしのために描いたものでないことはわかっているが、あれこそ真の贈り物だった。いままで崩れかけた煉瓦の壁や雨漏りのする屋根に気を取られて、あの……」

「人魚でしょうか？」

「そう」彼はにっと笑った。「あの人魚を見落としていた」

「でも、気づいたからには、ときどき訪問したくなるかもしれませんね。もちろん、花束や詩を捧げてもいいと思います」

「心配はいらない。そのうち崇拝者が増えるはずだ」

フィオーナは不意に真顔になった。「ですが閣下、人魚にはそのような時間の余裕がないんです」

「たったいまキスした相手に閣下と呼びかけるのはやめてくれないか。少なくとも、ふたりきりでいるときは。呼び名はレイヴンポートでいい」それから、ふと思いついて付けくわえた。「それか、きみがよければグレイでもいい」

「グレイ」フィオーナは試しにつぶやいた。「素敵ね」

「フィオーナもそうだ」彼の声はくぐもっていた。「人魚に——そして美しい女性にふさわしい」

「わたしが美しいだなんて、そんなはずはないわ」フィオーナは言った。それはいま着ているガウンが緑色だとか、レモンが酸っぱいとか言うのと同じくらいわかりきったことだ。リリーやソフィーは美しい。でも自分は……自分には際立った魅力がない。愛嬌のある容姿だとは思うけれど。

レイヴンポート卿――つまりグレイが、怪訝そうにこちらを見ていた。「美しさの定義について、レッスンが必要なのはわたしだけではないらしいな。きみの画才の半分でもわたしにあれば証明してみせるんだが。だが、わたしを信じてもらいたい。きみはたしかに美しい、フィオーナ」彼は頰に手を添えると、親指で下唇を撫でた。ゆっくりと、神妙に。「そのことを忘れないでくれないか」

フィオーナはうなずいた。この瞬間を忘れるなんてあり得ない。伯爵はわたしのことをずっと避けてきて、結婚を望んでいないこともはっきり示してきた――でも、さっき交わしたキスが違うと言っている。唇を押しつけられたときの感触が残っていて、まだ頭がくらくらした。両手で腰を抱き寄せられ、手のひらの下に彼の心臓の鼓動を感じたこともありありと憶えている。

彼に求められているのだ。それなのに、結婚を承諾してもらえないなんて。

「そんなにほめてくださって、優しいのね」フィオーナは言った。「それなら、あなたが思っていたより、わたしたちはうまくいくんじゃないかしら?」

グレイは彼女の顔から手を離した。「わたしの考えは変わらない。ただ、きみがそうしたければ、押し切ることもできる」

フィオーナは彼の言葉に思いのほか引きこまれた。でも、無理強いはしたくない。「強引に押し切ろうとは思わないわ。ただ、あなたを説得するぶんにはかまわないでしょう」そう言って大胆に彼の首に腕を巻きつけ、豊かな髪に指を差し入れた。

グレイは低い声で笑うと、眠たそうなまなざしで見おろし——そんなふうに見つめられると、どきどきする——視線を唇に落とした。「きみの言葉にどれほどの力があるのか、ようやくわかってきた。わたしは海の妖女、セイレーンの声に惑わされて滅びの運命に向かっている船乗りのようなものかな。きみにはあらがいがたい魅力が——」

「フィオーナ?」テラスのほうから、心配そうに呼ぶ声がした。「外にいるの?」

リリーの声だ。グレイはフィオーナからぱっと離れた。

「ええ、ここにいるわ」フィオーナはいまいる場所がうっそうと茂った木立に隠れていることを感謝した。「お庭をスケッチしているの。というより、スケッチしていいたんだけれど。いま描き終わったところよ」そう、その調子でごまかして。「——心配しないで。いまふたりで行くわ」

あっと思った。いま、〝ふたりで〟と言わなかった? グレイはなにを言うんだとばかりに額に手を当て、フィオーナは赤くなった。

いっとき間があって、予想どおりの質問が飛んできた。「だれと一緒なの?」

「わたし——レイヴンポートだ」グレイがよどみなく言った。「きみの姉上がスケッチしていたので、声をかけた。ちょうど館に戻ろうとしていたところだ」

「まあ……」リリーはパズルのピースをはめようとしているように、いったん口をつぐんだ。「見つかってよかったわ。心配はいらないってお母さまに知らせなくちゃ。しばらくしたら客間に来るわね？」

「ええ」フィオーナは返事をした。「時間がたつのも忘れてしまって。でも、すぐ戻るわ。身繕いしてから客間に行くわね」そう言いながら、さっき岩の下に置いたものを集めた。鉛筆にスケッチブック、それから――。

日記帳はどこ？ ぞっとして、懸命にあたりを見まわした。

そこへ、グレイが日記帳を目の前に差しだした。「これを探しているのか？」と言いながら、表紙や背表紙を見ている。

「ええ、そうよ」フィオーナは日記帳を取り返したが、思いのほか乱暴になってしまった。グレイは怪訝そうな顔をしたが、それ以上なにも言わずに手を差しのべてフィオーナを立たせた。「また話そう」と言って、あたりを見まわした。「忘れ物はないか？」

「ないと思うわ」フィオーナはできるかぎり平静を装って、髪の毛についていた落ち葉を払い落とした。

「あちらに裏口がある。そこから入れば、きみの部屋はすぐだ」

数分後、フィオーナは自分の寝室で顔を洗っていた。夕食に遅れないように、急がなくてはならない――母はスケッチをレディらしからぬ趣味だと思っているから、なおさらだ。服を着替える時間はなかったが、できるかぎり髪を直して繊細なショールを肩に掛け、きらびやかな耳飾りをつけた。どうか、まだ旅行用の服を着ていることに気づかれませんように。

部屋を出ようとしたところで、はっとした。ベッドの上に日記帳を置いたままだ。急いで衣装箪笥にしまいこんであった旅行鞄を引っ張りだし、日記帳を放りこんだ。そして鞄をベッドの下に押しこもうとしたところで、脅迫状を挟んでいたことを思い出した。庭で読みなおそうとして、結局そのままになっていた。

すでに半時間遅れているのだから、あと少し遅れてもどうということはない。鞄から日記帳を取りだして開いた。

あるはずの脅迫状がない。

裏表紙の内側を見たが、やはりなかった。

慌ててページをぱらぱらとめくり、背表紙を持ってさかさまに振ってみた。

どうしよう……どこにもない。この屋敷と庭園を行き来するうちになくしてしまったのだ。

不意に背筋が寒くなった。リリーが先に見つけないようにしないと。

真っ先に、来た道を戻って庭園の草むらを探そうと考えた。でももう暗くなりかけているし、みんなが客間で待っている。

夜明けまで待つしかない――それまでだれにも見つかりませんように。

10

ある紳士とキスしたことについて
以前の日記に、キスは基本的なことで、簡単に身につけられるというようなことを書いたかもしれない。

どうやら、それを訂正しなくてはならなくなりそうだ。

キスはわたしが想像していたより、もっとずっと微妙な行為らしい。ちゃんとしたキスは、このうえなく不適切で、うっとりするほど素晴らしかった。

それでわかった。良識ある若いレディが、あれほど聞かされてきた教訓をどうして無視してしまうのか……。


結局、夕食の席で身なりについてなにか言われるのではないかというフィオーナの心配は杞憂に終わった。ハートリー夫人はそんなことより、食堂のみすぼらしさが気になって仕方がないらしく、天井近くの壁紙がはがれかけているところにしじゅう目をやっていた——さもなければ、幅木に開いているネズミの穴に。

館のみすぼらしさを目の当たりにして、ハートリー夫人は困惑していた。ふだんならこんなむさ苦しい場所に泊まるのはがまんがならないと言いだしていただろう。けれども、この館のあるじは伯爵だ。しかも見たところ、娘を気に入っている。

そのふたつの考慮すべき事情のおかげで、ハートリー夫人は館の数多くの難点にも口をつぐんでいた。もっともその表情を見るかぎり、消化不良を起こしかけているようだったが。

実際、ハートリー夫人は左側に座った子爵のダンロープ卿とも話をするどころではなさそうだった。夫の事業がどんなものか聞かれたときは、フォークを取り落としそうになりながらあたふたと答えた。「ええ、楽しい旅でしたわ。三時間ほどしかかかりませんでしたの」

子爵はうなずき、その答えでよくわかったというように平然とスープを口に運びつづけた。けれども、礼儀正しい子爵は、きっと心のなかで母を品定めしているはずだ——仕方がないと、フィオーナは思った。ハウスパーティの招待客が一堂に会したのはこれがはじめてだ。その席でほかの招待客を見定めようとするのは当然だった。

グレイはもちろんテーブルの上座に座っていたが、フィオーナは彼のほうを見たら顔が真っ赤になってしまいそうな気がして、とても目を向けられなかった。彼の手が頰に触れ、腰にまわされたことを思い出すだけで、ワインの入ったゴブレットに手を伸ばしたくなる。それに、彼もちらちらとこちらを見ている気がした。視線を感じて、皮膚がちくちくして体も熱くなっている。

とはいえ、いまの流れはははじまりとしては上々だった。彼を夫にする計画も順調に滑りだしている。なにもなければここで小躍りしていたかもしれない——脅迫状をなくしさえしなければ。

フィオーナは気を取りなおして、ほかの人々を観察することにした。

グレイの右側には、彼の祖母——先々代の伯爵夫人が座っていた。このうえなく優雅な紫のガウンにレースの肩掛けを羽織り、昼間かぶっていたキャップを脱いで、銀色のすじが目立つ黒っぽい髪をゆるやかに結いあげている。生え際からうなじに流れるその銀色のすじは、その一本一本がなにかを乗り越え、成し遂げたあかしのように、ろうそくの明かりを受けて誇らしげに光っていた。

グレイの祖母は食事中は控えめに振る舞っていたが、フィオーナは早くもふたつのことに気づいた。ひとつ、彼女はここにつどった全員をじっくりと観察しているが、とりわけ自分とリリー、そしてソフィーに関心があるらしい。ふたつ、孫のグレイを心から愛していて、彼を見るたびに誇らしげにほほえんでいる。

フィオーナは彼女が好きになった。それはとても大事なことだ。なにしろ、グレイと結婚するなら、彼女に認めてもらわなくてはならない。

グレイの祖母とハートリー夫人のあいだには、カービー氏の父親であるダンロープ卿が座っていた。彼はハートリー夫人と同年代で、頭が禿げあがっているが、それがまた似合う男性だ。長めの口ひげは流行ではなかったが、ハートリー夫人の奇妙な振る舞いを目の当たりにしても礼儀正しく気づかないふりをした振る舞いで、すでにフィオーナの尊敬を勝ち取っていた——上流階級の人々は、母の言動にいやな顔をすることがしばしばあるのに。

グレイの左側にはソフィーの母、レディ・キャラハンがハートリー夫人のおさがりのガウンを着て座っていた。コマドリの卵を思わせるその青いシルクのガウンは、レディ・キャラハンの小柄な体に合わせて大がかりな手直しをしなくてはならなかったが、色白の彼女にとても似合っているし、レディ・キャラハン自身もガウンを譲ってもらったことを感謝している。彼女の夫は男爵だが、一家はこのままでは救貧院行きも覚悟しなくてはならないほど困窮していた。残された希望はただひとつ、娘たちが有利な結婚をすることだけだ。だが、ソフィーの姉に興味を示した紳士はこれまでひとりもいない。そして彼女のほうにも、気になる相手はいないようだった。

そういうわけで、救貧院行きを免れるかどうかは、いまではソフィーひとりの肩にかかっていた。フィオーナもリリーもソフィー自身も、みなそのことを承知しているが、だれも言葉にしたことがない。それを言うなら、キャラハン卿が酒を飲み過ごしがちなことについてもだれも口にしたことがなかった――言ったところでどうしようもないし、みんなの気分が悪くなるばかりだから。

フィオーナはソフィーとレディ・キャラハンに、短いあいだだけでも心配ごとから離れて楽しんでもらいたかった。

レディ・キャラハンとソフィーのあいだに座っているのは、グレイの友人の侯爵、ペンサム卿だった。見るからに高級そうな仕立ての上着を着て、愛想よく振る舞い、周囲への気づかいも忘れない。そんな人とグレイに、どんな共通点があるのだろう。ふたりともハンサムだけれど、ペンサム卿は正式な舞踏会やきちんとした客間が似合う人だ。一方、グレイには素朴な荒々しさがあって——暗い森や風の吹きわたる荒野がふさわしい気がする。

けれども、グレイと会ったときのことを思い返すと、それほど客観的に評価しているとはいえない気がした。リリーならペンサム卿のことをどう思うかしら？ ここに滞在しているあいだに、少しは気を引いたりするのかしら？

そのリリーは、カービー氏と並んで向かいに座っていた。カービー氏は目鼻立ちが整っているとは言えないが、髪をわざと粋な形に乱し、しゃれ男たちがこぞってするように、クラヴァットを凝った形に結んでいる。彼はグレイと同級生だったイートン校時代の少々きわどい話をして、リリーとフィオーナを楽しませた。

デザートのあとで女性だけが客間に移ることになったときはほっとした。だが年配の女性たちから聞こえないところに来るやいなや、リリーとソフィーが立てつづけに質問を浴びせてきた。

「伯爵は、いつもあんなふうにぶっきらぼうなの？」すりきれた長椅子から身を乗りだして、リリーが尋ねた。「さっきはずいぶん無愛想だったわ」

「それほど失礼じゃなかったわよ」ソフィーが言った。「ただ、もっと気づかってくだされはいいのにとは思ったけれど——少なくともフィオーナに対しては。仲たがいでもしたの？」

「いいえ、まったく」フィオーナは答えた。「ただ、かなり控えめな方なの。感情をはっきり表に出すほうではないのよね」

リリーは疑わしげだった。「ロマンティックな詩を書いて、豪華な花束まで贈ってくださったじゃない。少しも控えめじゃないと思うけれど」

そうだった。グレイがこちらに首ったけになっているように見せかけたのに、どうしてそれを忘れていたのかしら？「この館の主人として、なすべきことで頭がいっぱいだったんでしょう。無理もないわ」

ソフィーは眉をひそめた。「もっと気づかいのできる人がふさわしいんじゃないかしら」

フィオーナはグレイをかばわずにはいられなかった。「カーリクルで遠出しようと誘ってくださったわ」

リリーが鼻を鳴らした。「誘われてもことわるべきよ。そうでもしないと、もっとこまやかな気づかいが必要だとわからないもの」

フィオーナはうなずいて、妹の助言を聞き入れるふりをした。それから暖炉に近づき、炉棚の上に掛かっている肖像画を見あげた。たぶん、グレイの祖母の肖像だ。若いころ――たぶんいまのわたしと同じくらいの。室内にはさらに古典的な絵や風景画が飾られていたが、グレイの父と母の肖像画はどういうわけか見当たらなかった――ふたりがはじめから存在しなかったみたいに。

そこへ、ハートリー夫人がいそいそと入ってきた。彼女は両腕を広げると、雌鶏のように三人を抱きしめた。「みんな大丈夫かしら？」まるで吹雪のなかにうち捨てられたあばら屋で、三人がなにも食べずに一週間過ごしてきたような口ぶりだった。

「ええ、大丈夫よ、お母さま」フィオーナは継母の腕を軽く叩いて応じた。

「それでこそわたしの娘だわ」ハートリー夫人は目をうるませた。「いつものように、なにがあっても動じないようにしましょう。わたしたちのなすべきことはそれだけ――いまのところは。伯爵と結婚したら、建物や家具を満足のいくものに変えていけばいいんだから」

フィオーナは困惑した。お母さまはわたしより先走っている。「じつを言うと、まだ伯爵は――」

「とにかく」ハートリー夫人はさらにつづけた。「洗練さに欠けたところがあっても、少しも気を悪くしていないように振る舞うのよ。できることなら、壁のしみやドアがはずれかかっていることにも気づかないふりをして――そうね、やはりそうしたことは口にしないのがいちばんだわ」そう言って、そわそわと室内を見まわした。

「伯爵も、わたしたちがお屋敷の傷み具合に気づかないとは思っていないでしょう」フィオーナは言った。「でも、たしかにそうね、わたしもそうしたことは口にするべきじゃないと思うわ」

「考えてもみて」リリーが口を挟んだ。「ほかのことはさておき、伯爵夫人になれるかもしれないのよ」

「あくまでまだ可能性の話よ」フィオーナは言った。「わたしだけでなく、みんなが申し分ない方と結婚できるといいのだけれど……」問題は、脅迫者が秘密を公にしたら、リリーが結婚する可能性は消えてなくなるということだった。リリーすら知らない秘密――娼館のマダムの娘に、だれが求婚するだろう。

フィオーナはなくした脅迫状のことを考えた。夜の風に吹き飛ばされて、ほかの客が通るところに落ちていたら？　こめかみを押さえて言った。「ちょっと疲れたわ。休んでもかまわないかしら？」

「もちろんかまわないわよ」ソフィーはほっそりした腕を親友の肩にまわした。「寝室まで付き添うわ」

「いいえ、大丈夫よ」フィオーナは口早にことわった。「差しつかえなければ、目立たないように抜けだしたいの。伯爵のおばあさまとあなたのお母さまに、お詫びを伝えておいてもらえるかしら？　ひと晩ぐっすり眠ったらよくなると思うわ」

ソフィーは言った。「もちろんわかってくださるわよ――ほかのみなさんも」

リリーはフィオーナをぎゅっと抱きしめた。「ゆっくり休んでちょうだい。わたしがお部屋に戻るころにはぐっすり眠っていてね」

「ありがとう」フィオーナは母の頬に軽くキスすると、二階に急いだ。

だが、ベッドに入るつもりはまったくなかった。脅迫状が見つからないかぎり、そんな気分にはなれない。

靴を履き替え、濃紺のマントを羽織り、ランタンをつかんで外に出た。

大まかに自分の歩いたところをたどって、人魚像の噴水まで行ってみるつもりだった。けれども、暗闇ではなにもかも違って見える。リリーは一時間かそこらで寝室に戻ってくるはずだけれど、紙切れを探すにはもっと時間がかかりそうだった。

ひとまず寝室に戻って、計画を立てなおした。館じゅうが寝静まるまで待って、夜明け前に寝室を抜けだそう。

だれかに見つかる危険はあるけれど、とにかく脅迫状を見つけなくては。

もしここにいるだれかにリリーの秘密を知られたら、とても自分を許せない。

リリーを産み落としてハートリー家の玄関に置いていった女性は、ロンドンでだれよりも悪名高い女性なのだから。

11

グレイは自分の部屋に戻って、ブランデーをグラスに注いだ——夜のほとんどの時間を、客たちをもてなして過ごした自分へのほうびだ。夕食のあとでフィオーナを探したが、先に部屋にさがったと聞いて少しがっかりした。

自分でも意外だった。そして危険だ。

フィオーナがなぜこんなゲームを仕掛けているのかいまだにわからなかったが、心が惹かれているのはたしかだった。彼女の美しさと機知に惹かれているのは言うまでもない。だがそれより、あの思慮深さと——彼女だけのレンズを通したものの見方に惹かれていた。

フィオーナに気を取られている余裕はないはずだった。フォートレスを修復してかつての栄光を取り戻すという目標に目を戻さなければならない。

祖母の世界が暗闇になる前に。

あと六日間。それさえ耐え抜けば、フィオーナは自分の費やした時間が無駄だったことを悟るだろう。そしてフォートレスを離れて、ほかのだれかに目を向けるはずだ。

その夜はどういうわけか落ち着かなくて、眠る気分になれなかった。グレイはブランデーのグラスを手に、テラスを見おろす狭いバルコニーに出た。夜の静寂があたりを包みこんでいる。

錬鉄製の手すりにもたれ、星々の瞬く暗い空と遠くの木々を眺めた。それから半円状のテラスから庭園に視線をさまよわせる——暗く荒れ果てた、魅惑的な場所。フィオーナの目に映ったものがそこにあった。

噴水のそばで過ごした時間は現実離れしていて、まるで人魚に魔法をかけられたようだった。いまもそんな気がする——ブランデーや月明かりのせいでなく。

もしかしたら、庭園そのものに魔法がかけられていたのかもしれない——だが、欲望で頭がくらくらしていたというほうがはるかに当たっている気がする。

ほほえみながらブランデーを口に含んで、おやと思った。

庭園のうっそうと茂った灌木の向こうにかすかな明かりがちらついていて、あたりの枝葉が揺れている。ニンフか妖精か——いや、もしかしたら生身の女性——フィオーナかもしれない。

こんな夜中に、なにをしているんだ？　いや、それより——彼女がひとりでなかったら？　恋人でもないのに、胸のなかにふつふつと嫉妬が湧きあがった。

いずれにしろ、ここはうちの庭園だ。不法侵入——それもこんな夜中に入りこんでいるのが何者なのか、突きとめなくてはならない。

テーブルにグラスを置いて、裏手の階段に向かった。どういうわけか、人魚に会いたくてたまらなかった。

フィオーナは正しい方向に歩いていると思っていたが、たしかめるのはむずかしかった。刈りこまれていない枝や伸び放題の草、木々の根が玉石敷きの小道に張りだしている。見つからずに外に出るのはたやすかった。リリーが目を覚ますかもしれないから、念のために、書き置きを枕の上に置いてきてある。

庭園にいるのは一時間少々のつもりだった。まだ、噴水までの道を半分しか来ていない。これまで見かけたのは、ミミズ三匹にヒキガエル二匹、ホロホロ鳥が一羽だけだった。脅迫状はまだ見つからない。

しゃがんで探したので脚が痛くなったが、目的のものが見つかれば苦労も報われる。マントのフードをかぶり、ランタンの火を小さくして、茂みという茂み、岩の隙間という隙間をひとつ残らずたしかめながら進んだ。

茂みの下をのぞきこんでいたとき、なにかが飛びだして靴のつま先に着地した。びっくりして小さく叫んだ拍子にガウンの裾を踏み、ひっくり返って——大きな石の上に尻もちをついた。地面に転がったランタンの火が消え、あたりは暗くなった。

クックックッとカエルの鳴く声がした。三匹目のヒキガエルだ。カエルは無事だったらしく、飛び跳ねて茂みのなかに消えてしまったが、こちらのお尻に痣ができるのは確実だった。

でも、クモでなかっただけましだ。

涙をこらえ、ぶつぶつ言いながら立ちあがって、痛むところをさすった。暗闇に目が慣れたところでランタンを拾おうとしたとき、背後から足音がした。滑るように歩く上品な音ではない。どちらかというと、玉石を力強く踏みつけるヘシアンブーツの音だ。どうしよう――うろたえていると、聞き慣れた声がした。

「夜中の散歩か？」――グレイ。

さっと振り向くと、暗い月明かりのなかに彼が――というより、彼の影が見えた。見つかったときの言い訳を考えておいたはずだけれど、いまいましいことに思い出せない。なぜなら、こんな近くにあの人がいるから。

「眠れなかったの」フィオーナは答えた。「あなたは？　ふだんから夜中に庭園を見まわることにしているの？」

「いいや。だが、そうしようと思いはじめたところだ」彼は一歩進みでた。「大丈夫か？　さっき転んだような音が聞こえたが」

「たしかに転んだわ。でも大丈夫よ」

「そうか……」彼はまだ納得していないようだった。「ランタンはどうした？」

「ヒキガエルが靴のつま先に飛び乗った拍子に落としてしまったの」

「ヒキガエルに襲われたのか？」グレイは低い声で笑いながら膝をついて、茂みのなかに落ちていたランタンを拾いあげた。持ち手が曲がっている。彼は月明かりに透かして金属の枠を確認した。「火口箱は持ってきたか？」

フィオーナはそこらじゅうで鳴いているコオロギたちにばかにされているような気がした。

「あいにく持ってなくて……」

「それなら、わたしが来てよかったじゃないか。付き添うから館に戻ろう」

一方的に言われて、フィオーナはむっとした。「付き添いはお願いしていません、閣下」

「グレイだ。忘れたのか？」

もちろん、よく憶えている。「まだ館に戻るわけにはいかないの。どうかわたしにかまわないで」

グレイは鼻を鳴らした。「そんな言葉ですんなり帰るわけがないだろう」

「わたしがミノタウロス（ギリシャ神話に登場する怪物）のいけにえになると思う？」

「いいや。だが、おもしろい考えだな」グレイは腰に手を当ててさらに尋ねた。「こんな夜中に、ここでいったいなにをしていたんだ？」フィオーナがなにか言いかけるのを制して、彼はつづけた。「おっと、なにかをスケッチするつもりだったと言っても無駄だぞ。たとえ充分な明かりがあったとしても――実際にはないが――きみはスケッチブックを持っていない」

フィオーナはしばらく迷って、真実にいくらか近い説明をすることにした。「あ、あるものを落としたの――今日ここで、あなたと一緒にいたときに。それを探していたのよ」

「日がのぼるまで待てなかったのか？」グレイは不思議そうに尋ねた。「そんなに大事なものなのか」

せめてこの人が事情を知っていたら。フィオーナは肩をすくめた。「眠れなかったと言ったでしょう。散歩すると、たいてい眠れるようになるの。落とし物も見つかったら一石二鳥だと思って」

グレイは髪をかきあげた。「まあいいだろう。それで、なにを探していたんだ？」

「耳飾りよ」フィオーナはそう言って後悔した。どうして腕輪や手袋と答えなかったの？——せめてクリの実より大きいものにすればよかった。

「耳飾り？」そう言われると、自分が間抜けになった気がした。

「母からもらった耳飾りの片方よ——継母でなく、実の母から」フィオーナは声を詰まらせた。女優になりきっているからでなく、母の話をするといつもいろいろなことを思い出して苦しくなるからだ。夜に暖かな暖炉の前で物語を読んでもらったこと。まぶしい太陽の下で小川を歩いて渡ったこと。そして笑い声。

「夜中に、玉石や落ち葉や茂みのあいだに落ちている耳飾りが見つかる可能性はかぎりなく低い。わかりきったことだ」

フィオーナはぐいと頭を反らした。「たしかに、望みの結果は得られないかもしれないわ。でも、やってみる価値がないことにはならないでしょう」いつの間にか耳飾りの話ではなくなっていた。

グレイは黙りこんでいたが、しばらくして口を開いた。「どうかしているとしか思えないが、今夜のうちに耳飾りをどうしても探したいのなら、わたしも手伝おう。別のランタンを持ってくるから、そのあいだここで待っていてくれないか。暗いなかで手探りするんじゃないぞ——そんなことをしたら、また転んで頭から茂みに突っこむのが関の山だ」

「手伝っていただかなくて結構よ」フィオーナは言った。「たぶん無駄な試みでしょうから」

「これ以上の議論はなしだ」グレイはフィオーナの手を取ると、親指で手の甲をさすった。

暗がりのなかでは、ただ手を触れられただけで、キスされたように――キス以上のことをされたようにどきどきする。「草ぼうぼうの庭園をかき分けてまで探したいほど大切な耳飾りなら仕方がない。せめてきみをヒキガエルから守るとしよう」

「そんな……」フィオーナはまた言葉に詰まりそうになって口をつぐんだ。当たり前のようにそんなことを言われると、胸が熱くなる。そしていまは体だけでなく、心も揺さぶられていた。

脅迫状を受けとってから、ずっと孤独だった。血の気の引くような内容を打ち明けられる人はひとりもいなかったし、リリーの未来や家族の幸せに対する責任を分かち合える人もいなかった。

でも、いまはグレイがそばにいて、ジャングルのような庭園で耳飾りを一緒に探そうとしてくれている。

もちろん脅迫状のことは打ち明けられないけれど、今夜ひと晩は、仲間がいるような気分を味わえる。だれかがそばにいて、悪いものを退けてくれると――ヒキガエルも含めて。

それに、結婚を承諾させるために、彼を説得する時間がいくらでもほしかった。となると月明かりの庭園よりぴったりの舞台はない。

「五分で戻る」グレイが言った。「ここにいるのは危ないから、ベンチを探そう。もっとも、わたしと一緒に来たいなら別だが」

「ベンチで待つほうがいいわ。ありがとう」

彼はフィオーナの手を引いて、小道から少し離れた格子のアーチの陰にある錬鉄製のベンチに連れていった。そしてランタンを地面に置き、空いたほうの手でポケットからハンカチを取りだすと、ベンチの座面の埃を払った。「ここなら安全だ」自分に言い聞かせているのか、フィオーナに言っているのかよくわからない口調でつぶやいた。

「ひとまず、ミノタウロスには気をつけるわ」ベンチの前にたたずんだまま、フィオーナはおどけて言った。彼の手はとても温かくて、心強い――彼に守られていれば、どんな厄介ごとも降りかかってこない気がした。それに、ただ心地いいだけではない。胸がときめいて、恋の秘薬を飲んだように体じゅうがかっと熱くなっていた。

なにより、彼自身が手を離すのをためらっているような気がする……。

けれども、夜じゅうそうしているわけにもいかない。フィオーナは彼の手を離して、ベンチの片隅に腰をおろした。グレイはフィオーナが寒くないように、マントの前をかき合わせてやった。「寒くないか？　わたしの上着を置いていってもいい」

フィオーナはひそかにほほえんだ。男性に上着を貸そうと言われるのははじめてだ。もしかすると最初で最後になるかもしれないその申し出に、危うくイエスと言いそうになった。

「充分温かいわ。優しいのね」

グレイは小さくうなずくと、首の後ろをさすった。「では、すぐに戻る」彼は数歩歩きかけて振り向いた。「わたしがいないあいだ、愚かなことはなにもしないと約束してくれないか」

「この場所からは動かないつもりよ」フィオーナは請け合った。

「そういうのは約束とは言わないんだ。だが、それでよしとするしかなさそうだな」彼はあとずさりしてくるりと向きを変えると、館に駆け戻っていった。

フィオーナはマントにくるまり、周囲の音に耳を傾けて気持ちを落ち着けた。たぶん、まだ挽回はできる。グレイが火口箱を持って戻ってきたら、耳飾りを探しているふりをして脅迫状を探そう。もしグレイが先に見つけたら、読まれる前にひったくってびりびりに破く。もしくはランタンのなかに押しこんで、燃やしてしまえばいい。

そのあいだ、頭のなかで聞こえる声は無視することにした。その声が女学校の校長、ミス・ヘイウィンクルの声にそっくりなのは偶然ではない。

――まっとうなレディは、真夜中に男性と逢い引きしたりしません。決まりごとを守れないなら、いつか報いを受けますからね。一夜の不道徳な快楽を味わったばかりに、一生絶望して過ごすことになるんですよ、みなさん。

ミス・ヘイウィンクルはその警告を何度も言って聞かせた――まるで、自分自身の経験を話しているように。でも、まさかそんな――そんなことは、お気に入りの靴を賭けてもいいくらいあり得ない。ミス・ヘイウィンクルは、いわゆる〝不適切な〟基本的欲求がまったくなさそうな人だったから。

頭のなかの声を打ち消そうと、グレイの温かく大きな手の感触を思い出した。彼の唇の味や、よく響く声、優しい愛撫も。彼を待っているあいだ、しばらく目を閉じて——不道徳な空想を楽しんだ。


「ミス・ハートリー？」

フィオーナははっと目を覚ましてベンチの肘掛けをつかんだ。びっくりして言葉が出てこない。ランタンを掲げた男性が近づいてきたけれど——グレイではなかった。

「驚かせてすまない。チェルート（安物の両切り葉巻）を吸おうとテラスに出たら、このあたりから物音が聞こえた。なにかあったのか？」

「ペンサム卿？」フィオーナはどきどきする胸を押さえ、ランタンの向こうにいる侯爵を目を細めて見た。ペンサム卿がチェルートを吸うのは意外だった。はじめて会ったときは生真面目で、このうえなくまっとうな紳士だと思ったけれど。

「ああ、わたしだ。最初に名乗るべきだった」彼は申し訳なさそうに言うと、あたりを見まわした。「ひとりなのか？」

フィオーナはうなじの皮膚がちくちくするのを感じた。「ええ」グレイがまさにいま小道をこちらに向かって歩いているところかもしれない。だが、嘘が口から出た。「少し——新鮮な空気が吸いたくて……。そうしたらこのベンチがあって——うとうとしてしまったようです」

「なるほど」そう言ったものの、ペンサム卿は疑わしげだった。

「わたしがひとりで外に出たと知ったら、母はきっと顔色を変えて怒りますわ。ここにいたことは、内密にしていただけるとうれしいのですけれど」

「もちろんだ。だれにも話さないと約束しよう」ペンサム卿は真顔で言うと、少しためらってつづけた。「ひとりでいるところを邪魔したくはないんだが、少しだけここにいてもかまわないだろうか？」

フィオーナは一瞬迷ったが、ただことわるのは失礼な気がしたので、隣を指し示した。

「もちろんかまいません――ただ、すぐに部屋に戻らなくてはなりませんが……。わたしがいないことに気づいたら、妹が心配してしまいますから」

「それもそうだ」ペンサム卿は地面にランタンを置くと、適切な距離を取ってベンチに腰をおろした。はっとするほどハンサムな人だ。着ているものが流れるようなローブだったら、古典的な絵画から抜けだした金髪の天使と見間違えたかもしれない。「明日、朝食の席で話そうと思っていたんだが、ちょうどいい機会だからいま話してしまおう」彼は口をつぐんで、落ち着かないように身じろぎした。

「なんでしょうか？」

「明日の午後、弓の腕比べに出かける。きみも来てくれるとうれしいが――できればそのあと――馬車で出かけないか？　田舎の景色を見に」ペンサム卿はしどろもどろになって言った。

フィオーナは戸惑った。誘われたのはうれしいけれど、相手が違う。「ご親切にありがとうございます。でも、いまは明日の予定がよくわかりませんので……」

ペンサム卿はうなずいた。「では、またの機会にしてもいい。いきなり誘ってすまなかった。今日レイヴンポートと話したときに、カーリクルを貸そうかと言ってくれたものだから」

フィオーナは目をしばたたいた。「レイヴンポート卿が？」

「馬車で出かけたらきみが喜ぶんじゃないかと言っていた。じつはきみと出かけたいと思っていたから、渡りに船だったんだ」

それでわかった――グレイはわたしをほかのだれかに押しつけることにした。このハウスパーティも、わたしの注意を彼からそらすために……。「レイヴンポート卿とは親しいんですか？」

「同じ社交クラブに顔を出している。とはいえ、いきなりきみを誘うようなことはするべきでは――」

「お誘いいただいて、光栄ですわ」思いきって言った。

「ほんとうに？」

フィオーナは長いため息をついた。「明日の午後、よろしければ馬車でご一緒しましょう、ペンサム卿」

「それはよかった」ペンサム卿は少し意外そうだった。「明日が楽しみだ。さて、きみの時間をずいぶん邪魔してしまった。そろそろ失礼するとしよう」

ペンサム卿は立ちあがって正式なお辞儀をすると——暗い庭園でなく、明かりのともった舞踏室にいるような足取りでテラスのほうへ戻っていった。

「ランタンを忘れていますよ」フィオーナは後ろから声をかけた。

「きみのところにあるほうが安心だ」ペンサム卿は肩越しに言った。「おやすみ。ミス・ハートリー」

フィオーナは座ったまま、ペンサム卿との会話を思い返し、グレイが暗がりから出てこないかとしばらく待った。やはり来ない。がっかりしてランタンを取りあげ、噴水に移動してあたりを探したが、やはり脅迫状は見つからなかった。気もそぞろだったせいもある。

グレイがペンサム卿との結婚を取りもとうとしているのなら、うまくいったと思わせておいたほうがいいかもしれない。恋人同士のやりとりはよくわからないけれど、グレイは明らかにわたしを求めているから。

たぶん、わたしとペンサム卿が一緒にいるところを見たら、わたしに惹かれていることに気づくんじゃないかしら。

フィオーナはそうあってほしいと心から願った。なぜなら、彼女自身も自分の変化に気づきはじめていたからだ。はじめは最低限の条件さえ満たしていれば、だれでもいいと思っていた。爵位持ちで、善良で、心の広い人が夫になれば、幸せな人生を過ごせると。

でもいまは、そんなふうに考えられない。

結婚相手として考えられるのはただひとり、グレイだけ――でも、彼を選ぶことは危険な賭けになる。リリーと家族を破滅する運命から救いたいなら、ほんとうにフィオーナ・ハートリーとの結婚を望み、所定の期限までに結婚することに同意してくれる人でなくてはならないのだから。

あいにく、そうした男性をつかまえて――さらに結婚に同意してもらうまで、あと七日しかなかった。

12

翌朝、頭痛とともに目覚めたフィオーナは、出かけるのをやめようかと思った。あれから長いこと庭園を歩きまわったせいで、頭がずきずきしている。あと数時間眠るためなら、お気に入りのパラソルを差しだしてもいいくらいだった。でも、グレイに逃げたと思われたくない。

だから弓の腕比べには参加することにした――たとえ怒っていることをグレイにわかってもらう以外の理由がなくても。グレイはゆうべ、約束したのに戻ってこなかった。それだけでなく、カーリクルで外出しようという話もはぐらかそうとしている。それを許したとは思ってほしくなかった――実際、許していないのだから。

だからベッドをおりて、リリーやソフィーと同じくらいわくわくしているようなふりをしながら、新しく仕立て直した外出用のガウンを着た。髪はメリーに言って、編んだ髪が片方の肩に垂れるようにしてもらう。男性に反省してもらいたいときに、いちばんおしゃれな格好をしていけない理由はない。

結局、全員が玄関広間に集まるころには、フィオーナもふだん出かけるときのようにわくわくしていた。

弓の腕比べなら、以前に隣の地所で催されたときに参加したことがある。あのときは、大きな白い天幕のなかで参加者と見物客が一緒に軽食を楽しんだ。弓を射る順番がひとまわりするたびに従僕たちが矢を拾い集めたし、会場の草地はきちんと刈りこまれていて、見物客が座る椅子も並べられていたものだ。

けれども、今日はまったく違っていた。

だれもが出かけるときはにこにこしていたが、会場に来るとそういうわけにはいかなくなった。露だらけの草が生い茂った草地は滑りやすくて、とにかく歩きにくい。ハートリー夫人とレディ・キャラハン、グレイの祖母は、ハーフブーツでは歩けないと不満をあらわにし、いくらも歩かないうちにフォートレスに戻って暖かい暖炉のそばでお茶を飲みたいと言いだした。結局三人はカービー氏の父、ダンロープ卿の親切な申し出で、彼に付き添われて戻ることになった。ダンロープ卿も、そのまま館にとどまりたいらしい。

そういうわけで、その場には四人の紳士――グレイとカービー氏、ペンサム卿、そして彼の弟のカーター卿と、三人のレディ――リリーとソフィーとフィオーナが残った。

シルクのガウンで長い草をかき分けて進むのは、ぬかるみのなかを歩くくらい大変だった。弓の的が見えてくるころにはハーフブーツはぐっしょり濡れ、スカートの裾は泥まみれになり、呼吸も荒くなっていた。

グレイとカービー氏が弓と矢筒を持って先を歩いていた。ペンサム卿と弟はキルト数枚とワインとパン、フルーツの入ったバスケットを手に、女性三人を挟んで歩いている。

「ようやく見えてきたわ」リリーが目の上に手をかざして行く手を見た。「どなたか、あの的が幻でないと言ってちょうだい」

ペンサム卿が上着の袖で額を拭いながら言った。「あと少しだな。もうひと頑張りする前に、ひと休みしなくていいだろうか？」彼はバスケットを置くと、膝に手をついた——賛成と言われるのを待っている。

「わたしは休みません」フィオーナは答えた。「いま休んだら、きっと明日まで動きたくなくなりますから。このまま行きます」

ソフィーは目の前の丘を不安そうに見あげていたが、勇気をふるってフィオーナにつづいた。太陽が照りつけている。

丘の頂に到着すると、グレイがすでに的までの距離を歩数で測っていた。弓をふた張りと矢筒を二本並べている。

腹立たしいことに、少しも息切れしている様子がない。「だれが最初に射る？」彼は前置きなしに尋ねた。

カーター卿がにやりと笑って言った。その前に、エールが一杯必要だ」

ほとんどの者が同意のつぶやきを漏らしたが、フィオーナは進みでて言った。「わたしはいつでもかまいません」

リリーが近づいてささやいた。「本気で言っているの？　最後に弓を引いたのはいつだったかしら？」

「数年前よ」

リリーは小さく舌打ちした。「ミス・ヘイウィンクルの学校にいたころ?」

フィオーナは肩をすくめた。「ええ、たしか」女学校では全員が弓を教わった。まさにいまのようなときに颯爽と振る舞えるようにするためだ。二週間教わって締めくくりに競技会が開催されたが、フィオーナの順位はびりだった。いちばん年下の生徒でさえ――フィオーナの半分の年齢だった――フィオーナをあっさり負かして、その学期のあいだじゅうからかわれたくらいだ。

「きっとおもしろくなるわ」リリーは畳んだキルトを持ちあげ、近くにぽつんと生えている木に向かった。「ソフィー、日陰にキルトを広げるから手伝って。腕比べがはじまったら、離れたところから見物したくなるから」

「そうしてしょうだい」フィオーナはだれにともなくつぶやいた。この腕比べに参加するのは勝つためではない。グレイの意のままにならず、あきらめもしないことを彼にわかってもらうためだ。どうすれば目的を達成できるのか、はっきりとはわからない。でも、命を奪いかねない武器を持っていたら、少しは真剣に考えてもらえるかもしれないという気がした。

弓を拾いあげ、矢筒から矢を一本抜き取った。「少し離れていただけるかしら、レイヴンポート卿。この矢が思いもよらない方向に曲がっても、責任は取れませんから」

ありとあらゆる本能がフィオーナと距離を置けと騒いでいたが、グレイは彼女に近づいた。だれにも聞かれずに話したかった。「ゆうべのことを――謝りたいんだが」

「ベンチで待っていると約束して、ほったらかしにしておいたことかしら？」フィオーナは目を合わさずに弓をいじった。

「戻ったらペンサムがきみの隣に座っていたので、声をかけないほうがいいだろうと思った」

「それで来た道を戻って、ベッドに潜った？」彼女の言葉はそっけなかった。

「その場でしばらく待った」そして見守った――ペンサムが紳士らしく振る舞うかたしかめるために。ペンサムは不届きなことはしない男だと聞いている。だが、フィオーナに関することでは慎重を期したかった。「ペンサムが館に戻ろうとしたところで、先にテラスに戻って、葉巻を吸いに出たふりをした。それからペンサムが来て、一緒に葉巻を吸ってもいいかと言われて――ことわるのも失礼だろう。下手をすると、疑われるかもしれない。わたしたちふたりが庭にいたと思われるのはまずいと思った」

「そうね。そうなったらただではすまないでしょうから」フィオーナは皮肉たっぷりに応じた。「もしかしたら、わたしと結婚する羽目になるかもしれないもの」彼女が取り落とした矢を拾いあげると、フィオーナはその矢をひったくった。

「フィオーナ」優しく言った。「きみを怒らせてすまない」

「まあ、鋭い観察力ね」

彼は後ろを振り返った。ほかの男たちはフィオーナの妹と友人に付き添って木陰に行き、飲み物を注いだり、リンゴやチーズを切り分けたりしている。彼らが忙しくしているのをたしかめて、ふたたびフィオーナに向きなおった。「きみに冷たくされて当然だ。だが、説明の機会くらい与えられてしかるべきだと思うが」

「それじゃ説明してちょうだい」フィオーナはにこやかにほほえんだ。「ゆうべは葉巻をまるまるひと箱くゆらせたの？　それとも、もうひと箱手に入れるために西インド諸島に船で出かけたのかしら？」彼女は的に対して横向きに立つと、距離を測るように目を細くした。

「ペンサムがつづきはブランデーを飲みながら話したいと言いだして、ことわれなかった」実際、ペンサムは彼の父とグレイの父の話をした。ふたりとも酒に頼りがちだったことや、ペンサムの父が酒に溺れたのが原因で死んでしまったことを。「夜明け前に庭園に戻ったときには、きみの姿はもうなかった」

「それはおあいにくさま。あそこで眠るわけにはいかないもの」フィオーナはつっけんどんに言った。

「きみはもういないだろうと思った」ほんとうは待っていてほしいと思っていたが。「わたしはただ——」

フィオーナが弓を逆さまにかまえていた。「手伝おう」彼は言った。

「結構よ」フィオーナが言った。「弓の使い方なら、ミス・ヘイウィンクルの女学校で教わったもの。わたしたちが使っていたのは、少し違う弓だったけれど」

彼は革の籠手《こて》を差しだしたが、フィオーナは手を振って却下した。だれかが——とりわけ彼女自身がけがをする心配がなければ、ここまで我を通す彼女に一目置いたかもしれない。

フィオーナは真剣な顔で矢をつがえると、水平にかまえようとした。だが矢は言うことを聞かずに地面を向いている。グレイは矢をつかんだ。

「邪魔しないで」フィオーナは矢を取り戻した。

「肝心なのは――」グレイは真顔で言った。「きみのところに戻るつもりでいたことだ」ひと晩じゅう夢想していた。あの晩ふたりが庭で過ごしていたらどうなっていたか。ガウンを脱がせ、彼女の肌が月光を浴びて浮かびあがるところを……。

「でもペンサム卿と葉巻を吸って、お酒を飲んで、話をするので忙しかったんでしょう。世の中そんなものだってわかった気がするわ」

「ほんとうにきみといたかったんだ」グレイは懸命につづけた。「だが、悪い噂が立たないようにしなくてはならなかった。できることなら仲直りしたいんだが……」フィオーナがなにも言わなかったので、彼は言った。「あれは見つかったのか？」

フィオーナは顔色を変えてさっと彼を見た。「なんのことかしら？」

「耳飾りだ。母上の形見の」

「いいえ、まだ見つからないわ」彼女は目を逸らした。

「では、フォートレスに戻ったら探すのを手伝おう」それで多少とも埋め合わせをするつもりだった。

「どうかよけいなことはしないで」フィオーナは素早く言った。「それに、今日の午後は約束があるの。カーリクルでわたしを連れだすように、あなたがペンサム卿に頼んだんでしょう」

「そうしたらどうかとは言ったかもしれないが……」グレイはすでにそうしたことを後悔していた。ロンドンを発つ前に、ペンサムになにげなくそんな話をした――そしてペンサムは時間を無駄にせずにフィオーナを誘った。「だが、そのあとで……」

「そのあとで、なにかしら？」フィオーナは弓をおろして彼の目をまっすぐ見た。その答えがとても重要だと言わんばかりに。

彼は声をひそめた。「きみのスケッチを見た。きみにキスした。そして――」

「――準備はできたか？」カービーの声がした。いまいましいことに、こちらに向かってのんびり歩いてくる。

「今夜会おう」グレイはとっさに言った。「時間と場所は夕食のときに手紙で知らせる」

フィオーナは一瞬ノーと言いかけたように見えたが、しまいににっこりして言った。「あなたをスケッチさせてくれるなら」

それは困る。彼女にかかると、なにをあらわにされるかわかったものではない。「フィオーナ、それは――」

フィオーナは肩をすくめると、的に目を戻して弓をかまえ、弦《つる》を引いた。

「わかった」グレイは早口に言った。「今夜会おう」

フィオーナは弦を放し、おおよそ三歩先の地面に矢が刺さるのを見てほほえんだ。どこに刺さったかは関係ない。勝ち誇ったような表情を浮かべて、彼に向きなおった。「二度もわたしをがっかりさせないで、レイヴンポート卿」と言うなり弓を彼に押しつけ、妹と友人のいる日陰に颯爽と歩いていった。

カービーが傍らに来て、地面に刺さった矢を愉快そうに見た。「一回目はきみの勝ちらしいな」

傍目にはそう見えるかもしれない。だが、グレイはほんとうの勝者を知っていた。フィオーナは的を射貫いた――それも恐ろしいほどの正確さで。

彼は戦いには負けたが、彼女とまたふたりきりになることを心待ちにしていた。

13

言い合いをしたことについて
ひとりの男性にこんなにも心惹かれて、こんなにも腹が立つことがあるなんて。もともと分別はあるほうなのに、さまざまな仕返しが頭をよぎった。たとえば、R卿が朝食を食べているときに寝室に忍びこんで、ベッドのなかに崩したスコーンをばらまく。彼のクラヴァットを片端からびりびり引き裂く。ブーツのなかに腐った玉ねぎのくずを入れる。とにかく苛立たせてやりたい――わたしと同じくらいに。

でも幸い、そうした仕返しは思いとどまったし、がまんしただけの甲斐もあった。

R卿はスケッチすることを承諾してくれた。それはつまり、この先数日間、何度か彼と顔を合わせるということだ――今夜から。

いろいろなことがあって、たまに言い合いをするのはそれほどいけないことではないと思うようになった。とりわけ、男性のほうが過ちを認めて償いをしようとしているときはそう――キスや、愛撫や、それ以上のなんらかの形で……。

夕食のあいだじゅう、グレイはフィオーナと話しているペンサム卿から目を離さなかった。ペンサム卿の言動にとくに変わったところはなかったが、フィオーナを見る彼のまなざしは

──完全にのぼせあがった男のそれだ。グレイは彼の首を絞めたくてたまらなくなった。

だがペンサム卿がフィオーナを馬車に乗せて出かけたことを責めるわけにはいかない。そもそもあれは、自分の思いつきだったのだから。とはいえ、帰ってきたふたりが、息が苦しくなるほど笑いながら館に入ってきたのは気に入らなかった。フィオーナの髪は風に吹かれて乱れ、頬も紅潮していて──いかにも楽しそうだった。くそっ。

嫉妬ではない。彼女に対してなんの権利もなく、なにも主張できないのははじめからわかっている。ペンサムとフィオーナは似合いの組み合わせだ。そして、そうなることがそもそもの計画だった──フィオーナをほかの男に引き合わせることが。彼女の気持ちを自分から逸らしてくれるだれかに。

だが、フィオーナが目の前で別の男と恋に落ちるのを見たいわけではない。

「具合でも悪いの、デイヴィッド？」テーブルの角を挟んで座っていた祖母が、彼の腕をぽんぽんと叩いた。「今夜はいつになく無口なのね」

「どこも悪いところはありませんよ」だが孫のこととなると、祖母には妙な勘がある。彼は食堂を見まわして、朽ちた炉棚や染みのついた床、天井漆喰のひび割れに目をやった。「館で修繕が必要なところを頭のなかで数えあげていただけです」

祖母は同情するようにほほえんだ。「ワインと会話がつづいているうちは、お客さまもそうしたことにはなかなか気づかないものよ」

「しかし、わたしは違います。かつてこの部屋がどんな様子だったか聞かせてください。クリスタルのシャンデリアはありましたか？　壁用の銀の燭台は？　繊細な繰形《くりがた》装飾はどうです？」

祖母は瞳を曇らせた。「どれもあったわ。クリスマスには常緑樹の枝をテーブルの上に飾って、戸口の上にヤドリギの木もさげてあった。松ぼっくりの香りが、ヤマウズラのローストやミンスパイ、スエットプディングのにおいと混ざり合って……。レイヴンポート――あなたのおじいさまが、いまあなたがいるところに座って、おもしろいお話をしてみんなを楽しませていたものよ。夕食が終わってずいぶんたってもみんなここにとどまって、おしゃべりして。だれも部屋にさがろうとしなかった……」

グレイはワイングラスの脚に手をかけたまま、きっぱり言った。「またそんな日が来ますよ、おばあさま。約束します」

「館のことよりも――」祖母は優しく言った。「お客さまに気を配りなさい。ハートリー家の姉妹はふたりとも楽しんでいるかしら？」

グレイは肩をすくめた。「妹のリリーは今日、弓の腕比べで優勝しましたよ」

「フィオーナは？」

「彼女は彼女なりに楽しんでいます」思ったより不満げな口調になってしまった。

「川に連れていってあげたらどうかしら」祖母は言った。「あそこは美しい場所ですからね。舟遊びをすればいいわ」

ボートはおそらくもう乗れる代物ではなく、桟橋も半分なくなっているとは言えなかった。

「考えておきます」

「あなたはときどき考えすぎるのよ」祖母はからかうように言った。

グレイはうなった。反対だ。その証拠に、夕食のあとでフィオーナに渡そうと思っている手紙がポケットに入っていた。だが、大好きな祖母に反論するつもりはない。「おばあさまのおっしゃるとおりです——いつものように」

「でも、ヘレナのことでは、わたしも間違っていたわ」祖母はささやいた。「あなたにふさわしい人だと思ったのに」

「この館のありさまを見れば、だれだろうと怖じ気づいて逃げだしますよ」

「ミス・フィオーナ・ハートリーは怖じ気づいてないわね」

グレイは苦笑いを浮かべて祖母の痩せた手を軽く叩いた。「あと数日ではっきりします」

二日目の夜もまた、フィオーナはベッドを抜けだした。隣で穏やかな寝息を立てているリリーを起こさないようにローブを羽織り、スケッチブックと鉛筆をつかんで、忍び足で部屋を出る。

夕食のあと、客間でグレイからさりげなく渡された手紙は、彼女が憧れていたようなロマンティックなものではなかった。だが、彼が詩人でないことはおたがいわかっている。紙切れには、単語が並んでいるだけだった——一時、図書室。

迷子になりませんようにと祈りながら、暗い廊下をそろそろと歩いて階段をおりた。館を案内してもらったとき、ここが図書室だとグレイの祖母が話していたのを憶えている。彼女がドアも開けずに一同を次の部屋にせき立てたので、少し不思議に思ったことが記憶に残っていた。

図書室のドアの下から、ぼんやりと明かりが漏れていた。恐る恐るドアを開けて、呆然とした。広々とした部屋の左右の壁に二段重ねの本棚が並び、正面は床から天井までガラス窓になっている。星空の眺めをさえぎるカーテンはなく、木箱や埃よけの布で覆われた家具、梯子や道具のたぐいが散らばっている床に月光が降りそそいでいた。

グレイは白くて大きな塊――たぶんソファ――に座って、膝の上に両肘をついていた。夕食のときに着ていたのと同じ服を着ていて、息が止まるほどハンサムに見える。ナイトガウンとローブでなく、もっと優雅な服を着てくればよかった。髪は一本編みにして背中に垂らしているだけだし、足に至ってははだしのままだ――リリーが目を覚ますかもしれなかったので、着替えたり、靴を履き替えたりできなかった。

部屋に入ってきたフィオーナを見て彼は目を見開き、さっと立ちあがってドアを閉めた。

「来る途中でだれかに会ったか？」

「いいえ。妹はぐっすり寝ていたし、ほかのみなさんもそうだと思うわ」

「それはよかった」彼は落ち着かない様子で顔を撫でた。「きみに来てもらうべきではなかった。だが、できれば――いや、どうしても説明したかった」

「なんでも話してちょうだい」フィオーナが言った。「さあ」

彼は両手を腰に当てると、幽霊のような家具を見まわした。「まず、きみが座る場所をなんとかしよう」

「どこでも結構よ」

彼は埃よけをめくってクッションをいくつか引っ張りだした。「ここは客をもてなすための部屋ではないんだ。部屋としてかろうじて用をなす程度で……。だが、だれかに邪魔されることもない」

「素敵なお部屋だわ。それに、舞踏会が開けるくらい広いのね」

グレイはうめいた。「冗談抜きで、ここは舞踏会など――どんな催しもするような場所ではないんだ」彼は暖炉の前の絨毯につかつかと近づくと、クッションを床の上に並べた。

「ここでかまわないだろうか？　椅子のほうがよければ持ってこよう」

「いいえ、ここで充分よ」フィオーナはスケッチブックを傍らに置いて、ふかふかしたシルクのクッションに腰をおろした。

「寒くないか？　火を熾《おこ》してもいい」

フィオーナはことわろうとしたが、話をしているときに――彼の気を引きたいなら、顔がちゃんと見えたほうがいいと思いなおした。「そのほうがいいわね」

グレイは火床の前にしゃがむと、焚きつけを置いて火打ち石で火をつけた。そしてちらちらと燃えだした炎を見つめながら口を開いた。「われながらこんなことを言うのはどうかと思うが、今日きみとペンサムが一緒にいるのを見たときは、穏やかな気持ちではいられなかった」

フィオーナは彼の告白に心を動かされたが、話を簡単にするつもりはなかった。「でも、それはあなたがみずから招いたことでしょう」

「わかっている。ペンサムのような男と一緒になるほうが、きみのためになると思った」

「つまり、わたしを厄介払いするつもりだったのね」

「そういう気持ちも少しはあったかもしれない」グレイは気まずそうにほほえむと、絨毯の上に長い脚を伸ばし、片肘をついて横になった。クラヴァットを緩め、髪をくしゃくしゃにして、顎の無精ひげもいつもより濃くなっている。

ふだんのいかめしい彼ではなかった。これがグレイのほんとうの姿——描きたいのは、まさにこんな姿だった。

「わたしは過ちをひとつ犯した」彼はつづけた。「庭園にきみをひとりで残して、ペンサムがきみを口説くように仕向けたこと——あれは間違いだった」

「それなら、過ちはふたつね」

グレイはそのとおりだというようにうなずいた。

「あなたの謝罪を受け入れるわ」

「ありがとう」彼の真摯な言葉がフィオーナの胸に響いた。だが彼は手を伸ばして触れようとしないし、キスをするそぶりも見せない。ようやくふたりきりになれたところで、紳士らしく振る舞うことにしたようだった。

　フィオーナはそびえるような本棚を見あげた。「この部屋のことを話してちょうだい」

　グレイの顔が一瞬曇った。「大して話すことはない」

「そんなはずはないわ。この部屋は、あなたにとってどんな場所なの？　ここをどんなふうにしたいの？」

「わたしにとって、なんの意味もない部屋だ」グレイはそっけなく言った。「なにもかも取り払って、音楽室にしてしまおうと思っている」

「そんな……」フィオーナにはこのうえなくもったいないことに思えたが、なんとなく触れてはいけない話題のような気がして、それ以上はなにも言わないことにした。かわりに、ここに来てからずっと知りたかったことを尋ねた。「失礼なことを伺うようだけれど、よかったら教えてもらえないかしら。フォートレスはどうしてこんなふうになってしまったの？」

　グレイがすぐには答えなかったので、フィオーナはまた踏みこみすぎたのかもしれないと心配になった。だが、しばらくして彼は口を開いた。「父はわたしより若い年で伯爵家の領地を継いだが、地所や小作人に対する義務を真面目に果たさなかった。父と母はロンドンに住むことを好んでこの館を閉めきってしまい、三十年ほどのあいだにフォートレスは荒れ果ててしまった。泥棒が入りこんで家具を盗みだしたり、流浪の民や家のない者たちが長いあいだここで雨露をしのいだりしていたこともある。嵐で屋根や壁は壊れ、庭園や草地は植物が伸び放題になってしまった」

「三十年間放置されていたものを、いま元に戻そうとしているのね」

「そのつもりだ」グレイの言葉には決意がにじんでいた。

フィオーナはそのほかにもなにか事情がありそうだと思ったが、それ以上は無理強いしなかった。今夜は、彼が身を固めている甲冑に隙間がひとつ見つかっただけで充分。「わたしにあきらめさせるつもりで、こちらに招待したのね」

グレイは片眉をつりあげた。「うまくいっただろうか?」

「いいえ、少しも」彼の姿勢をまねて、肘をついて脚を伸ばした。

「では、別の方法を考えるまでだ」彼はむっとして言った。

「好きにしたらいいわ」

彼はキスをしようとするように顔を近づけて――そしてぴたりと動きを止めた。「きみをどうかしようとしてここに呼んだわけじゃない」

「わかってる」

彼はのろのろと立ちあがった。「スケッチをしてもらう約束だが、気が変わったのなら――」

「いいえ、そのつもりよ」フィオーナは言った。「あなたがそんなに描いてもらいたがっているとは思わなかったわ」

「ふたりきりで良識ある時間を過ごすには、なにかすることがあったほうがいい」自分に言い聞かせるような口ぶりだった。

そのとおりだとフィオーナは思った。けれども今夜だけは、分別や良識のある娘でいたくなかった。なにか大胆で、衝動的なことがしたい。ミス・ヘイウィンクルが青くなって、思わず真珠の首飾りをつかむようなことを。

問題は、男性を誘惑した経験がないことだった。男女のことでわきまえていることといえば、庭園でグレイと膝がくずおれるようなキスをしたときに学んだことと――それから、知り合いの家を訪問したときにきわどい絵画を見て知ったことぐらいだ。そのうちいくつかの絵はとてもみだらで、見ているこちらが恥ずかしくなって――体が熱くなるほどだった。あのとき見たなまめかしい、ほとんど全裸に近い女性のまねをしたら、もしかして……。

「それじゃ、ここに横になってもらえるかしら。ちょうどいましているように」フィオーナはよどみなく言った。「わたしはあなたを描く仕度をするから」

そして、わざとゆっくりと、編んだ髪を前に持ってきてリボンをほどいた。

「なにをしている？」グレイが尋ねた。

「見てのとおりよ」フィオーナはリボンを後ろに放ると、編んだ髪をほどきはじめた。グレイが指先をまじまじと見ている――まるで、なにが起こっているのかわからないという顔をして。

「髪をほどいている」彼の声はこわばっていた。

「え？」フィオーナは無邪気に聞き返した。「ええ、そうね。そうしたほうがいいと思って」

「なぜ？」

フィオーナは髪に指を差し入れてほどいた。「楽にするほどいい絵が描けるの。あなたを

「そうかもしれないが……」彼は訝しげに言った。「これ以上時間を無駄にしないほうがいい。ここに長くいればいるほど、だれかに見つかる可能性が高くなる」

「心配いらないわ。もうはじめるから」男性を誘惑するとき、ほかにはどんなことをするのかしら？　そこでひらめいた。立ちあがってゆっくりと体を伸ばし、ローブに巻きつけてあったサテンの帯に手を伸ばした。

「フィオーナ……」グレイの声は懇願と警告をはらんでいた。

聞き入れるつもりはない。フィオーナはなめらかな帯に指を滑らせ、先の部分をもてあそびながら彼の暗い目を見つめた。「スケッチしていいと、たしかに言ったはずよ」

「ああ。だが――」

「それなら肩の力を抜いて」そう言うと、勇気を奮い起こして深々と息を吸いこみ、帯をほどいてローブの前を開いた。

「なにをするんだ……」グレイはささやくと、いったん目を閉じて、また開いた。「もうはじめるんだろうな」

「いいえ、まだよ」

14

グレイは今夜することはふたつだけだと心に誓っていた。謝罪することと、スケッチしてもらうこと――つまり、フィオーナがスケッチしているあいだ、辛抱強く座っていること。だがフィオーナとの関係は複雑になっていた。

フォートレスに来る前は、何日か一緒に過ごせば、ふたりがまったく合わないことがはっきりするだろうと思っていた。だがフィオーナはこの場所が美しいことを示し、言葉巧みに過去の話も引きだした。またフィオーナはキスを許し、彼女自身もキスを返してくれた。フィオーナのせいでどうかしてしまいそうなほど嫉妬した。さらに彼女は祖母の心もとらえている。

そして、そうしたことは彼女と一緒にいられない理由のほんの一部でしかなかった。フィオーナが求めていたのは、形ばかりの結婚――ふたりにとって好都合で、有利な契約だった。だが、いまならわかる。

フィオーナは、そんな関係で満足する女性ではない。彼女が求めているのは、単なる好意以上のものだ。真の意味での伴侶――心の奥深くにしまいこんだ秘密や夢を打ち明けるのをいとわない相手だ。

自分はそんな男にはなれない。以前にそうなろうとしたときは、さんざんに打ちのめされ

い生活を送れるものと思っていた。だが、自分とヘレナは教会の祭壇にもたどり着けなかった。当時は愚かなことに、両親とは違う結婚生活――憎しみや嫉妬、真夜中の罵《のの》り合《し》いのな

※

た。


　フィオーナはヘレナと違う。だがもし彼女と恋に落ちたら、きっと父と同じ轍《てつ》を踏むことになる。心をかき乱され、傷ついて――やがて絶望のあまり、すべてを台なしにするようなことをしてしまいかねない。

　だからこそ、フィオーナに必死であらがっていた。たとえいま、彼女が体の線を際立たせるようなローブを羽織り、暖炉の炎で瞳をきらめかせ、波打つ髪を揺らしながら向かいに座っていても。

　問題は、彼女にあらがうには聖人中の聖人にならなくてはならないということだった。そして、自分は聖人でもなんでもない。

　フィオーナが、今度は震えるような笑みを浮かべながら、滑らかなアイボリーのローブを脱ぎ、足下に落とした。

　くそっ。ナイトガウンの襟ぐりがあきすぎていて、魅惑的な胸の膨らみがのぞいている。おまけにガウンには袖らしい袖はなく、かろうじてフリルが付いているだけだ。裾の縁飾りから、ほっそりした滑らかなふくらはぎがのぞいていた。なにより、薄い綿の生地を通して体が透けて見える。

　グレイは立ちあがって、そわそわと首の後ろをさすった。暖炉の火に照らされている彼女

の肌や、くびれた腰、胸の小さな蕾に目をやってはいけない。

フィオーナが小さく舌打ちした。「動かないでと申しあげたはずですが、閣下」

「横にはならない。頼むから……」

「なにかしら？　あなたをスケッチするなと言いたいの？　それが目的なのに」フィオーナはスケッチブックを取りあげると、ページをめくって、大げさな仕草で鉛筆の芯をたしかめた。「あなたがモデルになってくれたらと、ずっと思っていたのよ」

「いったい、なにがしたいんだ？」グレイの心臓は激しく脈打っていた――下半身も。

「わたしの望みなら知っているはずよ」フィオーナは静かに言った。「秘密にしたことなんてないもの」

「きみがほしい。だが、結婚するわけにはいかないんだ」

フィオーナは下唇をわずかに震わせたが、すぐに落ち着きを取り戻した。「そう。それじゃ、スケッチさせてちょうだい――約束どおりに」

なんてことだ――フィオーナが裸に近い格好でスケッチするのを、じっと横になって眺めていなくてはならないのだ。まさに苦行――たぶん、それが狙いなのだろう。

顔をしかめて横になった。股間の硬くなったものも隠さなかった。こんなに女性がほしくなったのははじめてだ。そのことをいまさら隠しても、なにも変わりはしない。

しばらくのあいだ、フィオーナは静かな表情でじっと彼を見つめていた。鉛筆をかまえたまま、ぴくりとも動かさない。だがしまいに、スケッチをはじめた。自信に満ちた手つきで、大胆かつ流れるように鉛筆を動かしている。フリルの袖が滑らかな肩から滑り落ちたが、スケッチに夢中で気づかない。彼女が鉛筆を動かすたびに、腕の筋肉が交互に伸縮を繰り返していた。眉根を寄せ、一心に描いている。

フィオーナが座っている場所は少なくとも一ヤードは離れていたが、それでもふたりのあいだにはぴりぴりした空気のようなものが流れていた。肘をついて横になっている彼をフィオーナは徹底的に観察し、何年も前に壁をめぐらせたはずの心のすみずみにまで入りこんだ。もちろん、どんな暗い秘密が潜んでいるかはわかるはずもない。だが、フィオーナがそばにいるだけで心が温まったし、心の傷も少しは癒されたような気がした。

フィオーナのスケッチの巧みさはすでに承知している。彼女の前でポーズを取れば、自分が思っている以上に内面をあらわにされてしまうことも。

意外だったのは、フィオーナの内面も垣間見えたことだった。スケッチをしている彼女の顔に、さまざまな感情――優越感や好奇心、同情、疑念――が浮かぶのがはっきり見て取れる。こんな女性が、内気で動きもぎこちない、下手をすると楽団員席に突っこむようなデビュタントだと、だれが思うだろう。彼女は情熱的で、怖い物知らずで、優しくて――到底あらがえない女性だ。

一時間ほど見とれていただろうか。フィオーナはひとことも口をきかなかったが、グレイは彼女の頭の角度や表情の変化を逐一読み取っていた。かすかなメロディーに合わせるように、鉛筆を動かしながらわずかに体を揺らしている。ハート型の顔を縁取る赤褐色の柔らかな巻き毛が目の前にこぼれると、彼女は唇を引き結んでふっと吹き飛ばした。ナイトガウンの袖がますますずり落ちて、輝くような肌があらわになっている。

ときどきフィオーナが顔をあげるとふたりの目が合い、火花が激しく散ったように空気がぴりぴりした。

フィオーナはいま、彼の胸やクラヴァットの襞に目を向けていた。途中で彼女が眉をひそめたので、グレイは声をかけた。「どうした?」

「上着に皺が寄っているわ」彼女はスケッチブックを脇に置くと、這って近づいてきて、上着の襟に手を伸ばした――胸元があらわになっていることに気づかないまま。ナイトガウンのレースで縁取られた襟ぐりが大きく開いて、濃いピンク色の乳首がちらりと見えたときには、もう少しで自制心を失いそうになった。彼女が手際よく上着の皺を伸ばし、クラヴァットを整えるあいだ、彼女の乳房はまさに目の前にあった。

彼はうめいた。

フィオーナが気づかわしげに彼の顎を指先で持ちあげた。「もう一時間もポーズを取っているわね。ひと休みしましょうか?」

とんでもない。裸同然の彼女が、こんな近くにいるのだ。とても耐えられない。

フィオーナの手をつかんで、手のひらに唇を押しつけた。「きみにあらがえると思っていた。だが、できない」

フィオーナは空いているほうの手で彼の額にかかる髪をかきあげ、頬を包みこんだ。「今回のハウスパーティの目的は、わたしたちがうまくやっていけるかどうかたしかめることだと思っていたわ」

「いいや、それは違う」グレイは彼女の手を取り、指を絡ませた。「きみをあきらめさせるのが目的だった」

「でもわたしは、少しもあきらめていないわ」フィオーナはすっと息を吸いこむと、ナイトガウンの前を留めているシルクの紐に手を伸ばした。「いまこの場で、うまくやっていけるかどうかたしかめてみたらどう？」

「フィオーナ、たとえわたしがそうしたいと思っていたとしても、きみをものにするわけにはいかないんだ」いまいましいことに、ほんとうはそうしたいと思っていた。だが、身ごもらせる危険を冒すわけにはいかない。結婚する気がないならなおさらだった。

「それなら、そこまでしなくていいのよ」フィオーナは片方の紐を引っ張り、胸の深い谷間をあらわにした。「でも、ほかにもできることはあるんじゃなくて？」

「……ああ、ある」きっと朝には自己嫌悪に陥るだろう。フィオーナが快楽の手ほどきを求めているなら、それをしてやれるのは男の自分だ。たとえ死ぬほどつらくても――きっとそうなる――あらゆる瞬間を堪能して彼女を歓ばせたい。

薄いナイトガウンに手を伸ばして、前を開いた。顔を近づけて、つんと立った乳首を口に含む。フィオーナがすすり泣きのような声を漏らすまで硬くなった蕾を吸い、甘噛みした。いったん口を離して、息を切らしながら言った。「やめてほしければそう言ってくれ。きみを傷つけたくない」

フィオーナは座りなおした。「どういうことかわかってるわ。あなたを選んだ理由のひとつはそれだった」彼の目を見つめながら、彼女はナイトガウンの袖から片方ずつ腕を抜いて、こわばった笑みを浮かべた。布地が滑り落ちて腰のくびれで止まる。そして彼に近づき、額と額をつけた。「あなたは花束や詩の言葉は信じないと言ったわ。これなら信じる？」

ああ、信じるとも。彼はうなって、フィオーナの体をゆっくりと絨毯の上に横たえた。そして彼女の頭を腕で支えながら言った。「そうとも、セイレーン。これは現実だ」そしてこのまま流されれば、問題はこのうえなく複雑で厄介なものになる。だが、いまは考えない――フィオーナの瞳がわれを忘れた欲望できらめいているうちは――その素晴らしい裸体を弓なりに反らして求めているあいだは。

抑えていた欲望がとうとう爆発して、ふたりを押し流した。熱いキスを交わし、歓びのため息を漏らしながらみだらな愛撫に溺れる。フィオーナがこの世に残る最後の女性であるかのように唇を奪い、舌で口のなかを探った。彼はフィオーナは尻ごみせずに彼の舌を受け止め、いくら味わっても足りないように頭を引き寄せて求めた。

「グレイ……」彼女から名前を呼ばれると、ますます頭がくらくらした。

完璧な乳房の先端を、円を描くように愛撫しながら応じた。「ああ」

「お願いがあるの……いいかしら」フィオーナがためらいがちに尋ねた。

「なんでも言ってくれ。ためらうことはない」

「詩を書いてと言ってもいいの？」

グレイは顔をしかめた。「そんなことをしなくてもうまくやれるだろう」

「いま思ったんだけれど……わたしはほとんど服を着ていないのに、あなたは何枚も着ているでしょう。上着を脱いでもらえないかしら？　できたらベストや――シャツも……」

これ以上昂ぶることはないだろうと思っていたが、間違っていた。とんでもない間違いだ。フィオーナを見てちらりとほほえんでから、クラヴァットを引っ張って外し、まず上着を、そしてベストとシャツを脱いだ。フィオーナを自分の体で覆って、じかに彼女の肌を感じたい。

だがその前にフィオーナの隣に横になって、彼女が慣れるのを待った。フィオーナはおずおずと手を伸ばし、指先を胸に滑らせた。指はさらに下に動き――腹を過ぎて、ズボンのベルトの近くで止まった。触れられたところがぞくぞくする。うっとりして目を閉じた。

次に彼女は首すじにキスした――さっき自分がされたように。背中に手をまわしながら肩を噛み、ものうげに背骨の下へと指を滑らせている。

「これまでの人生で、この半分も大胆なことすらしたことがなかったのに――」彼女はそっと言った。「こんなことを言ったらふしだらと思われるかもしれないけれど、自分のしたことは後悔してないわ。あなたとこんなふうに過ごして――ミス・ヘイウィンクルの決まりごともことごとく破っているはずよ。でも、間違っているという気がしないの。わかってもらえるかしら？」

「ああ」だがほんとうは、ほとんどわかっていなかった。そもそも、中世の暗黒時代をくぐり抜けてきたような館に客を招くべきではなかった。フィオーナがカーリクルで遠乗りに出かけたからといって、あれほど嫉妬するべきではなかった。そしてなにより、こんなふうにフィオーナとふたりきりになるべきではなかった。この場をだれかに見られたら、ふたりで馬車に乗り、夜明けまでにグレトナ・グリーン（駆け落ちした男女が国境を越えて結婚することで知られたスコットランドの村）に駆けこまなくてはならなくなる。「ときには感じるだけで充分なこともある。いまこの瞬間を存分に生きるんだ」

「ミス・ヘイウィンクルはよしとしないでしょうね」と言って、フィオーナは体をすり寄せた。「でも、わたしは要領がいいほうではなかったの。あなたもそう思ったでしょう？　弓の悲惨な腕前から」

「さあ、それはどうかな」片手をフィオーナの内ももに滑りこませた。「わたしには、飲みこみが早いように思えるが」眠たげなまなざしをして、唇がキスで腫れぼったくなった彼女は、これまで出会ったどんな女性よりも官能的だった。だが、なにもかもフィオーナにとってははじめてなのだ。

そしていまいましいことに、自分もはじめてのような気がする。

「そろそろ寝室に戻らなくては――でも、あと少しだけ。なにか新しいことを教えてちょうだい」

くそっ。「いいとも、セイレーン。今夜のレッスンは――自分を解き放つことだ」

フィオーナはグレイのむきだしの胸をうっとりと見つめた。暖炉の炎の明かりが肌の上で踊っている。どうせなら、スケッチをはじめる前にシャツを脱いでと頼めばよかった。そうすれば、たくましい肩の筋肉や、胸やおなかの曲線を紙の上にとらえることができたかもしれないのに。

彼の体には自信と力がみなぎっていた。たぶん、屋根や生け垣を修理するような外での作業が長いせいで、まったく貴族らしくない体格になったのだろう。

けれども、フィオーナが引きつけられたのは、彼の外見より内側からにじみでる雰囲気だった。これほどひたむきで、決意をみなぎらせている人は見たことがない。それが祖母を思う気持ちから来ているものだと知らなければ、怖くなっていたかもしれない。

そう、怖くはないけれど——なにを考えているのかよくわからない人だ。

彼はうなじの巻き毛に指を差し入れた。もう片方の手で太腿の内側を円を描くように撫で、両脚を少しずつ開かせながら奥に手をずらしてくる。彼の熱いまなざしがものほしそうに唇から胸、腰へと動いていた。少なくとも、求められている。

「どんなレッスンなの？」彼は乳房の下側に鼻を押しつけていた。「紙に書いたほうがいいかしら？　手順をひとつずつ……」

「そういうレッスンではないんだ」彼は言った。「きみは楽にして、なにが気持ちいいのか教えてくれるだけでいい」

「それならできるわ」

「よかった」温かくて力強い手が腰にまわり、尻をぎゅっとつかんだ――まるで自分のものだと言わんばかりに。

「んん……とてもいいわ」

彼がうなって硬くなった乳首を口に含んだので、思わず体が弓なりになって声が漏れた。生々しく熱い欲望が体のなかで渦巻いている。まるで羽根の先で触れられているように気持ちがいい――でも、まだ足りない。もっと力強く、もっと激しく……。

それを感じとったように、彼はナイトガウンを押しやって、脚の付け根のとば口を探り当てた。そして、問いかけるように彼女を見た。

「つづけて……」彼の顔を両手で挟んで、いま感じているすべて――いとしさと、欲望と、よくわからないなにか――を込めてキスした。彼が指をなかに差し入れ、リズミカルに動かしはじめた。突かれるたびに、体がこだまのように反響して――弱まらずに、徐々に強まっていく。もっと強く。もっと。

グレイが耳元でささやいた。「腰を動かすんだ、セイレーン。心のおもむくままに」

情熱に導かれるままに、彼の体に片足をかけて一緒に動いた。

彼はうめいて、さらにもう一本の指を差し入れた。「きみのなかは――なんて――気持ちいいんだ」

体じゅうのあらゆるところに彼を感じた。温かな唇が首すじを滑り、たくましい胸が敏感な乳房に押しつけられ、指先がたしかな動きで出入りしている。彼の肩をつかみ、もっと深く受け入れようと腰を反らした。体のなかに響くこだまが轟音に変わる。中心からせりあがったものが手足の先まで広がった。体が浮きあがって、のぼりつめる……。

あまりの快感に目の前が真っ白になった。思わず声が漏れ、体がわなないたが、そのあいだじゅう、彼は抱きしめてくれた。「それでいいんだ、フィオーナ。きみは美しい――完璧だ」

その言葉を信じた。彼が熱っぽく口にする言葉を――疑うなんてできない。温かな気持ちをくるんで、心のなかに大切にしまいこんだ。そして彼に身を寄せ、腰にまわされた腕の重みを楽しんだ。

ようやく動けるようになったので、彼の顎を撫でて唇にかすめるようなキスをした。「とてもためになるレッスンだったわ」それから、真顔で付けくわえた。「けっして忘れない」

グレイは彼女と指を絡ませ、手の甲にうやうやしくキスした。「わたしもだ」

体を丸くして、彼の胸に手を這わせた。もし彼が結婚に応じてくれたら、毎夜こんなふうになるのかしら……。いいえ、それは高望み過ぎる。以前は愛がなくても結婚できればいいと思っていたくせに。でも、いまは――よくわからない。

でも、たしかなことがひとつある。だれかと結婚するなら――実際そうしなくてはいけないのだけれど――その相手は、ぜひともグレイであってほしい。

彼の胸に頬を押しつけ、平たい乳首のまわりを指でなぞった。「あなたを歓ばせたいわ。

わたしを歓ばせてくれたように」

しばらくして、彼は残念そうに言った。「きみが思っている以上にわたしもそうしたいと思っている。だが、いまはそのときじゃない。寝室に戻らないと——きみの妹が目を覚ます前に」

そう簡単にあきらめるつもりはなかった。彼のズボンの端に指を滑らせた。「あと三十分だけ……」

グレイはやにわに起きあがった——もう一秒もそのままではいられないというように。彼の温もりが——彼の存在がなくなって、不意に心細くなった。

「もうすでに、越えてはならないところまで踏みこんでいるんだ。これ以上はもう……」

「あなたはなにも越えていないわ。わたしのほうから差しだしたのよ」

彼はシャツを拾いあげて、袖に腕を通した。「たしかにそうだが、きみはいまも、わたしが結婚に応じることを望んでいる」

フィオーナはナイトガウンを引っぱりあげて立ちあがった。「そうかもしれないけれど、今夜のことは関係ないわ」

「わたしを罠にはめるつもりがなかったことは信じよう。だが、だからといって将来もそうなるとはかぎらない」

その言葉は胸をえぐった。彼を操るつもりなどなかった。頭にあったのは、どちらかというと——誘惑に近い。でもいまいましいことに、その境界があいまいだった。とにかく、このまま終わるわけにはいかない。最後の望みをかけて、スケッチブックを指した。「まだ——あなたの絵が完成していないの」

グレイはシャツの裾をズボンに入れながら応じた。「ほかのことをしたからな」

頬が熱くなった。「明日の夜も会えるかしら？」

「それはだめだ」彼は上着を着ると、床に落ちていたローブを拾ってフィオーナに渡した。「しばらく時間がほしい。もっとスケッチにふさわしい場所を考える」

「わたしとふたりきりになりたくないのね」

「そういう問題ではないんだ。信じてくれないか」

「わかったわ」フィオーナはスケッチブックを取りあげ、鉛筆を耳の後ろに挟んだ。「わたしはあなたを信じているけれど、その半分でもわたしを信じてくれたらいいのに」

彼は苛立たしげに髪をかきあげた。「わたしにあんまり期待したら、落胆することになる。間違いなく」

そうかもしれないけれど、ほかに選択肢はない。脅迫者にお金を払うには持参金が必要だし、もう後戻りできないところまで来てしまっている。「あなたに期待しないでいるより、期待して痛い目を見るほうがいいわ」

「寝室に戻って、しっかり寝るんだ」彼はそれだけ言った。「明日また会おう」

このまま引きさがるつもりはない——とりわけ、ふたりであんな親密なことをしたあとでは。フィオーナは部屋を横切ると、ドアの取っ手に手をかけて振り向いた。「あと六日——

そのあいだに、わたしはだれかと結婚しなくてはならないの。そのだれかが、あなたであることを祈っているわ」

15

逢い引きについて

ミス・ヘイウィンクルは女学生たちに、文明社会の決まりごとを言い聞かせるのがことさら好きだった。わたしたちの行ないを支配する無数のくびきは、年若いレディを守るために定められたものだから、感謝してしかるべきだと。でも、そうした決まりごとが、具体的になにからレディたちを守るために定められたのか、少しも説明がなかった。だからあのころは、思春期の豊かな想像力で補うしかなかった。ミス・ヘイウィンクルは、礼儀正しい振る舞いに関する決まりごとは、あなたたちのためにあるんですよと繰り返すばかりだった。

でもいまは、そうは思えない。

もちろん、真夜中に男性と逢い引きするのは厳しく禁じられている。ミス・ヘイウィンクルなら、そんなことをしたらまっとうな娘は破滅するだけだと言うだろう。若い娘は純潔を失った苦しみを味わい、もしもその相手が結婚をすることに同意しなければ、悲しいことに、一切の望みが絶たれてしまう。

けれども、ミス・ヘイウィンクルはわたしたちに、不道徳なこともいくつか経験する価値があると言うべきだった。

若い娘を守るためというけれど、もしかしたらそうした決まりごとは、わたしたちを秘密から遠ざけるために作られたのかもしれない。

翌朝、寝室に飛びこんできた侍女のメリーがカーテンを開けてようやく、フィオーナは目を覚ました。まぶしい日光がベッドにこぼれ落ちる。「ミス・リリーから、お嬢さまの具合が悪くないか見てくるようにと仰せつかりました。もしなにかの疫病にかかってらっしゃるのでしたら、同じ寝室は使いたくないからと」

フィオーナは枕の下に頭をうずめた。「ありがたい気づかいだわ」

「ほんとうは、お姉さまがいらっしゃらないのがお寂しいんだと思いますわ。みなさん客間においでで、午後の計画を立ててらっしゃいます。さあ、お着替えを手伝いましょう」

「一日じゅう寝ていたら失礼かしら?」

「そんなことをなさったら、なにを言われるかわかりませんよ」メリーはガウンを二着取りだして尋ねた。「どちらになさいますか?」

「小枝模様のモスリンにするわ」フィオーナは起きあがって伸びをした。

メイドはぎょっとした。「まあ、御髪《おぐし》が! 編んで差しあげたのに、どうなさったんですか?」

フィオーナは髪に手をやった。鳥の巣のようにぐしゃぐしゃになっている。「リボンがどこかにいってしまったみたい。あなたがいてくれてよかったわ。なんとかしてもらえるかしら?」

侍女は不満げに鼻を鳴らした。「いまからですか？　運がよければ、夕食の前にみなさまのところに行けるかもしれませんね」

メリーに手伝ってもらって、フィオーナは半時間もたたないうちに顔を洗い、服を着て、髪をきれいに結ってもらった。そしてまたグレイに会えると思ってすまして客間に入ったが、そこにいたのは女性たちだけだった。

グレイの祖母が、母――ハートリー夫人とレディ・キャラハンに挟まれて長椅子に座っていた。リリーとソフィーはピアノフォルテのそばに立って楽譜をめくっている。「みなさん、おはようございます」フィオーナはにっこりして挨拶した。

「まあ、ようやく起きたのね！」ハートリー夫人が声をあげた。「たったいま、殿方たちが出ていったところよ。午後の狩りの準備をするんですって」

「昨日弓を射ただけでは、無辜《むこ》の動物を殺したいという原始的な欲求を満足させられなかったんでしょうね」リリーがピアノフォルテの椅子に座り、バラッドのさわりを弾いた。

「男性は結局男性なんですよ」レディ・キャラハンがいつものように淡々と言った。

「それでしたら――」フィオーナは言った。「わたしたちも同じくらい楽しいことを見つけなくてはいけませんね」

ソフィーが顔をしかめた。「お母さまが、リリーと一緒にピアノフォルテを弾きなさいって言うの」

「でも、せっかくのお天気ですし――」フィオーナは言った。「みなさんで出かけてはいかがでしょう？」

「いったい、どこに行くというんです？」ハートリー夫人が、見たこともない異国のまんなかに取り残されたような口ぶりで言った。

「近くの村に出かけるのはどうかしら？　田舎の景色を楽しんで、買い物を少しするとか……」

「買い物ですって？　ここで？」ハートリー夫人は目をむいた。「なにを買うの？　山羊でも買うつもり？」と言って、自分でくっくっと笑った。

「村に出かけるのは名案ね」グレイの祖母は、気分を害したそぶりも見せずに言った。「あそこのパン屋のジンジャーブレッドはこの州でいちばんおいしいし、帽子屋に行けば素敵なボンネットが――ロンドンではほとんど見かけないような、派手ではないけれど優雅なボンネットが見つかりますよ」

リリーはすでに楽譜を片づけていた。「楽しそうですね。ちょっとショールを取ってきます。お母さまのショールも取ってくる？」

「さあ、どうしたものかしら」ハートリー夫人はそわそわと両手を揉み絞った。「わたしはここにいたほうがよさそうだわ。村は風変わりでおもしろいでしょうけれど、わたしはジンジャーブレッドやボンネットなんてとくに……。それに、最近また痛風が出てしまって……」

「まあ、大変」レディ・キャラハンは動揺をあらわにした。「それじゃわたしは、あなたのそばにいることにするわ」

「無理して一緒に出かけることはありませんよ」グレイの祖母が言った。「あなた方と男性たちのために、ジンジャーブレッドを山ほど買って帰りますからね。デイヴィッドは一度に一ダースも食べてしまうくらい好物なの」そしてフィオーナとリリー、ソフィーに片目をつぶった。「馬車を仕度してもらいましょうね。十五分後に出かけましょう」

村に出かける楽しみができて、フィオーナはグレイに会えなかったことを忘れるところだった。けれども別の日に、別の場所でスケッチさせてくれると約束してくれたし、グレイは約束を守る人だとわかっている。

リリーとソフィーと一緒に、手提げ《レティキュール》やショールを取りに二階に駆けあがった。そして一階に戻ろうとしたところで、フィオーナはベッドの上にボンネットを置いてきたことに気づいた。「忘れ物を取ってくるわ」

「急いでね」リリーが言った。「大奥さまをお待たせするわけにはいかないから」

フィオーナは寝室に駆け戻ってボンネットをつかみ、玄関広間に急いだが、そこには執事がいるだけだった。ほかのみんなは馬車で待っているという。

「ありがとう」息を弾ませて礼を言った。そして執事が玄関のドアを開けようとしたとき、背後から男性の声がした。

「ミス・ハートリー、少しいいだろうか？」

振り向くと、カービー氏がしゃれた狩り用の服装で立っていた。フィオーナは落胆を顔に出さないようにして挨拶した。「おはようございます、カービーさん。申し訳ありませんが、ほかのみなさんを待たせておりますので……。これから村に出かけるところなんです」

「それならいいんだ」カービー氏は愛想よく言った。「わたしもほかの連中と一緒にまもなく出かけるところなのでね。できたら、ここに戻ってから話せるだろうか？　きみに話したいことがあるんだ」

「ええ、かまいません」フィオーナはどきりとした。もしかして、ゆうべ伯爵と一緒にいたことに気づかれたのかしら？　いいえ、きっと早とちりだ。カービーさんは昨日の弓の腕比べで、どちらかというとリリーに興味があるようだった。もしかすると、リリーに意中の人がいるのか知りたいのかも――きっとそう。「戻り次第お話ししましょう」

「そうしよう」カービー氏はにっこりすると、帽子を少し持ちあげた。「では、これで」


フィオーナは村が大いに気に入った。村人に会うたびに、伯爵は元気か、フォートレスの修復は進んでいるかと聞かれる。伯爵がささやかだけれども客を招いて楽しんでいるのを知って、だれもが喜んでいた。そして年配の村人たちは少なからず、フィオーナとリリー、ソフィーを見て意味ありげにうなずいた。伯爵が三人のうちのだれかに求婚し、家庭を持つことを期待しているのだ。そして跡取りをもうけることを。

村人たちはまた、グレイの祖母を心から慕っているようだった。パン屋はジンジャーブレッドのほかにパイをいくつか持って帰るようにと言って譲らなかったし、代金も受けとらないほどだった。フィオーナたち三人は帽子屋でそれぞれボンネットとリボンを買って、店の主人を喜ばせた。フィオーナは小さな雑貨店に鉛筆とスケッチ用の紙を見つけて、小躍りして喜んだ。

「ぜんぶ積みこめるかしら」フィオーナがふざけて言った。「そろそろ帰るようにしたほうがよさそうね」

「その前に、ソフィーとふたりで、向かいの露店を少し見てきます」リリーが言った。「明日のピクニックに持っていくものを選びたいので……。馬車でお待ちいただけますか？」

「いいですよ、行ってらっしゃい」グレイの祖母が言った。「フィオーナ、あなたはわたしと一緒にいてもらえるかしら。馬車のなかで、お先にケーキをいただきましょう」

フィオーナは彼女が馬車に乗りこむのを助けると、膝の上に薄い毛布を掛け、向かいの座席に腰をおろした。「ご一緒できてほんとうに楽しい一日でした。歩きづめで、お疲れでなければいいのですけれど」

グレイの祖母は、銀色の後れ毛を耳の後ろに撫でつけた。「いいえ、少しも疲れていませんよ。若い方たちと——とりわけ、孫が親しくしている方たちと一緒に過ごせて楽しかったわ」

フィオーナは頰を赤らめた。「レイヴンポート卿やほかの殿方に別の計画があったのは残念でした。閣下が一緒に来られたら、大奥さまももっと楽しかったでしょうに」

「じつは、あなたとふたりきりで話ができてよかったと思っているんですよ」

フィオーナはどきりとした。「わたしとですか？」

「ええ」グレイの祖母は隣に置かれたバスケットに手を伸ばすと、おいしそうなジンジャーブレッドをひとつ取りだしてフィオーナに渡した。そして自分が食べる分を取りだすと、ひと口かじってうっとりと目を閉じた。

フィオーナもいい香りのするケーキをかじった。砂糖の衣とスパイスが舌の上で混ざり合って、なんともいえずおいしい。

グレイの祖母はつづけた。「この二十年というもの、デイヴィッドは数々の困難を乗り越えてきたの。ふつうの若者がとても経験しないようなことを」

「おつらかったでしょうね」フィオーナはそっと言った。「閣下はフォートレスのことを──なぜフォートレスがいまのようになってしまったのか、ほとんど話してくださいません」

「あの子は両親のことを話したかしら？」

「わたしが伺ったのは、お父さまが領主としての義務をおろそかになさっていたことと、お母さまがロンドンに住むのを好まれたことだけです」

グレイの祖母は瞳を曇らせた。「そのとおりよ。ほかにもいろいろと……。人生には、けっして語れない部分があるものなの」

フィオーナはケーキの最後のひと口をのみこんで、グレイの祖母が孫の過去について話すのを待った。もしかしたら、彼の心の秘密を解く手がかりがつかめるかもしれない。「先代の伯爵と奥さまになにがあったんでしょうか？」改めて、フォートレスにグレイの両親の肖像画が一枚もないことを思い出した。でも、館の修復中はどこかにしまいこんであるだけかもしれない。

「それはデイヴィッドの口から話してもらいましょう」グレイの祖母は言った。「あせらず待ってもらえるかしら。いずれきっと話すときが来るわ」

「閣下は心の内をさらけださない方なんですね」フィオーナはぽつりと言ってから、それでもずいぶん控えめな表現だと思った。

「慎重になるだけの理由があるんですよ。でも、もしあなたがデイヴィッドの張りめぐらした壁を乗り越えることができたなら、あなたはデイヴィッドにとって大切な――いいえ、かけがえのない存在になるでしょう」

問題は、彼の張りめぐらした壁が見あげるように高く、その外側には凶暴な魚がうようよいる堀があり、城門の落とし格子には刺まで付いていることだった。「大奥さまの半分でも自信が持てればいいのですけれど」

「デイヴィッドはもうあなたに好意を持っているわ――それはだれが見てもわかります。そして、あの子の信頼を勝ちとるのはそれほどむずかしいことじゃないの。あなた自身の秘密を打ち明ければいいのよ――いちばん不安に思っていることを。そうすれば、デイヴィッドも自分の秘密を話してくれるわ」

フィオーナは考えた。脅迫状のことをグレイに打ち明けたほうがいいのかもしれない。リリーの生みの母について正体を明かすわけにはいかないけれど、持参金の使い道については説明できる。「ありがとうございます。考えてみますわ」

グレイの祖母はほほえんで、膝の上の毛布を撫でた。「なぜフォートレスを過去の姿に戻そうとしているのか、デイヴィッドはわけを話したかしら？」

「領主としての面目と義務からそうされているのだと思っていました」

「そうね、面目は理由のひとつとしてあると思うわ。デイヴィッドはきっと、自分を袖にしたのは浅はかだったとレディ・ヘレナに思い知らせたいでしょうから」

フィオーナはグレイの以前の婚約者の名前を聞いてたじろいだ。グレイはまだヘレナに未練があるのかもしれない。ゆうべ、わたしを抱きしめているときにヘレナのことを思い出して――ヘレナだったらよかったのにと思っていたかも。

「がっかりすることはありませんよ」グレイの祖母はつづけた。「デイヴィッドがフォートレスの修復を急いでいるほんとうの理由は、ヘレナではないの」

「ほんとうの理由を話してもらえるまで、それも待たなくてはならないんでしょうか？」

「いいえ」グレイの祖母はくっくっと笑った。「それはわたしの事情だから、わたしから話すわ。デイヴィッドはわたしのために躍起になっているの。少し前に、目が衰えてきていることがわかって――そう遠くないうちに見えなくなると言われたのよ」

フィオーナは思わず手を伸ばして、彼女の手を握りしめた。「そんな……存じませんでした。お気の毒です」

「もちろん、あなたは知らなくて当然よ。デイヴィッドはわたし譲りで、個人的なことを人には話しませんからね。でも、ほかの人たちもほどなく知ることになるでしょう。わたしの目はほどなく見えなくなる――だからいまのうちに、あらゆる花々の色や美しい夕焼けを楽しんで、愛した人たちの顔を記憶に刻んでいるの」

フィオーナは尋ねた。「なにか手だてはないんでしょうか?」

「残念ながら、なにもないの。でも、わたしは幸せですよ。こんなにも尽くしてくれる孫がいるんですから――わたしを幸せにするという、それだけのために」

「フォートレスが修復されるのを見て、満足してらっしゃいますか?」

「デイヴィッドには何度も伝えたわ――あの子が幸せならわたしも幸せだと。それなのにあの子は、フォートレスを大急ぎで修復しようと決めていて――かつての輝かしい日々をよみがえらせようとしているのよ」

「大奥さまを愛していらっしゃるんですね」フィオーナはため息をついた。

「そうね」グレイの祖母は指先で目頭を拭った。「こんなことを話すのは、デイヴィッドが優しい心の持ち主だとあなたにわかってほしいからなの。あなたに寄り添ってもらえるといいのだけれど」

「そんな、わたしは――」むしろグレイのせいで傷ついているのに。自分がグレイを傷つけているなんて、考えたこともなかった。

だがそのとき、馬車のドアがバタンと開いて、リリーとソフィーが乗りこんできた。明日のピクニックに持っていく果物の袋を抱えたふたりは、座席に置いてあった焼き菓子のにおいに歓声をあげた。

「ソフィーと話していたんですけれど——」リリーがうきうきしながら言った。「わたしたち、素敵なことを思いついたんです」

「ぜひとも聞かせてちょうだい」グレイの祖母が言った。

リリーが座席に勢いよく座り、ソフィーは両手を組み合わせた。「フォートレスで、舞踏会を開きませんか？」リリーが言った。「今日お会いした村の方々は、みなさん親切で感じのいい方ばかりでした。お礼の気持ちを込めて、みなさんをご招待してはいかがでしょう？」

いきなり、なんてことを——伯爵家に滞在させてもらっている身で舞踏会を提案するなんて、不躾にもほどがある。ミス・ヘイウィンクルが聞いたら——フィオーナがそう言おうとしたとき、グレイの祖母が口を開いた。

「名案ね。わたしは大賛成ですよ」

「あまり日にちがないのは承知しています」ソフィーが言った。「でも、こじんまりした催しなら大丈夫でしょうし、わたしたちも準備を手伝いますから」

グレイの顔が目に見えるようだった。「舞踏室はいま改装中じゃなかったかしら？　レイヴンポート卿は、そんな大がかりな催し物は改装が終わってからにしたいと思われるかもしれないわ」

「デイヴィッドに話をするのは任せてちょうだい。わたしがきっと説得しますからね」グレイの祖母はジンジャーブレッドの入ったバスケットをソフィーとリリーにすすめた。「さあ、おいしいわよ」

焼き菓子を食べながら、四人は舞踏会の計画を話し合った。

「わたしたちがこちらで過ごす最後の夜がいいんじゃないかしら」リリーが言った。

ソフィーがうなずいた。「緑の枝と野の花で飾りつけをしましょうよ」

「楽団も呼んで、にぎやかにしましょう」グレイの祖母が言った。

フィオーナは弱々しくほほえんだ。「準備にかかる前に、レイヴンポート卿のご意向を伺ったほうがよろしいのでは……」

グレイの祖母は向かいの席から身を乗りだして、フィオーナの膝をぽんぽんと叩いた。

「心配はいらないわ。もう決まりですよ――デイヴィッドがなんと言おうと」

16

フォートレスに戻ったフィオーナはグレイに一刻も早く会いたくて、カービー氏との約束を危うく忘れるところだった。夕食前に着替えようと階段をのぼろうとしたところで、彼に呼び止められた。

「ミス・ハートリー、村での買い物は楽しかったかな？」

「ええ、とても。狩りはどうでした？」フィオーナはグレイが近くにいないかと、首を伸ばして彼の後ろを見た。

「ライチョウを何羽も見かけたが、わたしたちの腕前では、大して減らなかったと思う」

「では、ライチョウには幸運な日だったんですね」フィオーナはほほえんだ。「夕食の身支度をする前に、少しでしたら時間があります。いまお話ししましょうか？」

カービー氏は肩越しに振り返ると、フィオーナに近づいた。「内密に話したいんだ。人に聞かれないところで話せないだろうか？」

フィオーナの頭のなかで警告する音が鳴り響いた。「それはどうかと思いますが……」

「すまない――なにも厄介な話をもちかけようとしているわけではないんだ」カービー氏は申し訳なさそうな笑みを浮かべた。「ただ、少し慎重を期したほうがいいことなのでね」

心の声が引き留めていたが、しまいに好奇心がまさった。「では、テラスでよろしいいでしょうか?」そこならだれかに立ち聞きされることはない。それでいて、庭園や館のなかから目につく場所でもある。

「いいとも」彼はふたつ返事で応じた。「大して時間は取らないと約束する」

ふたりでテラスに向かいながら、フィオーナはこの前感じたことが当たっていることを祈った——カービーさんはリリーかソフィーに惹かれていることを相談したいんじゃないかしら。

カービー氏はパティオの隅のベンチにフィオーナを連れていき、フィオーナは少しためらって腰をおろした。時間は十分だけ——それ以上は話さない。

「どこから話していいのか——だが、きみは率直に話されるほうを好むんじゃないかな」

「ええ」フィオーナはいやな予感にぞくりとした。

「結構。じつは、あるものを見つけてね。きみのものでないかと思うんだ」

まさか! お願いだから、それだけは……。フィオーナは声が震えそうになるのを懸命に抑えた。「そうでしょうか? なにも落とした憶えはないんですが……」

カービー氏はポケットに手を差し入れると、折りたたんだ紙を取りだした。皺だらけで、泥で汚れていてもわかる——あの脅迫状だ。

カービー氏が差しだしたので、フィオーナは震える手でそれを受けとった。「中身を読んだんですか?」質問というより、責めるような口調になった。

「じつは——読んだ」カービー氏は後ろめたそうに顔を伏せた。「昨日、弓の腕比べから帰ってきたときに、地面に落ちていたのが目に留まった。きみが落としたものとは知らなかった――紙を開いて宛名を読むまでは」

「そうですか……」フィオーナの頭のなかに質問が渦巻いた。その手紙にはどこまで書いてあったのかしら？　カービーさんはそれをどうしようとしているの？

「きみが落としたものだとわかったところで、すぐに読むのをやめるべきだった。頭ではわかっていたんだが、一行目を読んだところで――心配になった」

フィオーナの頭はずきずきと痛み、心臓は激しく脈打っていた。自分の不注意で、すべてを台なしにしてしまった。うろたえて手紙を開き、見覚えのある筆跡に目を走らせた。ところどころでfの字が上下の行にかかって単語が重なっている。脅迫の意図は明らかだった。

フィオーナは手紙を読みなおし、カービー氏にどこまで知られたか考えた。

親愛なるミス・ハートリー

この手紙は残り時間が少なくなっていることを知らせるためのものだ。妹と家族に屈辱を味わわせたくなければ、最初の手紙で指示したとおりにしてもらおう。こちらが指定した時間と場所に、金を届けること――さもなければ、妹の生まれにまつわる恥ずべき事実をロンドンじゅうが知ることになる。

もちろん、当局を巻きこめば、ただちに〈ロンドン便り〉にその事実が掲載されることになるだろう。

わたしに逆らうな、ミス・ハートリー。わたしを試してもいけない。きみの家族全員が破滅するさまを見たいのでないかぎり。

フィオーナはいっとき目を閉じて、なんと言うべきか考えた。幸いこの手紙には、リリーの母親がロンドンでもっとも悪名高いマダムだということまでは書いてない。さらに、いつ、どこで金を払うかということについても具体的なことは書いてなかった。でも、これだけでも充分命取りになる。レティキュールに手紙を押しこみ、取り乱して泣きださないように神に祈った。

しまいに落ち着きを取り戻して、カービー氏に向きなおった。「ご想像のとおり、これはとても個人的なことなんです。手紙になにが書いてあったか、口外しないでいただけるでしょうか」

「ミス・ハートリー」カービー氏は真顔で応じた。「ひとことも漏らさないと約束しよう——命に賭けて誓う」

「ありがとうございます」フィオーナはそう言ったものの、不安で仕方がなかった。カービー氏について知っていることといえば、彼がグレイの親しい友人ということだけだ。でも手紙を見られた以上、彼を信じるしかない。

カービー氏は考え深げに言った。「よけいなお世話というのはわかっているが、きみが心配だ」

「ご心配にはおよびません」フィオーナは言った。「どう対処するかは、すでに考えてありますから」その計画はいまの時点であまりうまくいっていなかったが、しまいにはグレイが結婚に同意してくれると信じていた。とにかくそうしてもらわなくてはならない。

「脅迫は厄介だぞ」カービー氏の保護者めいた口調に、フィオーナは苛立った。

「たしかにそのとおりですし、お気持ちもありがたいのですが、これ以上この件にはかまわないでいただけるでしょうか。むしろできることなら、なにもかも忘れていただきたいくらいです」

「すまない」カービー氏は気づかわしそうにつづけた。「差し出がましいことをするつもりはなかった。きみならよく考えたうえで正しい選択をすると思っている」

フィオーナはたじろぎそうになるのをこらえた。「ありがとうございます」

「さて――」カービー氏は膝に手を置いて大きく息を吸いこんだ。「これ以上とくに話すこともなさそうだから――いや、これだけは言っておこう。なんでも力になれることがあれば、遠慮なく言ってほしい」

「そんなことは――」

彼は片手をあげてさえぎった。「わかっているとも。きみのそうした独立独歩の人となりには頭がさがる。ミス・リリーはきみのような姉がいて幸運だな。わたしが声をかけたのは、きみと同様、わたしも家族をなによりも大切にしているからだ。家族を守るためならなんでもする」

フィオーナは彼の言葉をしばらく考えて尋ねた。「脅迫者にお金を払っても？」

「それは答えるのがむずかしい問題だな。わたしはミス・リリーのほんとうの親については関知していないし、知りたいとも思わないが——」彼はさらにつづけた。「脅迫者にどう対処するかは、その事実が世間に知られたときに、どれほど痛みを伴うかによると思う」

フィオーナは身震いしそうになるのをこらえて、足下の冷たいスレートを見つめた。そうなったらリリーは幸せな結婚などできないし、家族全員の人生も暗いものになるだろう。

カービー氏は気の毒そうにつづけた。「よく知られたことだが、脅迫者の要求に屈したからといって、それきり脅威が消えるとはかぎらない。その人でなしがさらに要求してくる可能性はつねにある」

「では、あなたならお金は払わない？」

カービー氏は腕組みをした。「払わないと言いたいところだが、愛する者たちを守ることを考えると——かならずしも理詰めで行動するとは……。たぶんわたしは、必要なことをするだろう。そしてきみの妹の場合は——必要なのは、もう少し時間をかけることじゃないだろうか」

「どういうことでしょうか？」

「遠からずリリーは結婚するはずだ。いったん結婚してしまえば、脅迫する意味も薄れる」

「そうですね」フィオーナは言った。「そう考えると少し気が楽になります」

「その調子だ」カービー氏はなにげなくフィオーナの手を取って握りしめた。「いつでも力になろう。だれかにただ話を聞いてもらいたいというときでも、遠慮せずに——ここにいるときだけでなく、ロンドンに戻ってからも、いつでもわたしを訪ねたらいい」

「ありがとうございます」フィオーナは手を引っこめて立ちあがった。「そろそろ行かなくては……。秘密を守ると約束してくださったことに改めてお礼を申しあげます」

カービー氏も立ちあがって一礼した。「とんでもない、ミス・ハートリー。こんな事態に立ち向かうきみの勇気に敬服する。実際、それはきみに心服する理由のひとつでもあるんだ」

思いがけずほめられて、フィオーナは首の根元まで赤くなった。そして気の利いた返事をひとつも思いつけなかったので、そんなときにふだんするように——大急ぎでその場を立ち去った。


グレイはテラスにいるふたりを自分の部屋のバルコニーから見ていた。カービーとフィオーナがなにを話しているのかわからないが、はっきりしたことが三つある。

第一に、カービーはフィオーナになにかの紙を渡して、それを読んだフィオーナが見るからに感激していたこと。離れたバルコニーからでも、フィオーナが目をきらめかせ、手を震わせているのがわかったくらいだ。大方、カービーが甘ったるい詩を書いたか、彼女に称賛の言葉を浴びせたのだろう。とにかく、フィオーナは手紙を読んで心を動かされた。自分にはできない——というより、そうしたいとも思わないだろう。

第二に、カービーは彼女の手をつかんだ——くそっ。そうするのがこの世でいちばん自然なことのように彼女の手を取り、フィオーナはそれを許した。単に体がすくんでそうさせただけだと――不意を突かれてそうなっただけだと、どれほど信じたかったことか。しかし、ふたりのあいだには親密な雰囲気があった。ひそひそと話し、意味ありげに視線を交わしていたからわかる。

そして第三に、カービーがフィオーナを見るまなざしが本心を物語っていた。間違いない――カービーはフィオーナに心を奪われている。自分ではまだ気づいていないかもしれないが、この数日間というもの、カービーはフィオーナに気のあるような言葉を口にし、いまや真っ逆さまに恋に落ちかけていた。

そして自分は――自業自得と言うしかない。

ここ数日で漆喰の壁を殴りつけたい衝動に駆られたのは、これで二度目だった。長いリストに修復箇所がまたひとつ加わるのでなければ、そうしていたかもしれない。

一度目はペンサム、二度目はカービー。そして次は、カーターがフィオーナにちょっかいを出すだろう。

グレイはテラスから部屋に戻り、いらいらと歩きまわった。

フィオーナはこのわたしに結婚を申しこんだのだ。

快楽の手ほどきをしてもらうのに、わたしを選んだ。

もしかすると、フィオーナとの結婚を却下するのが早すぎたのだろうか。自分はフィオーナを求めているし、フィオーナもわたしを求めている。わたしはフォートレスを修復するのに大金が必要で、女相続人である彼女は莫大な持参金を手にすることになっている。

なによりフィオーナと婚約すれば、ほかの男が躍起になって彼女を口説こうとするのをこれ以上見ないですむ。

フィオーナには、恋愛はもう二度としないと正直に伝えてきた。自分はだれも愛せないと。だが、フィオーナが契約結婚で辛抱するなら、彼女の計画どおりにしてもいい。そうなったら、今週か、彼女が指定する期限までに夫婦の誓いを交わせるように手配しよう。ただし、条件がひとつ。

たがいに、つねに正直でいること。

ふたりのあいだには隠しごとも、ごまかしも、嘘もない。もう笑いものにされるのはまっぴらだ。

夕食のために身支度をしながら、フィオーナになんと伝えようかと考えて――明日の朝まで待つことにした。ひなびた、だが素晴らしい舞台を考えてある。ほかの人々が起き出す前に、ふたりで二、三時間過ごそう。スケッチを完成させて、将来のことを話し合うにはそれだけあれば充分だ。

そして彼女が男女のことでまたレッスンをつづけたいなら、その手ほどきをするのは自分だ。

17

「どこに行くの？」リリーが眠そうに言って、枕の下に頭をうずめた。

「丘の向こうから日が昇るところをスケッチしに行くの」フィオーナは小声で答えた。「あとで——朝食のときに会いましょう」

「どうかしてるわ……」リリーはしばらく間を置いてふたたび口を開いた。「気をつけてね」

フィオーナは髪を一本編みにしたまま、手早く静かに着替えると、スケッチブックと鉛筆を持った。寝室を抜けだすころには、リリーは静かな寝息を立てていた。

昨日の夕食のあとで、グレイから声をかけられた——夜明け前に、人魚の噴水で会おうと。彼の態度には、どこかふだんと違うものがあった。いつもより思いつめた様子で、なにか心に決めたことがあるようだった。それも、わたしを巻きこむような……。

庭園に出ると、草木や散歩道の玉石が夜明け前の金色の曙光に染まっていた。その光景を紙の上にとらえたくてうずうずしたが、かまわず待ち合わせ場所に向かった。

曲がった道を進むと、グレイが噴水の前をうろうろしているのが見えた。がっしりした肩に長めの髪がかかる姿が、洗練された紳士より粋な海賊を思わせる。顎の無精ひげが濃くなっていて、髪はたったいまベッドから転がりでたように——そうしたとしか思えない——素敵な具合に乱れていた。

グレイはフィオーナに気づくと、冷ややかにほほえんだ。「ミス・ハートリー、よく来たな。わたしと一緒にいるより、ベッドでぬくぬくしているほうを選ぶんじゃないかと思ったが」

彼の魅惑的な声に、体がすでに共鳴していた。「出るときに手間取ったけれど、ちゃんと来たわ」そう言って周囲を見まわし、経験を積んだ目で影を見きわめ、どの角度から描くのがいちばんか考えた。「この時間は、まったく違って見えるのね」

「そうだな」グレイは遠くの緑豊かな景色に目をやった。「だが、今日わたしたちが過ごすのはここじゃない。向こうにきみを驚かせるものがある」

グレイが差しだした手を取り、指を絡めた。ふたりとも手袋をつけてこなかったので、手のひらの温もりがじかに伝わってくる。ひとことも口をきかずに朝露の降りた草地を横切り、森の入口まで歩いた。そこからさらに大きな木や若木、なかが空洞になった古い木、藪が混ざった木立を縫うように歩いた。

「長いこと歩かせてすまない」グレイが言った。「もうすぐだ」

フィオーナはなにも言わずに、ほほえんで彼を見あげた――少しも長いと思わない。彼と手をつなぐ理由ができてうれしいくらいだった。

森を抜けて丘をのぼり、ほどなく頂に出た。眼下に広がる景色を指さして、グレイが言った。「あそこだ」谷合に、小さな石造りの家がぽつんと建っていた。がっしりした煙突と、小さなふたつの鎧戸が見える。「むかしは地所の管理人が暮らしていたが、いまのうちの状況からわかるだろう――だれも住まなくなってから、もう何十年もたつ」

「かわいい家ね」フィオーナはそう言ったものの、家のなかがどうなっているのか少し不安になった。

「気に入ってくれてよかった」彼はフィオーナを助けながら急な斜面をおり、アーチ状の木のドアまで来て、ポケットから鍵を取りだした。「さあ」ドアがギイと音を立てて開くと、グレイは手で合図して言った。「先に入ってくれ」

フィオーナはそろそろとなかに入って、こぢんまりした居間らしき部屋を見まわした。飾り気のない窓から向かいの壁に光が射しこんで、室内を照らしだしている。小さなテーブルと、その片側に大きさの違う椅子が二脚、そして暖炉のそばに置いてあるバスケットには分厚いキルトとクッションが入っていた。床のかなりの部分を覆っている粗く編んだウールの丸い敷物は、掃き掃除が終わったばかりのようだった。

「完璧だわ――肖像画を描くための秘密のアトリエね。だれか人をよこしてきれいにさせたんでしょう」

「じつは、自分でやったんだ」

グレイが暖炉の前に膝をついて火床の焚きつけに火をつけるあいだ、フィオーナは室内にさりげなく置かれたものに気づいて改めて感心した――テーブルの上に果物の鉢が、炉棚にはろうそくが数本、そして窓辺には野の花を生けた花瓶が置いてある。その気づかいがうれしくて、思わず彼に飛びついて両腕を首に巻きつけたくなった。

グレイはいつにも増して静かだった――どうしてかしら――そして、家に入ってから一度もこちらを見ていない。「昨日からなにかあったの？」彼に聞いてみた。「なんだか――いつものあなたと違うみたい」

グレイは巨大な薪を舐めるように燃えだした炎を、なおもじっと見つめていた。「ゆうべ、きみとカービーが一緒にいるのを見た」

どうしよう――フィオーナは戸惑ったが、とにかく真実を打ち明けることにした。「じつは……わたしが落とした手紙を見つけて、返してくださったの」

「よけいなことだが、カービーはきみに気があるように見えた」グレイがそっけなく言った。

「カービーさんがわたしに興味があるとは思えないわ。ゆうべはただ――」〝慰めようと〟と言いかけたが、そうしたら答えることのできない質問がつづきそうな気がした。「友情を示してくださったの」

グレイは立ちあがって、暖炉の前を歩きまわった。「きみのすることに口だしするつもりはない。きみがどの男と親しくしようと、わたしがとやかくいう権利は一切ない。だが……」

フィオーナはそっと尋ねた。「なにかしら？」

「正直言って、きみにはそんなことをしてほしくないというのが本音だ」

フィオーナは片方の椅子に腰をおろして、彼が自分の気持ちを打ち明けるのを待った。カービーと一緒にいるところを見て嫉妬でおかしくなりそうだった、きみを自分のものにしたいと。永遠に。

「ここに来る前、きみはわたしと結婚したいと言った」

「ええ」フィオーナは息を止めた。

「いまでもそう思っているのか？」彼は真顔で尋ねた。

フィオーナはためらわずに答えた。「ええ、思っているわ」

「自分でも信じられないんだが――その計画に同意しようと真剣に考えている」

フィオーナの鼓動が速まった。「それは――それは願ってもないことだわ」もう少し言い方を工夫してくれてもよさそうなものだが、彼が詩を口ずさんだり、愛の言葉を口にしたりしないことはわかっていた。とにかく、考えを変えてくれたのは大きな進歩だ。そうなればリリーと家族を救って――もしかしたら自分自身の幸せにも手が届くかもしれない。

「結婚しよう」グレイは言った。「だが、ひとつだけ知っておいてもらいたいことがある」

「なんでも言ってちょうだい。わたしの気持ちは変わらないから」フィオーナは、彼が敷物をすり減らすのをやめて自分のところに来てくれたらいいのにと思った。跪いたり、心の内を打ち明けたりする必要はない。ただ抱きしめてくれるだけでいいのに。

グレイは苦しそうに彼女を見つめた。「きみを愛することはできない」

フィオーナは聞き違えたのかと思って首を振った。「なんですって？　よくわからないわ」

「きみのことは好きだ。きみがほしい――どうしようもないほど。だが、愛することはできない」

フィオーナは困惑した。「愛はいきなり生まれるものではないわ。時間をかけて育むものよ。でも、わたしたちならきっと――」

「いいや」グレイはきっぱり言った。「わたしが相手ではあり得ない」

「どうして？」答えを聞くのが少し怖かったが、フィオーナは勇気を出して尋ねた。もしかして、わたしががさつだから――出しゃばりすぎるから――ずけずけものを言うから？　ヘレナをまだ愛しているから？

「わたしは、人を愛することができないから」彼は言った。「かつてそうしようとしたことがあったが、とんでもない間違いだった。だれかと愛し合って結婚できると、どうして思っていたのか……。わたしの両親も情熱的に愛し合っていたのに、結局は――悲惨なことになってしまった。ほんとうの愛がどんなものなのか、わたしには見当もつかない」

フィオーナはせつなくなった。「それなら、わたしが教えてあげるわ」

彼はようやくテーブルに来て、向かいの椅子に腰をおろした。「世の中には教えられないこともあるんだ。わたしを変えられると思っているなら、いずれ落胆することになる」

「どうしてそんなに確信をもって言えるの？」

「愛することはわたしの本性ではないからだ。羊が空を飛んだり、魚が地面を這ったりできないのと同じで――きみが夢見るような夫にはなれない」

「でも、結婚はするつもりなのね？」

「その前に、いくつか話し合わなくてはならないことがある」

まだあるの？　子どものころに思い描いていたのとは似ても似つかない。そもそも、自分が、結婚を申しこむとは思わなかった。しかも相手の男性も、結婚を承諾するのに条件を持ちだしてくるなんて。けれども、彼が〝夫〟という言葉を口にしている以上は、見込みがあるということだ。「なにかしら？」

グレイはテーブルに置いてあった鉢からオレンジを取ると、片方の手から片方の手へと交互に放った。まるでふたりのこれからの人生についてでなく、夕食のメニューでも話し合おうとしているように。「きみの希望どおり、わたしたちはすみやかに結婚する。たとえグレトナ・グリーンに行くことになっても、それは変わらない」

ほっとして目を閉じた。「よかった……。でも、特別結婚許可証なら入手できると思うわ。両親がかなりの献金を添えて大主教さまにお願いするでしょうから」

「なるほどな。では、その件はきみに任せよう」

まだ信じられない思いだった。「ほかには？」

彼はフィオーナをひたと見据えた。「わたしの跡取りを産んでもらう」

一瞬言葉に詰まった。「――そのつもりよ」以前から子どもは何人かほしいと思っていた――自分とリリーのように仲のよいきょうだいが。「でも、女の子しか生まれないかも」

グレイはオレンジを取り落としそうになったが、すぐに平静を取り戻した。「たしかに保証はないが――ふたりで最善を尽くそう」

夫婦の営みについてはほとんど知らない。でもグレイが夫なら、少しもつらくはないだろうという気がした。「結構よ。あなたがそこまで考えていてくれてうれしいわ」

寂しさは気にしないことにした。まるで、なにかの取引の交渉をしているみたい。でも、はじめは自分もそのつもりだったのだ。それがいつの間にか、もっとほしくてたまらなくなっていた。

フィオーナは思いきって手を伸ばし、彼の手首をつかんだ。「ずいぶんめまぐるしく決まってしまったわね。でも、できるかぎりあなたを幸せにすると約束するわ」

グレイは呆気にとられているようだった──まるで、自分自身の幸せなど考えてもいなかったように。「わたしのことはいいから、自分の評判を気にしたほうがいい。急いで結婚すると、かならず陰口をたたく者が出る。たとえば、わたしが財産目当てできみと結婚したとか、あるいはヘレナに当てつけるつもりでそうしたと」

「それがわたしと結婚する理由なの？」

彼は申し訳なさそうな顔をするだけの礼儀は心得ていた。「たしかに多少は影響したが、ほかの理由もあった」

フィオーナは眉をひそめた。「どんな理由？」

「前にも言ったが、きみがほしい」

頬がかっと熱くなった。「それはもう、おたがいわかっていることだわ。ほかにもあるの？」

彼は肩をすくめた。「きみは才能があって思いやりもある。一緒にいて楽しい女性だ」

結構。結婚を申しこむ場面としては完璧ではなかったかもしれない。それどころか、申し込みをしたかどうかもあやふやだった。でも、彼とのあいだには結婚するに至るだけのなにかがたしかにある――それよりあやふやな理由で、多くの男女が結婚しているにも関わらず。

フィオーナはため息をついて手を引っこめた。「そのほかに条件はあるかしら？」

「ああ、あるとも。つねに正直でいることを約束してもらおう。ごまかしも、隠しごともなしだ」

「あなたも同じことを約束してくれるんでしょう？」

グレイはいっとき迷って答えた。「隠しごとはしないと約束しよう――ふたりの結婚生活に関することでは」

彼は最後に言葉を濁したが、そのほうが都合がよかったので、フィオーナはなにも言わないことにした。リリーの産みの親や脅迫者のことは、グレイにはまったく関わりのないことだ。強いて言うなら多少は関係があるかもしれないけれど、真実を知っている人は少なければ少ないほどいい。なにより、リリーの秘密を守るより重要なことはない。「結構よ」

「婚約をみなに知らせるのは、一日か二日待ったほうがいいと思う。わたしが提示した条件でやっていけるか、いま一度考えてほしいんだ」

「待つ必要はないわ」フィオーナは言った。「忘れたのかしら？　あなたとの結婚は、そもそもわたしの提案だったのよ」

「憶えているとも。だが、あのときは知らなかったことがあっただろう。あれからきみはわたしの領地と館を見て、うちにはろくに金がないことを知ったはずだ。わたしが詩や甘ったるい言葉のやりとりを毛嫌いしていて、心臓があるはずのところには氷の塊が入っていることも。そうしたことをよくよく考えて、それでもわたしと結婚したいなら――そうしようじゃないか」

グレイはオレンジを空中に放り、受け止めようとかまえたが――フィオーナが途中でさっと手を出してつかんだ。

「わたしの気持ちは変わっていないわ」フィオーナは言った。「でも、それであなたの気持ちが楽になるなら、婚約を発表するのはしばらく待ちましょう」

たぶん、一度決まった婚約をレディ・ヘレナに反故にされたので慎重になっているのだ――あんな屈辱は二度と味わいたくないと思っているのだろう。べつに一日や二日、発表が遅れたところで全体の計画に違いはない。期限までに持参金を手に入れて脅迫者にお金を支払えるかぎり、文句はなかった。

ひとまず納得して、オレンジを鉢に戻して椅子の背にもたれた。「簡単なことだと言ったでしょう」

グレイはこわばった笑みを浮かべた。「そうだったな」

婚約したというのに、どうして不意になにもかも気まずくなってしまうのかしら？　ふたりで抱き合うか、キスをして、この記念すべきできごとを祝うべきじゃないの？　ふたりのあいだにある空気は冷えきっていた。最初に足を踏み入れたときはあんなに居心地よさそうに思えた家が、がらんとした殺風景な場所に思える。

グレイはぎくしゃくと立ちあがると、両手を腰に当てて言った。「さて、朝食まで少なくともあと一時間ある。約束したとおり、スケッチを完成してもらうこともできるが……つづきを描きたいか？」

そのやり方なら、いままでそうだったように、友好的かつ冷静に過ごせる。ふたりのあいだにある障壁が取り払われることはけっしてない。けれどもフィオーナは、すでに彼が身につけている甲冑の弱点——魂に通じる秘密の扉を見つけていた。スケッチだ。そして彼はいま、知らず知らずのうちに術中にはまろうとしている。

「ええ、ぜひともあなたの肖像画を完成したいわ」そう言って、部屋のなかを見まわした。「暖炉の前にキルトを敷いて、そこで描いてもかまわないかしら？」

「きみは画家だ」グレイが言った。「そしてわたしは、ただのモデルに過ぎない。きみの言うとおりにしよう」彼は暖炉の脇に置いてあった大きな籠から柔らかなキルトを二枚取りだし、暖炉の前に重ねて広げた。「クッションもいくつかある。これで差し障りなく絵が描けるといいが」

「これなら大丈夫よ」フィオーナはスケッチブックを取りあげ、キルトに腰をおろした。グレイはこの前描いてもらったときと同じように、無頓着かつ物憂げな表情を浮かべて横になっている。すぐそばに彼が横たわっているのを見ただけで、呼吸が速くなった。耳に挟んだ鉛筆を取りあげ、前回彼を描いたときそうなったように、魔法の力が働くことを祈った。

今日は手から描くことにした——けさ早く朝靄のなかを歩いているときに指を絡ませてい

た、大きくて温かな手。いまその手は、彼の平たいおなかにさりげなく置いてある。袖口から手の甲にかけて、少しだけ毛がのぞいていた。いくぶん色が濃くて、血管が皮膚のすぐ下に浮きでて見える。ほかの紳士と違って、彼は印章指輪や宝石を身につけていなかった——装飾品のたぐいは一切つけていない。長い指の爪は短く手入れされ、手の甲の出っ張った骨の部分が三カ所赤くなって、働いているときにすりむいたように見えた。それとも、殴り合いをしているときに？　でも、そのことについては尋ねない——少なくともいまは。

いまは目の前の仕事に集中したい。

彼の手を芸術的な視点で観察していたのではなかった。肌合いや陰影、色や明るさより、彼の手がどんな感じだったか思いだしていた。

庭園で、耳の後ろに花を挟んでくれたとき。

キスをする前に、顔からそっと髪を押しやってくれたとき。

めくるめくような愛撫で、えもいわれぬ歓びをもたらしてくれたとき。

それこそがいま、紙の上にとらえたい手だった。どうにかして強さや優しさを、堅さや温もりを表現したい。

さまざまなことを思い出すうちに、描いていることを忘れそうになった。あの手がナイトガウンの下から滑りこんできたときのことを思い出すと、胸がかっと熱くなる。いまも太腿の内側を探られ、軽い愛撫でじらされているような気がして、肌がちくちくした。下腹部の中心がはっきりと脈打っているのがわかる。息づかいも荒くなっていた。

思いがけないことに、彼も同じようだった。息をのんでこちらを見ている――ほしくてたまらないという目で。愛情とは違う、でもそれに近いなにかを感じる。ひとつたしかなのは――彼の態度に冷ややかなところはもうないということだった。まなざしが熱い。ふたりのあいだは少なくとも一ヤード離れているのに、彼の体から発散される熱が伝わってきて、空気がびりびり震えていた。

「フィオーナ……」

フィオーナは彼を見つめた。鉛筆が指先から滑り落ちる。

グレイがそろそろと顔を近づけてきた。

フィオーナはためらうことなくスケッチブックを脇に置き、顔を近づけながら彼の目に浮かぶ問いかけに答えた。「ええ」

18

グレイは自分の意志の弱さを悔やんだ。なんてざまだ。いままでどうにかよそよそしい態度で婚約の条件を話し合ってきた。フィオーナを抱きしめてキスしたいという誘惑にもあらがったし、なけなしの自制心で乗り切れると思っていた。

とんだ思い違いだ。

フィオーナがスケッチをはじめたとたんに、自制心が崩れはじめた。こちらを見つめる彼女のまなざしがこのうえなく親密で、なまめかしく――みだらと言っていいほどだったから。それでも、図書室でしたことをもっとしたいという衝動はこらえていた――フィオーナも同じくらいそうしたがっていることがはっきりするまでは。彼女の瞳が暗くなり、胸がせわしなく上下して、唇を開くのを見たのが運の尽きだった。

離れていることにもういっときも耐えられなくて、彼女に近づいた。フィオーナの唇を味わい、肌に触れたくてたまらない。

あと少しで触れ合うというところで、彼女の唇につぶやいた。「どうかしている」

フィオーナが唇に目を落とし、欲望をむきだしにして唇を重ねてきた。舌で口のなかを探ると、服をつかんで体を押しつけてきた。彼女の髪に指を差し入れ、さらに唇を貪る。

「きみがスケッチをしていると、水が流れるようにきみに引きつけられる」彼女の首筋に唇をつけた。「その鉛筆は魔法のスティックだな」

フィオーナは体を離して皮肉っぽくほほえんだ。「わたしが魔女だというの？」

彼女をキルトのうえに寝かせて、瞳を見つめた。「きみに魔法をかけられている」

「それなら、わたしも同じ魔法にかかっているかも……。ヒキガエルも操れない魔女は自分に魔法なんてかけられないはずだけれど。わたしたちはそうではないということね」

「きみが絵を描くときはいつもこんなふうになるのか？」答えを知りたかった。

フィオーナは眉をひそめた。「どういう意味かしら？」

「わたしたちが感じているような結びつきのことだ。きみときみが描くものは、いつもこんなふうになるのか？」

フィオーナは肘をついて体を起こすと、指先で彼の顎の輪郭をそっとなぞった。「わたしたちが惹かれ合っているのはスケッチのせいじゃないの。あなたがそうさせているのよ。だれにも心を開かない、不機嫌な伯爵の――自分の館を改装することにこだわっている男性の向こうにあるものが見えるの」

「それがわたしだ」そっけなく言った。「その向こうになにか見えるのだとしたら、それはきみの空想に過ぎない」

「わたしに見えるものを話しましょうか」顎を手で包みこまれて、あらゆる本能が顔を背けろと叫んでいた――これ以上覗《のぞ》きこまれるわけにはいかない。だがそうするかわりに、顔を無表情にして備えた。「わたしに見えるのは、祖母に尽くし、幸せにすることが人生の主な目的だと決めている男性よ。この家に果物や野の花やキルトを持ちこんで居心地よくするような人で、わたしに快楽の手ほどきをして、わたしを守るために自分の歓びを拒んでいる……」

フィオーナは彼の下唇に指先で触れると、その指をじらすように滑らせ、さらに炎をかき立てた。「あなたが知りたがっていることに答えましょうか。こんな気持ちになるのはあなただけなの。これまでも、これからもきっとそう」

なぜ、この凍てついた心が聞きたいと思っていたことばかり言うんだ？　フィオーナは自分が感じていることをしゃべっているんだろうが、だからといってそれが真実とはかぎらない。「きみは若い。そして経験もない。だから自分の気持ちがわからないんだ」

「いいえ。わたしは自分の気持ちと向き合う勇気があるもの――わたしはあなたと共にいるべきなの」フィオーナは彼の頭を引き寄せて、魂がとろけるようなキスをした。「あなたの心はなんと言っているの？」

そんなものが信じられるか。

「そんなことはどうでもいい。わたしにわかるのはこれだけだ。きみがほかの男と――ペンサムやカービーと一緒にいると思うと、決闘して相手をずたずたにしたくなる」フィオーナの美しい瞳が曇ったので説明しようとした。「わたしはきみを守り――きみにため息をつかせ――笑顔にさせる男になりたいんだ」

フィオーナはふっと表情をやわらげた。「それがほんとうなら、わたしをあなたのものにして。ここで。いますぐに」

体がこわばった。もちろん、フィオーナと愛を交わすことを空想したことはあるが、いまは——夢のなかにいるみたいだ。「ほんとうにいいのか？」

フィオーナは瞳をきらめかせ、口元にほほえみを浮かべた。「わたしたちは一週間以内に結婚するのよ」と言って、クラヴァットを手早く緩め、彼の首に手をまわした。「これ以上がまんすることはないでしょう？」

そうしないですむ理由を懸命に探した。心臓が激しく脈打っている。くらくらするほど昂ぶっていて、まともに言葉が出てこなかった。「きみを——傷つけたくない」

フィオーナはかすかに眉をひそめた。「わたしの体を？　それとも——」

「どちらもだ」そんなことになったら、一生自分を許せないだろう。

「わたしをいちばん傷つけるのがどんなことかわかる？　あなたがよそよそしくて、冷たくて、無関心なときよ。あなたは詩人ではないとずっと言っていたわね。わたしのことをどんなふうに思っているのか、うまく言い表せないって。それなら、態度で示して。いますぐ——」

その言葉が終わるか終わらないかのうちに、彼女の唇をふさいでいた。ふたりを隔てるものを取り去りたくて、ガウンの前を留めている紐をしゃにむに引っ張った。「服を脱ぐんだ——きみが見たい」

フィオーナは彼の上着を押しやり、ベストのボタンをはずして、シャツをズボンから引っ張りだした。

彼女の髪からリボンを抜き取り、ガウンをおろした。

座ってブーツを脱ごうとすると、フィオーナが引き留めて言った。「わたしがするわ」

シュミーズだけを身につけた姿で、彼女はブーツの踵をつかんで片方ずつ脱がせた。そのたびに後ろにひっくり返りそうになって笑っている。

だが立ちあがって抱き寄せたときには、どちらも笑っていなかった。シュミーズの裾に手を伸ばして頭から脱がせ、床に落とす。彼女が指をズボンの上に掛けたので、それも脱ぎ去った。

暖炉の前で向かい合い、期待に満ちた最後のひとときを味わった。なんて美しい女性だ。彼女の肌は光沢を帯び、瞳はきらめいていた。豊かな胸とくびれた腰。すらりと伸びた脚。そして、このたたずまい――誇らしげなのに、どことなく傷つきやすそうなところがある。この女性を、これからわがものにするのだ。

ふたりの体がぶつかり合い、フィオーナの肌の感触にわれを忘れそうになった。

はじめて理解した――これは、詩でも歌でも騎士道物語でもない。これは純粋な情熱だ。欲望。肉体的な欲求を満たす以外のなにものでもない。

それ以外はあり得ない。

グレイは彼女を暖炉の前に横たえた。キルトは柔らかく、かぶさってきた彼の体は硬かった。

「きみをすみずみまで味わいたい」彼は唇からはじめて、首すじから胸の谷間、腰へと唇を滑らせ、思わず声を漏らすとうなって応えた。顎の無精ひげの感触がなんとも言えず気持ちいい。

身じろぎし、ため息をつき、小さく鼻を鳴らすたびに彼は応えた。まるで、なにをされるのがいちばん好きなのかたしかめて、記憶に刻みつけているように。

彼がさらに下のほうに動いて両脚のあいだに体を入れてきたので、豊かな髪に指を差し入れた。あらゆる愛撫が親密で、夢のようで、強烈だった。

「グレイ」はっとした。「いったい、なにを……？　ああ……」

彼の口がそこにあった――体のなかで渦巻いている快感の中心に。その快楽に身を委ね、彼に身を任せた。髪の毛の先からつま先まで、体じゅうがせつないまでに彼を求めている。身も心も、すでに彼に屈服していた。みだらに舐められ、うめくたびに、彼の存在が心と魂に刻まれ、高みへと押しあげられた。

ゆっくりと、確実に、高く。もっと高く。それ以上どこにも行けなくなるまで。そして絶頂が訪れた――目がくらむほどまぶしく――激しく。背中が弓なりになり、縮こまっていたあらゆる筋肉が解き放たれた。快感が火花を散らしながら体じゅうを駆け抜けていく……。

彼が隣に来て、抱き寄せて額にキスしてくれた。彼の胸に手のひらを置くと、同じくらい心臓が激しく脈打っているのがわかった。下を見ると、彼のものが硬くそそり立っている。

思わず唇を舐めた。

「だめだ」彼が言った。

「え？」

「それはだめだ」

「でも、いまあなたは――」

彼はその言葉を激しいキスでさえぎった。思いきって手を伸ばし、昂ぶったものに指を絡ませると、彼はぎくりとしてうなり声をあげた。そしてどんなふうに動かすのか、自分の手を重ねて示した。

彼がうめきながらしだいに呼吸を荒くしていくのを見て、フィオーナは自分の力に酔いしれた。こんな力があるなんて。彼と舌を絡ませながら、精いっぱい甘い責め苦をつづけた。

「くそっ……。きみがほしい」彼がたまらず声をあげた。

「まるで悪態をついているみたいに言うのね」

「そうかもしれない。だが、そんなことはどうでもいいんだ」彼は肘をついて体を起こすと、フィオーナの瞳をのぞきこんだ。「やめてほしいか？」

フィオーナはかぶりを振った。「どうかやめないで。わたしもあなたがほしいわ」

彼は一度も目を逸らさずに、フィオーナの両脚のあいだに体を入れると、ゆっくりとなかに入った。額にかかる黒っぽい髪が顎の無精ひげと相まって、少し危険な雰囲気を醸しだしている。それがたまらなく男らしかった。「大丈夫か？」

フィオーナは答えるかわりに両腕を彼の首に巻きつけ、体を伸ばして彼を更に深く受け入れた。彼の胸が汗で光り、筋肉がひくついているのが見える。彼はフィオーナの額に自分の額をつけてうめいた。「もっとこうしていたい。だが……」

「心配しないで」フィオーナは彼の顔にかかる髪を押しやり、こめかみにキスした。そんなところが好きなのだと言いたかった——いかめしくて寡黙な伯爵がまとっている甲冑に、こんな隙があるところが……。けれどもうまく言葉が出てこなかったので、そうするかわりに両脚を彼に巻きつけた。

彼はうめいて腰の動きを速め、フィオーナの欲望をかき立て、歓びのため息をつかせた。こんな親密さを求めていた——せつないほど。彼のまわりに張りめぐらせてあった壁はすべて崩れ落ち、彼がまとっていた甲冑もはぎとられていた。そして、ふたりは結びついている——少なくとも、体だけは。

彼の胸を軽く引っかくと、彼の動きがさらに激しく、速くなった。欲望で体が震えるほど——そして不意にうなって体を離し——転がって、キルトの上に精を放った。

しばらくのあいだ、フィオーナは横になったまま動けなかった。いまふたりが体を重ねたことは、自分にとってどんな意味があるのかしら？　グレイにとっては？　かいつまんで日記に書くなんてとてもできない。

不意に寒気と不安を感じて、彼の背にすり寄って呼吸が落ち着くのを待った。なにか言ってくれないかしら。なんでもいい。

彼は振り向かずに言った。「大丈夫か？」

「ええ」少なくとも、自分ではそう思っていた。

「よかった」彼は起きあがると、いっとき後悔しているように頭を抱え、それから立ちあがって服を拾い集めた。シュミーズとガウンとストッキングをキルトの上に放り、自分も手早くズボンを穿いている。「すまないが、体を洗う水がないんだ」申し訳なさそうに言った。

フィオーナはシュミーズを身につけた。「わたしは大丈夫よ」そう言ったものの、ほんとうはいまにも涙がこぼれそうだった。愛を告白してくれるとは思っていなかった。でも、この身を捧げたあとは、もっと――優しくしてくれるものと思っていたのに。それでわかった。この手のことを、これまでどれほど理解していなかったか。

「急がせたくはないんだが、きみの母上やわたしの祖母が目を覚ます前に館に着きたいなら、もうここを出たほうがいい」

「ええ、そうよね」フィオーナが服を着て髪を編んでいるあいだ、彼は暖炉の火の後始末をした。

「あとは、わたしが片づけよう」

フィオーナは彼に近づいて肩に頬をつけた。「わたしも手伝うわ。そうしたら、これからのことも話し合えるでしょう」

彼はわずかに体をこわばらせた。「わたしが約束を破るんじゃないかと心配する必要はない。約束どおり、きみと結婚するとも。だが、その前にきみの評判を台なしにしたくないんだ」

「わかったわ」世間体を気にしてくれていることに感謝すべきだとは思ったが、彼がまた殻の内側に閉じこもってしまったようで寂しかった。「ふたりで将来のことを話し合えたらと思っただけよ」ほんとうは脅迫状のことを打ち明けたかった。そうすれば、ふたりのあいだに秘密を残したまま婚約せずにすむのに。

「近いうちに話そう」彼はスケッチブックを取りあげ、鉛筆をフィオーナの耳に挟んだ――そのささやかな優しさで、ぽっと希望の灯がともった。

ふたりで足早に家を離れ、無言で森を通り抜けているあいだ、フィオーナはがっかりする理由はなにもないと自分に言い聞かせた。最初にレイヴンポート卿に結婚を申しこむ手紙を書いたときに想像していたより、いろいろなことがうまくいっている。

問題は、いまや彼がただのレイヴンポート卿でなくなってしまったことだった――グレイ。そして、もっとほしかった――彼の愛が。

それから一時間とたたないうちに、グレイはさっぱりと身なりを整えて食堂に入った。すでにテーブルに着いていたフィオーナの継母とレディ・キャラハンに低い声で挨拶し、祖母の頰にキスをして、サイドボードに置いてある食べものを皿に取る。フィオーナがいないので、入口が気になって仕方がなかった。まったく、けさしたことは最低だった――自分で自分がいやになる。だが、献身的で愛情深い夫と結婚できるかもしれないと勘違いさせるよりはましだ。

「ほかの殿方とすれ違いになってしまいましたね」ハートリー夫人が言った。「みなさん、けさは釣りで腕試しをするそうですよ」

グレイは自分でコーヒーを注ぐと、新聞に手を伸ばした。「それはよかった。うまくいけば、お昼を食べそびれずにすむかもしれません」

祖母がくっくっと笑った。「おもしろいことを言うのね、デイヴィッド。今日はずいぶん元気そうだわ」

グレイの頭のなかに警告射撃の音が響きわたった。祖母はなにか企んでいる――賭けてもいい。「おばあさまも、いつものようにお健やかでなによりです。なぜけさはそんなに目をきらめかせているんですか？」

「その言葉を待っていましたよ」グレイの祖母はハートリー夫人に目配せしてほほえんだ。

「いい知らせがあるの」

グレイはやけどしそうなほど熱いコーヒーをひと口飲んで身がまえた。

ハートリー夫人がそわそわと胸に手をやり、テーブルに置いてあった手紙を取りあげて空中にひらひらさせた。「主人から手紙が届きましたの。どうやら娘たちがこちらに着いて間もなく、わたしのあずかり知らないところで手紙を出したようで――娘たちにせがまれて、夫もこちらにお邪魔したいと言いだしまして……。長居はいたしません。土曜――つまりわたしたちがこちらをお暇する日の前日に到着するそうですわ」

祖母の視線を感じて、グレイは平静を保って応じた。「そうですか。それは楽しみだ」ひとことも文句を言わなかった自分をほめてやりたかった。どのみち、ひと晩にひとり客が増えたくらいでどうということはない——それに、ハートリー氏がこちらに来てくれれば、フィオーナに正式に結婚を申しこむためにロンドンで彼を訪問する手間が省ける。

その前に、フィオーナの気持ちが変わらなければの話だが。

みすぼらしい家の床の上でフィオーナをものにするべきではなかった。彼女にとってはじめての営みだったのだから、もっとふさわしい場所——羽毛のマットレスに、シルクの上掛け、ろうそくの明かりがあるところを選ぶべきだった。おまけに素晴らしい体験をさせてやりたかったのに、あっという間に終わってしまって、盛りのついたイノシシと変わらないと思われていても不思議はない。

「——それで、一週間のつどいの最後を締めくくるには、そうするのがぴったりだと思ったの」祖母が話していた。「デイヴィッド？」

グレイはわれに返った。「すみません。いまなんと？」

祖母はお茶のカップを持ちあげた手を止めて、上品に眉をつりあげた。「今度の土曜の夜に開く舞踏会の話ですよ」

なんだって？「舞踏会を、ここでですか？」信じられない思いで聞き返した。「舞踏会を開けるような状態ではありませんよ」

祖母は華奢《きゃしゃ》な肩をすくめた。「緑の枝を飾って、シャンパンを切らさないようにして、ダンスが踊れるように楽団も呼んで……。楽しければ、多少壁紙がはがれていてもお客さまは気にしないものよ」

「客？」グレイは髪をかきあげた。「だれを招待するんです？」

「もちろん、村のみなさんですよ。フォートレスを改装していると知って、みなさん喜んでいたわ。あなたがハウスパーティを楽しんでいると聞いて、なおさら――」

「おばあさまをがっかりさせるつもりはないんですが、舞踏会の準備をする時間などありませんよ。食べ物や飲み物を手配して、音楽家も呼ばなくてはならない。だが土曜といったら、あと二日しかないじゃありませんか」

祖母はくだらないとばかりに手を振った。「なにもかもハートリー夫人とレディ・キャラハンとわたしに任せてちょうだい。わたしたち三人で招待の手配をして、若いお嬢さんたちが飾りつけをしますからね。催し物の楽しみの半分は、あれこれ計画することにあるんですから」そこで祖母は、両手を組み合わせて遠い目をした。「舞踏会なんて何年ぶりかしら――あなたのおじいさまとわたしがお客さまを招いたときのように、きっと楽しい催しになるでしょうね」

くそっ。孫がいやだと言えないことを祖母は知っているのだ。「わかりました。しかし、手のかからない催しにしましょう。大がかりなことや派手なことはなしで」なぜなら、そんな贅沢をする余裕はないからだ。というより、なにひとつ買う余裕はなかった。

だが、それもじきに変わる。フィオーナと結婚したらすぐに。

「ええ、わかっていますよ」祖母はそう言ったが、グレイはだまされなかった。祖母は舞踏会が楽しみで、もう抑えがきかなくなっている。そこまで楽しみにしているなら、反対するわけにはいかない。

フィオーナとの婚約を発表したら祖母はなんと言うだろう。幼いころから、結婚をして家庭を持つのは自分の義務だと承知していた。

フィオーナは由緒正しい一族の出ではないが、彼女の財産は高貴な血が流れていないことを補って余りある。彼女ならきっと伯爵夫人の地位に徐々になじんでいくだろう――夫婦の誓いをする前に心変わりしなければ。

ふたりが無事に結婚にこぎつければ、フォートレスの改装に全力で打ちこめるようになる。フィオーナはロンドンで――彼女の家族の近くで暮らすほうがいいだろうから、ロンドンの屋敷にいてもらおう。そして自分はこの地にとどまり、フォートレスを祖母が誇れるような館にする。世界が暗闇になってからも祖母が思い出せるように。

19

情熱がもたらす危険について

客間に座っていれば、どんな娘もゴシップを耳にして、粋な男性に口説かれることがいかに危険か学ぶものだ。評判を傷つけられた若いレディはゴシップ紙の紙面を飾るか、田舎に引きこもって一生独り身で暮らす羽目になる。そのレディの評判は取り返しがつかないほど踏みにじられるのに、誘惑した男性には箔が付く。

けれども、そこには別の危険もある――年配の女性がほとんど教えてくれない危険が。それは若い女性の思いが男性よりも深いときに起きる。男性にその身を捧げた女性は、彼に恋をしたと思いこむかもしれない。

そうなったら、ほんとうに危険なことだ。

「レイヴンポート卿と会うために抜けだしたんでしょう」朝食後、旅行鞄を開けてボンネットを探していたリリーが、当たり前のように言った。

ベッドの端に腰掛けていたフィオーナは、懸命に動揺を隠した。リリーに嘘をつきたくはないけれど、すべてを打ち明けるわけにもいかない。だから、半分だけ真実を伝えることにした。「ふたりきりで過ごすのがいけないことくらいわかってるわ。じつは、伯爵をスケッチしていたの」

リリーは片眉をつりあげると、テーブルの上に置いてあるスケッチブックにちらりと目をやった。「見てもいいかしら?」

「まだだめよ」フィオーナは間髪入れずに答えた。あのスケッチを見たら、あまりにもいろいろなことがわかってしまう。「まだ完成していないの」

リリーはふたたび怪訝な顔をすると、隣に来て座った。彼女は姉の手を取って言った。

「よく聞いてちょうだい。わたしはミス・ヘイウィンクルの決まりごとなんて少しも気にしてないわ。ただ、お姉さまが傷つくのは見たくないの」

「わかってるわ。ありがとう……。わたしは伯爵が好きだし、あの方も——そうね、わたしたちは気が合うと思うの」

「気が合うって……」リリーは少し不満げに繰り返した。「わたしも伯爵は素敵な方だと思うわ。ただ、少し——冷たい気がするの。あの詩は伯爵が書いたものではなかったんでしょう?」

「ええ、そうよ」

「ねえ、お姉さまはこのうえなく優しくて、賢くて、才能もある。その気になれば、これはと思う男性をだれでもとりこにできるはずよ。それなのに、どうして石のような心を持った男性を選ぶの?」

まったくそのとおりだわ。「石ではないわね。わたしが思うに、あの方は心に傷を負っているのよ」

「ああ、そうだったわね」リリーはうんざりして天井を仰いだ。「レディ・ヘレナに振られたんですもの」

ヘレナの名前が出ただけで、フィオーナの胸は苦しくなった。「それもあるけれど、ほかにもなにか理由があると思うの。伯爵のおばあさまがそんなことをほのめかしていらっしゃったけれど、くわしくは教えてくださらなくて」

「恋愛って、そんなにむずかしいことなのかしら。恋のはじまりはわくわくして、胸がときめくものなんでしょう。相手の方に会うたびに息が弾んで、有頂天になる——悲しくも寂しくもないはずだわ」

「わたしは悲しくないわよ」フィオーナは言い返したが、その言葉はうつろに響いた。グレイとの関係は複雑だ。ほかの恋人たちがするように、相手の気を引いたり、口説いたりすることがなかったし、婚約もしていない。でも、彼に求められているのはたしかだし、けさはたがいに合意のうえで体を重ねている。たぶん時が経てば、こちらの思いに応えてくれるはず……。

「知ってるでしょうけれど、お姉さまには少なくともあとひとり崇拝者がいるのよ」リリーはさらにつづけた。「ペンサム卿は、ことあるごとにお姉さまのほうをちらちら見ているわ。そのまなざしときたら、真冬のバターも溶けそうなくらい。それにあの方はとびきりのハンサムでしょう」

フィオーナはうなずいた。ペンサム卿はいつ肖像画を描いてもらってもいいようにきちんとしていた。上着はいつ見てもアイロンがかけられているし、ひげはきれいに剃ってあって、髪もぴったりと撫でつけられている。でも彼にはグレイのような、野性的と言っていいような男っぽい魅力がなかった――まったく違う。

「わたしはレイヴンポート卿の愛を勝ち取るつもりよ」けさあんなことがあった後では、控えめな表現だった。「今日の午後、ピクニックに出かけたときにふたりで話せればいいんだけれど」

リリーは両手をあげてベッドに仰向けに倒れた。「わかったわ。それじゃわたしは、できるかぎりほかの人たちを――とりわけペンサム卿を引き留めておくようにするわね。でも、約束して。レイヴンポート卿と関わるなら慎重に行動するって。ああいう人こそ、ミス・ヘイウィンクルの言う人でなしかもしれないんだから」

「わたしはあの方となら幸せになれると思うわ」フィオーナはリリーを説得しようとしているのか自分を説得しようとしているのかわからなくなった。

「お姉さまが幸せならわたしも幸せよ」そう言ったものの、リリーはそれほど確信がなさそうだった。「お父さまは伯爵のことをどう思うかしら」

フィオーナも同じことを思っていた。「正直に言って、驚いたわ――もちろんうれしかったけれど――お父さまが来るなんて」

「お仕事やロンドンの喧騒から少し離れられたら、お父さまも少しは気が休まるんじゃないかしら」

「そうなるといいわね」フィオーナはそう言いながら、リリーも自分もそれ以上のことを望んでいることに気づいていた。ふたりの望みは、父がむかしの父に戻ってくれることだった。娘たちのいたずらに大笑いし、寝る前には抱きしめてくれた父に——行儀よくしていないときも愛してくれた父に。

「レイヴンポートはどこかな？」ペンサム卿が、フィオーナが思っていたのと同じ質問を口にした。

ピクニックに参加する面々は、みな玄関広間に集まっていた。従僕がせわしなく行き来して、厨房から食べ物が入ったバスケットを運びだし、毛布やキルトを積みこんでいる。

「先に出かけてくれと言っていたぞ」カービー氏が言った。「領地の東側の囲いを修理して、終わり次第来るそうだ」

フィオーナはがっかりしたが、カーター卿は笑って言った。「レイヴンポートは〝気晴らし〟という言葉を知らないんだ。大奥さまとほかのおふた方はどうした？——いらっしゃらないのかな？」

「あいにくそうなんです」ソフィーが口をはさんだ。「大奥さまとハートリー夫人、そしてわたしの母はここにとどまって、舞踏会の招待状の手配をするとのことでした」

「それはなによりだ」カーター卿はほっとしたように言った。「では、これで全員らしい。

出かけようか?」

みんなもごもご返事をし、フィオーナは笑顔を貼りつけて一緒に外に出た。グレイと話す機会ならまたある。それまでおしゃべりや食べ物や日光を楽しむしかない。

カービー氏が先頭に立って、おおよそ半時間、ほぼのぼりの道がつづくことを説明した。だが、その苦労は報われるだけのことはあるらしい。フィオーナは重たいバスケットを担いで細い道をのぼらずにすんでよかったと思った。今日はスケッチブックと、鉛筆やパステルを入れた小さな袋しか持ってきていない。

ペンサム卿が隣に来て、気さくに話しかけてきた。ときどき気を引くようなことを言ったのかもしれないし、妹が言っていたように、バターを溶かすようなまなざしで見つめていたのかもしれない。けれども、グレイを探すのに気を取られていて、少しも気づかなかった。

「彼ならすぐに追いつく」ペンサム卿が言った。

フィオーナはどきりとした。「なんですって?」

「レイヴンポートだよ。きみと一緒に過ごせるひとときをみすみす無駄にするはずはない――とりわけ、ほかの男たちが競い合ってきみの気を引こうとしているときはそうだ」

「ごめんなさい。さっきは考えごとをしていたものですから……。でも、あえて申しあげますが、わたしはいままで、けっして男性がまわりに集まってくるような娘ではなかったんです」

「たぶん、以前のきみはいまのきみとは違っていたんだろう」ペンサム卿はそう言ってにこりとした。「さあ、着いた」

ひとかたまりの木々が、丘の頂で木陰を作っていた。そこなら毛布を広げてピクニックを楽しめる。近くには古代の巨石が半円状に埋まっていて、見るからに探索してもらいたがっているようだった。

カービー氏は巨石を指さして一同に言った。「あの岩のどれかにのぼったら、伯爵家の領地と村はもちろん、その先まで見渡せる」

ペンサム卿は木陰にバスケットを置くと、フィオーナのスケッチブックを指し示した。「芸術家がインスピレーションを得るにはうってつけの場所だ。昼食のあとで、岩にのぼるのを手伝おうか?」

「じつを言うと、そんなにおなかが空いていないんです」それに、早く景色を見たかった。「いまのぼってみようかしら」

「もちろんかまわないとも」ペンサム卿はにこやかに応じた。「スケッチブックを預かろう――でこぼこした岩をのぼるなら、両手が空いていたほうがいい」

フィオーナはためらった。スケッチブックは日記帳と同じくらい個人的なものだ。もしだれかにグレイのスケッチを見られたら、彼と会っていたことがわかってしまう――それもふたりきりで。でもペンサム卿の言うことも理にかなっていた。スケッチブックを持ったまま岩をよじのぼるのは不可能に近い。「わかりました。ただ、なかは見ないでください――いくつかのスケッチがまだ途中で、人には見せたくないんです」

ペンサム卿は生真面目な顔で片手をあげた。「約束しよう」彼はそう言ってにっこりほほえむと、スケッチブックを脇に挟んで、フィオーナと一緒に巨石の下まで歩いた。フィオーナはまず一周して、どこからのぼるのがいちばん手っ取り早いか調べると、ブーツを履いた足でよじのぼった。

巨石のてっぺんは平たくて温かかった。フィオーナは目の前に広がる景色を見て、思わず息をのんだ。緑豊かな丘陵に、白い羊がぽつぽつと散らばっている。低い石垣がうねりながら谷間を横切り、赤い野の花がそよ風に揺れていた。広大な青い空の下にあるものすべてが輝いて見える。

フィオーナはすべてをスケッチしたくてたまらなくなった――だれよりもその風景を愛している人のために。それは父でもなく、リリーでもない、ソフィーでもない、グレイですらない――グレイの祖母その人だ。彼女はおそらく、若かりしころにまさにこの景色を見たはずだった。もうここにはのぼれないけれど、風景を描いて見せることはできる。ありのままの景色を写しとることができれば……。

フィオーナは手をついて、岩の端からペンサム卿を見おろした。「スケッチブックを預かってくださってありがとうございます。こちらに持ってきていただけるかしら」

「いいとも」ペンサム卿は岩をよじのぼってフィオーナにスケッチブックを渡すと、彼女が手首にさげていた小さなレティキュールから鉛筆を数本とパステルを取りだすのを見守った。

「スケッチしているあいだは、そばにいないほうがいいだろうか？」

グレイだったらそばにいてほしかったけれど……。だが、フィオーナはできるだけ礼儀正しく答えた。「スケッチしているあいだは、わたしと一緒にいてもおもしろくないと思います。鉛筆を動かしながら会話をつづけることができないので……」

「それは謙遜だと思うが、言いたいことはわかった。スケッチしているきみを見ていたいのはやまやまだが、いまは邪魔しないでおこう。なにかほしいものがあったり、ここからおりたくなったりしたら呼んでくれないか。近くにいるから」

「お気づかいありがとうございます」フィオーナは心から礼を言った。

「そうだ、忘れるところだった」ペンサム卿は胸ポケットに手を入れると、金属製の細長い円筒形のものを取りだした。「望遠鏡だ。羊を観察したくなったときに使える」彼は片目をつぶってそれをフィオーナに渡した。

フィオーナは彼の心づかいに感謝しながら、円筒の片方の端を回転させ、中身を引きだした。望遠鏡をかまえて目に近づけると、マストのてっぺんの見張り台にいる船乗りになった気がした。「まあ……よく見えるんですね」

「気に入ってくれてよかった」ペンサム卿が言った。「ゆっくり楽しむといい」

彼がきびきびと岩をおりていくのを見送りながら、フィオーナはいったい自分はどうしてしまったのだろうと思った。どうしてペンサム卿のように気配りが上手で、思いやりがあって——自分に興味を持ってくれる男性に結婚を申しこまなかったのかしら？　リリーの言うとおりだ。グレイに恋をするのは、断崖から心を放り投げるようなものかもしれない。わくわくして天に昇るような心地になることもあるけれど、すぐに砕け散ってばらばらになる。ため息をついて鉛筆を取りあげ、目を閉じた。素朴な喜び――温かなそよ風や、土や草のにおい、小鳥の歌や木々の枝葉がそよぐ音をどうにかしてとらえたい。グレイの祖母のために。

すっと息を吸いこんで、鉛筆を動かしはじめた。なだらかな丘陵、ところどころに固まっている木立、古めかしい家々が徐々に形になって――紙の上で物語を紡ぎはじめた。青い空とふわふわしてピンクがかった雲、緑鮮やかな草地と深紅の野の花はパステルを使って描く。それは図書室にあるような男性的な力強い絵ではなかった。穏やかで、温かくて、慎ましい――まさにグレイの祖母のような絵。

いつものように、フィオーナは時間を忘れて描きつづけた。しまいにペンサム卿が様子を見に来て、あと一時間くらいかかると伝えたが、そろそろ切りあげどきなのは自分でもわかっていた。なにしろお尻が痛いし、もう太陽の向きが変わって、日光がボンネットの縁から射しこんでいる。鼻の上にそばかすがぽつぽつ出ているのは間違いなかった。

スケッチは完璧ではなかったが、これまで描いたなかでは指折りの出来映えだった。グレイの祖母はきっと喜んでくれるはずだ。それに、おなかも鳴っていて――今日はまだなにも食べていないとうるさく訴えている――そろそろ切りあげる潮時だった。鉛筆やパステルをレティキュールに戻し、望遠鏡を取りあげて、最後に草地に散らばる綿毛のような羊たちを見た。

そして、グレイを見つけた――シャツを着ていない。黒っぽい髪が額にかかり、ズボンが下のほうにずれて腰骨に引っかかっている。

彼は口にくわえた釘を一本手に取ると、かがんで柵の下の横木に打ちつけはじめた。金槌を振りおろすたびに、背中の筋肉が動くのが見える。

髪は汗で濡れ、日焼けした肌は光っていた。彼の馬が近くで草を食んでいたが、フィオーナの目はグレイに釘づけだった。

見ていてほれぼれする。けれども、目を奪われたのは彼の頑健さと野性的な見た目だけではなかった。だれが見てもわかる。彼が自分の領地と館をどれほど愛しているか――金槌のひと振りひと振りにその情熱がこもっていた。

そして、彼があれほど懸命になって館を――少なくともその一部を修復しようとしているのは、祖母を喜ばせるためだという。なによりもそのことに心を動かされた。

グレイはさらに手慣れた様子で、柵の下側の横木を何本か取り替えた。それから彼が袋に道具を放りこみ、シャツに腕を通して上着を着るのを見て、フィオーナはため息をついた。

「ミス・ハートリー？」

フィオーナは望遠鏡を取り落としそうになって、声がしたほうを見おろした。ペンサム卿――ではなかった。「カービーさん」慌てて応じた。「いま、みなさんのところに戻ろうとしていたところです」

カービー氏は望遠鏡を指さして尋ねた。「鳥でも見ていたのかな？」

「その……羊を見ていました」どうにか取りつくろった。「そちらではみなさんなにをしてらっしゃるの？」

「きみの妹とミス・ケンドールときみの侍女は、舞踏室の飾りつけに使う枝葉と花を探しにいった。ペンサム卿とわたしはエールを飲んでいて、カーター卿はいびきをかいている。だが、彼を責めるわけにはいかない。なにしろけさ、かなり早い時間に釣りに出かけたものでね。スケッチは描けたかい？」

「ええ。さっきも申しあげたとおり、そろそろ下におりてみなさんとご一緒しようと思っていたところです」望遠鏡をしまいこむと、スケッチブックを脇に挟んで下におりようとした。

そのとき、カービー氏がためらいがちに言った。「できれば、その前に少しだけ時間をもらえないだろうか。ふたりきりで」

フィオーナはひやりとした。「少しくらい遅れても支障はないでしょうけれど――」できるかぎり明るい口調で答えた。「そばかすが増えたら母がどんなに気を落とすかわかりませんので、短くお願いします」

「承知した」カービー氏は岩の上によじのぼってくると、隣に座って膝に両肘をついた。「じつは、例の脅迫状のことが頭を離れなくてね。きみが脅されていると思うと、知らないふりはできない」

「でも、そうしていただかないと困ります。あなたがそのことを考えるほど、うっかり秘密を漏らしてしまう可能性が高くなってしまいますから。そうなったらわたしたちは破滅です」

「それはそうだが……」彼は頭に手をやった。「どうにかしてきみを助けたいんだ。きみひとりで問題に立ち向かうべきじゃない」

「ひとりではありません」思わず言葉が出た。取り消そうとしてももう遅い。グレイとはまだ話し合っていないし、婚約を発表する心の準備もしていないのに。

「つまり、ほかにも秘密を打ち明けた相手がいるんだな？」

「家族に支えてもらっていますから」とっさにごまかした。「ご心配は無用です」

「では、その人でなしに金を払うことにしたのか？」

頭のなかで、カービー氏に打ち明けることの是非を素早く考えた。「そのつもりです」さあ、これでカービー氏はこの件を頭から追いだすことができる。

彼は納得したようにうなずいた。「きみの家に大金を払う余裕があったのは幸いだった」

「そうですね」それ以上くわしく話すつもりはなかった。家族にお金を払ってもらおうとは少しも考えていないことも。

「こんな卑劣なことをする人間がいると思うと、はらわたが煮えくりかえる」カービー氏はつぶやいた。

「どうか、なにもかも忘れてください。あなたがいろいろと考えてしまうのは、わたしたちがしょっちゅう顔を合わせているからですわ。このハウスパーティが二日後にお開きになったら、その件はなかったことに――そうしていただけることを祈っています」そして、話を切りあげるつもりでスケッチブックを取りあげて胸に押しつけた。「サンドイッチが残っているかしら。もうおなかがぺこぺこで……」

「そうだろう」カービー氏はすまなそうに言った。「わたしがスケッチブックを持とう」

「ありがとうございます」だれかにスケッチブックを預けると、いつも不安になる。そんな不安を抑えて、彼に画帳を渡した。「わたしが先におりて、足がかりを教えよう」

「そうさせていただくわ」そう言って、カービー氏がひょいひょいと岩をおりるのを見守った。

「ゆっくりおりてくるんだ」地面におりた彼が言った。

後ろ向きになって、岩棚からそろそろと這いおりた。スカートが邪魔だ。ズボンを穿いていればずっと簡単なのに。いつもそうだけれど、裾を踏まないように気を配らなくてはならない。そして、首の骨を折らないように。

「その調子だ」下からカービー氏の声がした。「下の足をもう少し右に置いて――そうそう、そこだ」

そんなふうに子どもを励ますような口調でなければいいのに。岩にしがみついたまま、思いきって下を見た。よかった、もう半分までおりている。この高さから落ちても、たぶん死にはしない。長い人生で、骨を一、二本くらい折っても大したことではない。

「ここからはひとりでおりられると思います」カービー氏に言った。「先に行っていただけますか」

「ほんとうに大丈夫か？」カービー氏が疑わしそうに言った。

「ええ」歯を食いしばって答えた。

ふだんからどうということのない平らな場所でも転んでしまうくらいなのに、この状況は大惨事の寸前と言ってよかった。でも時間をかけておりれば、できないことはないはず――。

どこからともなく蹄の音が近づいてきた。「いったい、なにごとだ？」よく響く声がした――グレイ。

肩越しに振り返ると、彼はもう馬をおりて、怖い顔をして岩に駆け寄ろうとしていた。

「こんにちは、レイヴンポート卿」精いっぱい明るい声で挨拶した――岩に張りついたまま話をするのはおかしくもなんともないと言わんばかりに。

「動くんじゃない」グレイはぴしりと言った。「いまからそこに行く」

「その必要はないわ。あと少しで――あっ……」不意に目まいがして、岩をつかんでいた手が滑り、後ろにのけぞった。

20

フィオーナの背中は固い壁にぶつかった——いや、グレイの胸だ。彼は両腕でフィオーナを抱きとめたが、完全には受け止めきれず、ふたりでどさりと地面に倒れた。衝撃で歯ががちりと嚙み合わさり、肺のなかの空気がぜんぶ出て、しばらく息ができなかった。

「お姉さま！」リリーが血相を変えて飛んできて、傍らに膝をついて尋ねた。「わたしの声が聞こえる？」

たしかに聞こえた。だが、こちらの声が出てこない。まるで水中にいるようだった——息ができず、助けも呼べない。涙が湧いて取り乱しそうになった。

グレイが彼女の頭を膝の上に抱きかかえて、瞳をのぞきこんだ。「いいか——」彼は静かに言った。「きみは大丈夫だ」

いいえ、少しも大丈夫じゃない。ボンネットの結び目が喉を締めつけている。声が出るなら苦しいと言えるのに……。フィオーナはグレイを見あげて、わかってもらおうと上着をつかんだ。

グレイは両肩をつかんで、その場にふたりしかいないように顔を近づけて話した。「息ができないようだな。それに痛いんだろう——すまなかった」そしてこちらの心を読み取ったようにボンネットのリボンをほどいて脱がせた。それでも息ができない。「わたしの声に集中するんだ。これから十まで数える。いいか、十数え終わる前にふつうに息ができるようになる」

そんな——十までなんて長すぎる。でもうなずいて待った。

「ひとつ。ふたつ。みっつ。目を閉じて息を吸うんだ」

苦しくて身をよじった。

「四つ。五つ。六つ。力を抜いて」

目が焼けつくように熱くて喉も痛かったが、なんとか力を抜こうとした。

「七つ。八つ。息をして」——そのとおりにした。

全身が痛い。たまらず横向きになったとたんに肺からしゅっと空気が出て、必死で息を吸いこんだ。

「それでいい」グレイがなだめるように言った。「すぐ楽になる」だが、その声には安堵も混じっていた。まるで、彼自身もそれほど確信がなかったように。

「よかった！」リリーは姉の手を握りしめた。「どうなるかと思ったわ。どこか痛い？」

「……ぜんぶ」かすれた声が出た。

「大変だわ。館に戻って、お医者さまを呼ばないと……」

「いいえ」フィオーナは声を絞りだした。「ちょっと待って——骨はどこも折れてなさそう」

「おかしな格好で倒れてたわ」リリーが言った。

「たしかに——優雅だったとは言えないわね」

リリーはなおも言った。「気を悪くしたらごめんなさい。足首をひねって倒れたように見えたものだから」

それを聞くなり、グレイはフィオーナの足のほうに移動して、片方のブーツの靴紐をほどき、そっと足首を動かした。「どんな具合だ?」

フィオーナはこの場に母がいなくてよかったと思った。どれほど善意にもとづいた行動だろうと、若い独身男性が年ごろの娘の足をさわっているのを見たら、卒倒してしまうかもしれない。肩をすくめて答えた。「痛みはありません」

グレイはスカートの下に隠れていたもう片方の足首にも同じことをした――痛っ。思わずうめき声が出た。

「おそらく捻挫だ。あとで村のドクター・ホープウェルを呼びにやろう」

ソフィーが進みでて、レモネードが入ったグラスをフィオーナに渡した。「これを飲むといいわ」

フィオーナは素直にレモネードを受けとって、数口ごくごくと飲んだ。

「長いこと歩いて、水分が足りなくなったのよ。おまけになにも食べてなかったでしょう」

ソフィーが諭すように言った。

「そうなのか?」グレイは眉をひそめた。「カービー、ミス・ハートリーにサンドイッチを持ってきてくれないか」

そんな、こんなところで。「――遠慮します」ほんとうは食べたかったが、みんなからじっと見守られながら食べるなんてまっぴらだった。「かわりに、スケッチブックを持ってきていただきたいのだけれど」

「ここにある」カービー氏が口を挟んだ。「どうぞ」彼が大げさな身ぶりでスケッチブックを差しだしたので、フィオーナはほっとしてそれを抱きしめた。

「ありがとうございます」

グレイがうなった。彼を知らなければ、スケッチブックに嫉妬しているのだと思ったかもしれない。「フォートレスには馬で戻ってもらう」彼は言った。「わたしと一緒に」

よりによってこんなときに――これ以上恥をかくなんて耐えられない。「馬には乗らないことにしているんです」正直に言った。以前に何度か乗ろうとしたことがあるが、泥だらけになるか、痣だらけになるか、その両方のどれかだった。

「今日は乗ってもらう」グレイはきっぱり言うと、立ちあがってそろそろとフィオーナを引っ張って立たせた――片足で。もう片方の足はずきずき痛んで、マフィンのように腫れあがっている。

「面倒をおかけしたくないわ」フィオーナは言った。「高いところから落ちたあとに、また同じことを繰り返すなんて」

グレイは彼女の腰にしっかりと腕をまわした。「フォートレスまで歩いて帰ることはできないし、わたしもきみをずっと抱いて帰ることはできない」

「荷馬車はどうかしら？」フィオーナは必死だった。

「丘陵地帯は斜面がきつすぎる。馬のほうが安全だ。ゆっくり歩かせるから心配はいらない。なにも起こらないと約束しよう」

グレイを信じることにした。たとえ災難が降りかかる可能性を彼が甘く見ているとしても。

「わかりました」

フィオーナが言い終わらないうちにグレイは彼女をひょいと抱きあげ、鞍に座らせた。地面がこんな遠くに感じるのは、今日これで二度目だ。フィオーナはスケッチブックを片方の腕に抱えたまま、鞍の角にもう片方の手でつかまった。そしてまだ馬が動いてもいないのに、滑り落ちませんようにと祈った。

だがそれからすぐ、グレイがあぶみに足を掛け、後ろにひらりと跨がった。彼のがっしりした体に守られ、片腕を腰にまわされて、不安はたちまち消え去った。

「フィオーナ、この馬はマキューシオという。マキューシオ――こちらはフィオーナだ」

「待って。詩を毛嫌いしているあなたが、自分の馬にシェイクスピアのお芝居に出てくる人物の名前をつけているの？（マキューシオは『ロミオとジュリエット』の登場人物）」

「この馬にふさわしい名前だったから」グレイが二回舌を鳴らすと、マキューシオはのんびりと丘をくだりはじめた。

グレイはしばらくのあいだ、なにも言わないようにした。口を開けば、なにか後悔してしまうようなことを言ってしまいかねない。

ピクニックの場所に到着したとき、かっとしたことがふたつあった。ひとつ目はフィオーナが危険な状況に身を置いていたこと。どんなことが起こりうるか想像しただけでどうかしてしまいそうになった。

ふたつ目は、カービーがフィオーナのすぐ近くにいたことだ——彼女とさっきまで岩の上にいたような顔をして——あるいは、これから彼女を救うのは自分だと言わんばかりの顔をして。しかもカービーは、フィオーナのスケッチブックを持っていた。もしかして、フィオーナはカービーをスケッチしていたのだろうか。

最悪なのは、そのどちらについても、フィオーナに腹を立てる権利などひとつもないということだった。フィオーナは大人の女性で、彼女が命の危険を冒していまいましい岩にのぼりたいと思ったとしても、それは彼女が決めることだ。

もちろん、自分とフィオーナが簡単かつ礼儀にかなったやり方で結婚する計画はある。それは名ばかりの結婚とは言えないだろうが、恋愛結婚でないのはたしかだ。

なぜなら、自分はこれ以上なにも約束できないから。そして、そのことをフィオーナにわかってもらわなくてはならない。最初から失望するとわかっている契約を結ぶ前に。

だが、腕のなかでフィオーナが肩に頭を預けているときに、ふたりが交わした約束を逐一思い出すのはむずかしかった。フィオーナは丘をおりはじめたときは体を縮めていたが、いまはすっかり力を抜いて身を委ねている。スカートとズボンを隔てていても、彼女のしなやかな脚が太腿に触れるのがわかった。柑橘系の髪の香りが鼻をくすぐり、規則正しい息づかいが殺気だった神経をなだめてくれる。

そのとき、フィオーナがこちらを見あげた——まるで、いらいらしていたのを感じとったように。そうだったとしても不思議はない。「助けてくれてありがとう」彼女は言った。

「きみが岩から落ちる前になんとかしてやれればよかったんだが」

フィオーナは笑った。「それは雌鶏がつつくのを止めようとするようなものだわ。それとも、雄牛が追いかけてくるのを止めるようなものだと言ったほうがいいかしら。ほかには——」

「いいや、もういい」グレイは思わず苦笑いを浮かべた。「だが少なくとも、きみが痛い目に遭う前になんとかしてやりたかった」

「あそこまでしてくれたのに、考えすぎよ。あのときはすっかり取り乱していたの。もう二度と息ができないと思っていたくらい。でもあなたの言葉で大丈夫だとわかったのよ。だから——ありがとう」

グレイは彼女を抱き寄せて、頭に鼻をすりつけた。「大したことじゃない。だがフォートレスに着いたら医者を呼びにやるからな」

フィオーナは大きくため息をついた。「ええ」

グレイはスケッチブックに目を落として尋ねた。「今日はだれかをスケッチしたのか？」

「絵は描いたけれど、人ではないの。見る？」

「ああ」だが、フィオーナがスケッチブックをめくりはじめたところで彼は言った。

「ちょっと待て。ゆっくり見られるように、どこか日陰のあるところに行こう」

　木陰に入ったところで、フィオーナは振り向いて、開いたスケッチブックを彼に見せた。

「どう思う？」

　グレイはフィオーナの描いた絵をまじまじと見つめて、言葉をなくした。目を閉じると、思い出が一気によみがえった。

　カービーとふたりで、あの岩を海賊船に見立てて遊んだ夏の日。父が亡くなった日は、死のにおいから逃れたくて、あの岩の上で過ごした。

　そして、いちばん新しい記憶――空にかかる月と谷間の上できらめく星々を見せたくて、ヘレナをそこに連れていった。だがヘレナは美しい星月夜には目もくれず、面と向かって婚約を解消すると言った。

「――気に入らなかったようね」フィオーナのがっかりした声が聞こえた。

　グレイはぱっと目を開けてかぶりを振った。「違う。この絵のすべてが好きだ」そう言って、改めて絵をじっくりと見た。枝葉に隠れた小さな鳥の巣、温かいオレンジ色の光に包まれた谷間の眺め。描かれたものすべてが完璧に調和していた。地平に、堂々と立っているフォートトレスのシルエットが見える。フィオーナの目に、建物のあらはなにも見えない。彼女の目にはフォートトレスの威容が――本来の姿が見えていた。

　その絵は、思いつくかぎり最高の構図だった。だがフィオーナは、結婚したい相手に取り入ったり、必要以上に明るい未来を見せたりするために描いたのではない。自分の目がとらえたものを描く――それが彼女の絵だった。

「よかったわ、気に入ってくれて」フィオーナは見るからにほっとして言った。「あなたのおばあさまのために描いたの。でも、よかったら、あなたのためにもう一枚描いてもいいわ」

「祖母のために描いてくれたのか？」

「ええ。あの場所を愛してらっしゃるはずでしょう？　それに――」ため息をついてつづけた。「目の具合がよくなくて、もうすぐ見えなくなると話してくださったものだから。お気の毒だわ、グレイ」

「祖母が話したのか？」グレイは驚いた。「祖母は胸の内をほとんど口にしない人なんだ。だれかに話すとは思わなかった」

「村に買い物に出かけたときに、ふたりきりになるときがあったの。素晴らしい方ね」

「ああ、まったくだ」

「あの岩にのぼって壮大な景色を見たとき、あなたのおばあさまはきっとこの景色を愛してらっしゃるだろうと思ったの。でも、もうご自分では岩にのぼれないでしょうから――もちろん、むかしはわたしより上手にのぼりおりされていたかもしれないけれど――あの景色を紙に写しとって差しあげようと思ったのよ。そうしたら、いくらか気分が晴れるかもしれないでしょう」

「きっと喜ぶはずだ」祖母はフィオーナの思いやりに感謝するだろう。実際、フィオーナはすでに祖母の心をとらえているのかもしれなかった。

そして注意しなければ、自分もとらえられてしまう。

フィオーナは絵を離し、頭を傾けて眺めた。「ロンドンに戻ったら額縁を作らせて、できるだけ早くお送りするわ」

グレイは思わず彼女の顔を両手で挟んで言った。「これまでもらったなかで、いちばんうれしい贈り物だ」

フィオーナはぽっと頬を赤くしておどけた。「あら、さっきあなたのおばあさまのために描いたと言ったのが聞こえなかったのかしら」

「聞こえたとも。だからいちばんうれしいと言ったんだ。祖母の喜ぶ顔が見られるほど幸せなことはない」

フィオーナはうなずいてほほえんだ。「あなたのおばあさまもそんなことをおっしゃっていたわ」

「そういえば祖母から、きみを川に連れていってはどうかと言われた。ボート遊びができるんだ」

「あなたはそうしたいの？」

「ああ」ぜひともそうしたかった。それも、祖母を喜ばせるためだけではない。最近は彼女のことばかり考えていた。どんなにのこぎりで材木を切っても、どんなに金槌を振るっても、どんなに単純な作業をこなしても、フィオーナの唇の味や肌の感触を忘れることはできなかった。もう一度彼女がほしい。

「楽しそうね。でも、わたしたちがロンドンに戻るまで、もうあまり時間がないわ。好きなように過ごせるのは明日が最後でしょう。お父さまが土曜に到着して、そのあとは夕方の舞踏会の準備にかかりきりになるから」

「では明日、川に行こう——医者がベッドから出ていいと許可してくれたら」川に行ったら、むかしカービーと生まれたままの姿で泳いでいた場所に連れていこう。岸辺の楡の太い枝に、ブランコがつりさげられていて——ブランコを漕いで、そこから川のいちばん深い場所に飛びこんだり、川岸の泥に突っこんだりして遊んだものだ。子ども時代に輝いていた——おそらくただひとつの場所をフィオーナに見せたかった。

「明日……」フィオーナはいっとき口をつぐんだ。「楽しみだわと言いたいところけれど、母はリリーや侍女のメリーと一緒でなければだめだと言うんじゃないかしら」美しい瞳が残念そうに曇った。

「ちゃんとした付き添い役《シャペロン》なしにきみを連れだそうとは思っていない」グレイはくっくっと笑いながら言いなおした。「うまく抜けだせそうだったらそうすると言っておこう」彼はすでに、フィオーナをしばらくのあいだ連れだす計画を考えていた。「このとおり、シャペロンならいまもいないじゃないか」

「それなら、わたしも気づいていたのよ」かすれた声で言われて、グレイの体じゅうの血がかっと熱くなった。フィオーナはこちらを見あげると、首を伸ばしてあと少しというところまで唇を近づけた。「キスしてくれないの？」

グレイはうなって彼女の口をふさぎ、腰に手を滑らせて抱き寄せた。フィオーナは両腕を首にまわして舌を絡めてくる。ああ、この味だ。そして味わったが最後、さらにほしくなる。

フィオーナが岩からぶらさがっているのを見たときは、気が動転すると同時に途方もない恐怖に突き落とされた。

だがいまは、まったく違う理由で心臓が激しく脈打っている。フィオーナは才能があって、このうえなく思いやりがあって、美しい――そんな女性が求めているのだ。爵位があるからでなく、デイヴィッド・グレイ自身を。

たぶん、ふたりが結婚するという思いつきはそんなにとんでもないことではないのだ。フィオーナとの生活も楽しいかもしれない。ただ一緒にいるだけで、暗い日々が明るくなる。

フィオーナを膝の上に抱きあげてスカートの下に手を滑りこませたかったが、彼女はけがをしているのだと心の声にいさめられた。いまはフォートレスに彼女を連れ帰って、医者を呼ぶのが先だ。

馬の上で彼女を誘惑するのではなく――。

マキューシオが体を揺すってブルルと鳴いたので、フィオーナは彼の上着にしがみついた。「心配はいらない」手綱を絞って言った。「マキューシオは、きみを早く連れ帰れと言っているんだ」

フィオーナは不満げにため息をついた。「シャペロンのつもりなのかしら」

「わたしと同じで、きみの世話を焼きたいんだろう」

「それなら怒るわけにはいかないわね」フィオーナはにっこりした。

グレイはフィオーナがずり落ちないように注意しながら馬を操り、来た道に戻った。明日川辺で、今後の計画を話し合おう——ふたりの将来についても。

いまはフィオーナを抱いているひとときを楽しむつもりだった。不安に思うことはない——この満ち足りた気分は、ひとときの幻ではないはずだ。

21

男性の気を引くための秘密について

　ミス・ヘイウィンクルはときどき、授業の途中で年少の生徒たちを寄宿舎に帰した。そして、これから結婚市場に出ていくわたしたちに、のちのち役に立つかもしれないささやかな知識を授けてくれた。リリーとソフィーとわたしはミス・Hの口からどんな珠玉の知恵がこぼれでるかと、いまかいまかと待ち受けていたものだ。

　あるときミス・Hは、残ったわたしたちに近くに集まるようにと言った。ささやき声より大きい声では話せないというのがその理由だった。「殿方には数多くの務めがあって、そのせいでとても多忙になられることがあるの。だからこそ、殿方の気を引くために、ふつうでない方法を取らざるを得ないことがあるんです」

「頬紅をつけるんでしょうか？」リリーが真剣な顔で尋ねた。

　ミス・Hはぎょっとして胸に手を当てた。「とんでもない、ミス・ハートリー——そんなことをするのは身持ちの悪い女性だけですよ」

「つづきを聞かせてください」ソフィーがせかした。

「ええ、ええ、話しますとも」ミス・Hは大げさな口調でつづけた。「いちばん効果的な方法のひとつは、ハイヒールのブーツを履いて、ぬかるんだ地面やでこぼこした場所を歩くことです。そうしたら転ぶかもしれませんからね。うまくいけば、めでたく足首を挫くことになりますよ」

わたしたちが困惑していたので、ミス・Hは説明した。「殿方は、自分が役に立っていると実感したいものなの。足首を挫けば、殿方が手を差しのべるきっかけになるでしょう。まさに白馬の騎士ですよ」

「でも、足首を挫いたら痛いのではありませんか？」そう言わずにはいられなかった。なにしろ、その手の失敗なら数えきれないほどある。「それに、もしそうなったらダンスやお散歩もできなくなってしまいますし、身のこなしもぎこちなくなってしまいます。この前わたしが足首を挫いたときは、びっくりするほど腫れあがってしまって……」

「ええ、そうでしょうね。あなたたちは結婚などできないんじゃないかと、ときどき思うことがありますよ」ミス・Hは独り言のようにつぶやいた。

その夜遅く、リリーとソフィーとわたしはベッドに入ってから、わざと足首を挫くような間抜けなことはけっしてしないと誓い合った。

近いうちに、頬紅を手に入れることも。

「ただの捻挫ですな」医師のホープウェルは鞄を閉めながらにっこりした。「痛みがひどくなったり、見るからに腫れがひどくなったりしたときはベッドで休んでいたほうがいいでしょうが、そうでなければここでの滞在を楽しんでかまいませんよ」

「ありがとうございます」フィオーナは心底ほっとした。貴重な時間を寝室に閉じこもって過ごすつもりはなかったが、医者の許可が出たからには、大手を振って楽しむことができる。

「レイヴンポート卿にはわたしから伝えておきましょう。お嬢さまのことをとても気づかわれていましたから」

「それでしたらわたしからお伝えします」グレイが心配していたと思うと、胸が熱くなった。自分のことを冷たくて思いやりもないと言っていたけれど、変わりつつあるのかもしれない。そう思いたかった。

ホープウェルはおざなりなお辞儀をして出口に向かったが、ちょうどそのとき、リリーとソフィーがドアをバタンと開けて駆けこんできた。

「骨は折れてなかったでしょうね！」リリーが言った。

「そんな大ごとではありません」ホープウェルは請け合った。「あとはご自分で説明していただきましょう。それではよい一日を」

ソフィーとリリーがベッドのそばに駆け寄ってきた。リリーは医者の言葉をたしかめるように、フィオーナの両肩をつかんで上から下まで眺めまわした。「あれから、落馬しなかった？」

「ええ。ここまで、なんとか地面に一度も触れずにすんだわ――レイヴンポート卿のおかげで」

リリーは目を見開いた。「待って。伯爵がお姉さまを抱きあげてベッドに運んだの？」

顔が熱くなったが、素知らぬふりで答えた。「ええ」

ソフィーが気まずそうに咳払いして話題を変えた。「みんな心配していたのよ。気分はどう？」

「すごくいいわ」フィオーナはにっこりした。「最高にいい気分。ホープウェル先生によるとただの捻挫で、なにも心配はいらないんですって。なにをしようと自由よ」

「よかった！」ソフィーはほっとして言った。

だがリリーは眉をひそめた。「でも――」

フィオーナはくすくす笑いながら妹の腕をつついた。「わたしがけがをしていないと都合が悪いことでもあるの？」

「お母さまががっかりするわ。ほら、お母さまはなんでも大げさにするのが好きでしょう。ついさっきも客間で取り乱して、歩きまわったり、泣き言を言ったり、ハンカチを振りまわしたりしていたのよ」

フィオーナは上掛けを押しのけて起きあがった。「すぐに行って、安心させないと」

「だめよ」リリーは姉を枕に押し戻した。「お姉さまが大したことないような顔をして入っていったら、お母さまの楽しみが台なしになってしまうわ」

「でも、ほんとうに大したことはないのよ」

「そんなこと言わずに、なにかしらあるでしょう」リリーが期待を込めて言った。「痣や、腫れや――擦り傷とか」

フィオーナはいっとき考えた。「そんなことより、おなかが空いたわ」

ソフィーがぱっと立ちあがった。「そうだったわね。食べ物を運んでもらうようにお願いしてくるわ」

リリーも言った。「そうね、それがいいわ。どこも折れていないけれど、お姉さまは痛みで動けないって言えばいいのよ。そうすればお母さまも満足するでしょう」

「でも、明日グレイと——その、伯爵と、川に行くことにしているの。具合がよくないとわかったら、お母さまはいいとは言わないでしょう」フィオーナは助けを求めてソフィーに目配せした。

「今日はいろいろあって疲れているけれど、ひと晩ぐっすり眠ればきっと元気になると言ったらどうかしら」

「完璧だわ」ソフィーはいつだって頼りになる。

リリーが両手を腰に当てて眉をつりあげた。「グ、グレイから、川に行こうと誘われたの?」

「そんな言い方はやめてちょうだい。メリーが付き添うし、そうしたければあなたたちも一緒に来ていいのよ」

ソフィーは眉をひそめた。「それは——」

「喜んで!」リリーがさえぎった。「それに、わたしたちがいたほうがいいに決まってるわ。これまでのところ、お姉さまは岩にのぼっても馬に乗ってもなんとか命を永らえているけれど、ボート遊びでも無事ですむとはかぎらないもの」

そのときノックの音がして、三人はぎくりとした。

「あなたのお母さまかしら？」とソフィー。

「いいえ」フィオーナとリリーが異口同音に言った。母はノックというものをしたことがない。

「どうぞ」フィオーナが返事をした。

メイドがドアを開け、優雅なお茶のセットを載せたワゴンを押し、すり切れたオービュッソン織りの絨毯を横切ってベッドのそばに来た。「ご主人さまの仰せで、ミス・ハートリーに遅めの昼食をお持ちしました。お茶とサンドウィッチ、果物、そしてお菓子がいろいろとございます。ご用がありましたら呼び鈴を鳴らしてお知らせください」メイドはキャップをかぶった頭をひょいとさげて部屋をさがった。

「なんて気が利いてらっしゃるのかしら」ソフィーがため息をついて言った。

食べ物をひと目見ただけでフィオーナの胃が鳴った。「ベッドから出ていただいてもいいかしら？」

「そこにいてちょうだい」リリーが母親のように言った。「いま取り分けてあげる」

「それじゃわたしは客間に行って、あなたは大事ないとみなさんに伝えるわ」ソフィーはリリーを見て付けくわえた。「今日はゆっくり休むと言っておくわね」

「そういえば――」フィオーナはふと思い出した。「あなたたちに聞こうと思っていたんだけれど、ピクニックはどうだったの？」

リリーはにんまりした。「ソフィーはカービーさんとずいぶん長いことお話ししてたわね」

ソフィーは肩をすくめた。「だって、おもしろい方じゃない？」

「たしかにそうね」フィオーナはうなずいた。「お誘いすれば、明日一緒に川に来てくださるんじゃないかしら」

「わたしがお誘いするのは厚かましいかしら？」ソフィーがおずおずと言った。

「そんなことないわよ」フィオーナは自信たっぷりに請け合った——こんなときの作法にはからきし自信がないけれど。「客間にいらしたら、そのこともお伝えしてちょうだい」

ソフィーが瞳をきらめかせて部屋を出ていくと、リリーが言った。「カービーさんはわたしも好きだけれど、ソフィーにふさわしいかとなると——よくわからないわ」

「どうして？」フィオーナは食べ物が盛られた皿を受けとると、チキンのサンドウィッチをひとくちかじった。おいしくて、この世のものとは思えない。

「自分でもはっきり理由がわからないの。なんとなく、ソフィーにはもっとふさわしい人がいるような気がするのよ」

フィオーナはしばらく考えて尋ねた。「レイヴンポート卿についてはどう？　あなたの考えは変わったかしら？」

リリーはブドウをひと粒口に放りこむと、頭を傾けた。「今日はレイヴンポート卿の新しい一面を見た気がするわ。お姉さまが岩から落ちたとき、あの方は——わたしと同じくらい心配して……。そのあとも優しく気づかってくださった」

「あなたがそう思ってくれてうれしいわ」フィオーナは言った。「じつは、あの方と結婚するつもりなの」

いきなり言われて、リリーはブドウを喉に詰まらせそうになった。「伯爵から結婚を申しこまれたの？」

「順調にいけば、ロンドンに戻る前に婚約を発表するつもりよ」フィオーナは妹の質問をさりげなくかわした。

リリーは青ざめて、のろのろとベッドの端に腰をおろした。「お姉さまが——婚約ですって？　つまり、もう結婚は時間の問題なのね……。正直言って、すぐには受け入れられないわ」

妹が涙を浮かべているのを見て、グレイと結婚することや脅迫者に大金を払うことについて心のなかに残っていたかもしれない迷いは消え去った。この世にだれかひとり頼れる人がいるとしたら、それはリリーだ。

そのリリーが幸せになる機会を、台なしにするわけにはいかない。

「わたしたちは姉妹なのよ」フィオーナはリリーの手を握って言った。「あなたを心から愛してる。わたしたちの絆は、なにがあろうと変わりはしないわ」

「素敵な——それも伯爵の称号を持つ方と結婚しても？」リリーが泣き声で言った。

フィオーナは昼食の皿を置いて、妹をしっかり抱きしめた。「ばかなことを言わないで。これからはいま以上にあなたの助けが必要になるわ。だって、伯爵夫人としてどんなふうに振る舞えばいいのか、さっぱりわからないんだもの」

「いつものように、自分の心に従えばいいのよ。お姉さまならきっと大丈夫……。でも約束して。結婚してもそんなに変わらないって」

「約束するわ」フィオーナは妹の頭のてっぺんにキスした。

「そういえば――日記は書いてる？」リリーがいきなり尋ねた。「どんなふうにお姉さまが口説かれたか、いつか知りたいわ」

「たまに書いているけれど」フィオーナは曖昧に答えた。「いつか――いまから何年もたって、わたしたちが白髪のおばあさんになったら、交換して読んでもいいわ。そして、なんてうぶだったのかしらって笑い合うの」

「わたしにもなにか話せることができるといいのだけれど」リリーはフィオーナの肩に顔を埋めた。

「もちろんできるわ。きっとあなたの物語がいちばんわくわくするわよ」


「今日、ミス・フィオーナ・ハートリーを川に連れていくそうね」グレイの祖母はティーカップ越しにほほえんだ。「わたしの助言を聞き入れるなんて、珍しいこと」

祖母とグレイはふたりで朝食を取っていた。グレイはフォークでスクランブルエッグをすくって口に運ぶと、熱いコーヒーで流しこんだ。「頑固な性格はおばあさまから受け継いだんです。しかし、わたしはいつもおばあさまの助言に耳を傾けて――尊重していますが」

「それなら、あとひとつ言わせてちょうだい」祖母はテーブル越しに手を伸ばして、孫の腕をそっと握りしめた。

「フィオーナに話しなさい。ここであったことを。きっとわかってくれるわ」

グレイは口に運びかけていたフォークをゆっくりと皿に置いた。「なにを根拠にそうおっしゃるんです？」気さくな口調で言うつもりだったが、祖母を疑うような——そして自分自身を疑うような口調になってしまった。

祖母はそっと言った。「世の中には、ちょっと不快なことがあっただけで逃げだすような、温室育ちのお嬢さんがいるものよ」

「ヘレナのように？」

祖母は苦いお茶でも飲んだように顔をしかめた。「ええ」

「しかし、フィオーナは違うと？」

「そう思うわ。そして、そのことはあなたも承知している。フィオーナは母親を早くに亡くしてつらい思いをしてきたはずだけれど、優しくて思いやりのあるお嬢さんだわ。少なくともヘレナより芯が強いのはたしかですよ。でも、わたしがあの方に感心しているほんとうの理由は別にあるの。知りたい？」

グレイはうなずいた。

「それは、フィオーナを見るとき、あなたのまなざしがいつもやわらぐからよ、デイヴィッド。あなたが子どもだったころ瞳にあふれていた感情が……。フィオーナは、あなたのなかで長いこと埋もれていたものを引きだしてくれたの」

「いまは領主としてさまざまな責任がありますから」グレイは肩をすくめた。「草地で遊んだり、川で泳いだりする時間はないんです」

「仕事と楽しみは両立できますよ」祖母は真顔で言った。「青空や燃えるような夕日を見るたびに名残を惜しんでいる者の言うことを聞きなさい。人生を楽しむの。大人になったからできないということはひとつもないんですよ」

グレイは祖母の手を取ってキスをした。「そう遠くないむかしに、カービーから同じことを言われたことがあります――もっと言葉少なでしたが。おそらくわたしが退屈な男になってしまうと思ったんでしょう」

「まあ、そうでしょうね」祖母はやんわりと言った。「カービーは遊びが専門ですから」

「わたしのことで、なにかよからぬ噂が聞こえましたが」カービーがにやにやして食堂に入ってきた。「いえ、いいんです。どうぞおかまいなく」彼はサイドボードの果物鉢からリンゴを取ると、ひと口かじった。「今日は何時に川に出発するのかな？」

グレイは怪訝に思った。「川に行くと、だれから聞いた？」

「ミス・ケンドールからゆうべ誘われた。ペンサムとカーターもだ。レディに自分で川を渡るように言うつもりだったのか？」

そういうことか。自分とフィオーナのほかに、世界の半分が川に行くつもりらしい。

それでも、フィオーナと話す手だてはなにかしらあるだろう。もしかしたら、彼女をしばらくどこかに連れだせるかもしれない。

グレイは鼻を鳴らした。「レディに靴を脱いでぬかるみを歩き、礼儀作法を無視するように言うのは、きみをおいてほかにない」

カービーは上着の襟を引っ張って、満足げににっこりした。「光栄だ」

「わたしは川に行く前にひと仕事したいので、これで失礼します。のちほどお会いしましょう」グレイは立ちあがると、祖母の頬にキスをして書斎に向かった。

あと二日でハウスパーティが終わる。ほんとうは、フィオーナと過ごす一秒一秒を味わいたかった。もちろん、この状況の皮肉には気づいている――そもそもハウスパーティを主催する目的は、彼女を追い払うためだった。

それがいまは、フィオーナとの結婚を彼女の父親に許してもらおうとしている。これほど希望に満ちた気分になるのは、生まれてはじめてだった。

22

抱きあげられてベッドに運ばれたことについて

もしリリーがわたしの所持品をこっそり調べてこの秘密の日記帳を見つけ、ページをぱらぱらとめくることがあるなら、リリーが目を留めて中身を読みはじめるのは間違いなくここからだ。

でも、表題でみだらなことを連想したなら、リリーはがっかりすることになる（少なくともこの時点では）。なぜなら、R卿は完璧な紳士だから。あの状況で、あれ以上に礼儀正しく振る舞える人はいない。

わたしは足首をひねって、けがの程度がどのくらいか、自分ではわからなかった。伯爵はわたしを抱いたまま、玄関の階段と館の階段をのぼると言い張った。自分の部屋のベッドで医者を待つようにと。

R卿にとってそうすることはかなり大変だったはずだけれど、彼はひとことも文句を言わず、疲れたそぶりもまったく見せなかった――胸の上下がいくらか速くなった以外は。彼の胸がこのうえなく硬くてたくましいとわかったのは、思いがけずわたしたちの体がくっついていたから。

というより、わたしの体の右側が彼の胸に押しつけられていたからだった。R卿が階段をのぼるたびに、わたしの腰が彼の引き締まったおなかにぶつかった。そのうえ、わたしのガウンの襟ぐりがかなりあらわになっていたのに、R卿は目を向けようともしなかった。たくましい腕でわたしの体を支えていただけ。なかには、それだけでけしからんと言う人もいるかもしれない。けれども、けがをして早く医者を呼ばなくてはならないときに、なすべきことをするのは当然ではないかしら。

告白すると、R卿の唇が耳のすぐ近くにあって、頰に彼の息を感じるほどだった。そして彼は体を斜めにして寝室の入口を通り抜けると、わたしの唇に目を落とした。

そしてR卿は、わたしをベッドにそっと横たえた。体の下から腕を抜いて離れる前に、一、二秒の間があったかもしれない。それとも、彼の瞳が暗くなる前に、一瞬の間があったかも……。わたしはそのとき、彼の首に手をかけ、引き寄せてキスをする想像をしたかもしれない。

でも、そんなことは一切起こらなかった。

どうしてそれが、こんなに残念なのかしら。

その日まで、フィオーナは荷馬車というものに乗ったことがなかった。ふだんは雌鶏や羊、はては——豚まで運んでいるものに乗ると知ったら、母は卒倒していただろう。

けれども荷車の床はきれいになっていたし、横板もしっかりと補強されていた。横板に沿って穀物袋を並べてキルトで覆った即席のベンチまである。

フィオーナとリリーは、ソフィーと侍女のメリーと向かい合わせで座っていた。車輪が路面のでっぱりにぶつかったり轍にはまったりするたびに、みんなで横板につかまって大騒ぎした。

カービー氏が荷馬車を操り、カーター卿がその隣に座っていた。グレイとペンサム卿は荷馬車の左右で馬を進めている。たぶん、だれも荷馬車から落ちないように——少なくとも、落ちたときに拾いあげられるようにそうしているのだろうと、フィオーナは思った。

川辺に着くと、グレイとペンサム卿は馬をおりて、みんなが荷馬車の後ろから降りるのを助けた。フィオーナの番が来たときはペンサム卿がそばにいたが、グレイは肩で彼を押しのけ、フィオーナの腰を両腕でつかんで、このうえなく優雅にふわりと地面におろした。

グレイはフィオーナの頭越しに荷馬車のなかを見た。「スケッチブックは？」

「お部屋に置いてきたわ」

「そうか……。たしかに濡らすわけにはいかないからな。仕方がない」

スケッチブックを川のなかに落とすことを考えただけでフィオーナはぞっとしたが、ここに持ってこなかった理由はそれだけではなかった。「今日はほかのことに気を取られたくなかったの。それに、鉛筆やパステルを持っていると邪魔になるでしょう」

グレイがほほえんだのでどきまぎした。「足首の具合はどうだ？」

「だいぶいいわ。昨日傷ついたのは、わたしの虚栄心だけじゃないかしら」

「それはまずいな」彼は眉をつりあげた。「足首が痛むふりができなかったのか？」

「どうしてそんなことをするの？」

「話を合わせて」彼は声をひそめた。

グレイはほかの人々を振り向いて言った。「今日はきみたちをここに連れてこられてよかった。カービーとわたしは、子ども時代によくこの川のほとりで過ごしたんだ」

「川のなかでもたっぷり過ごしたぞ」カービー氏が口を挟んだ。

グレイはうなずいてつづけた。「この素朴で楽しい場所を、ゆっくりと、心ゆくまで探索し、楽しんでもらいたい。これからカービーが川沿いの道を案内して、われわれが気に入っていた場所にきみたちを連れていってくれる。わたしは足首を痛めているミス・ハートリーをボートに乗せて移動するつもりだ」

メリーが即座にフィオーナのそばに来た。「わたくしも付き添います」

グレイは眉をひそめた。「とても小さいボートなんだ」彼は背後に見えるちっぽけなボートを指さした。素人のフィオーナが見ても、とても人を乗せてどこかに行けるようには見えない。「それに、三人も乗っていたのでは、うまくボートを操れない」

メリーは唇を噛んで言った。「わたくしはミス・ハートリーのシャペロンを仰せつかっているんですが……」

「川岸に着いたらそうしてもらうとも」グレイはなだめるように言った。「ボートに乗っても、みんなからそれほど離れはしない。きみも、職務をまっとうしようとするその心がけは立派だが、せっかく一緒に来ているんだ。楽しんだらいい」

メリーはほめられて頰を赤くした。「かしこまりました」

フィオーナはひそかにあきれた。伯爵からちょっとお愛想を言われただけで、そんなに簡単に引きさがるなんて。

メリーはフィオーナにパラソルを差しだした。「ご入用でしょうから」

「ありがとう、メリー。でもパラソルはいらないわ」

メリーは疑わしそうだったが、無理強いはしなかった。「どうかお気をつけて。なにしろ、お嬢さまは——その——水のなかでは……」

グレイはフィオーナを振り向いた。「泳げないのか？」

「あなたは気づいていないようだけれど、わたしは身のこなしが巧みなほうではないの」

「そうか。それなら——」彼は表情を変えずに言った。「きみが川に落ちないようにするまでだ」

メリーは思わず声をうわずらせた。「ミス・フィオーナは一度岩から落ちて大変な思いをなさっています。それに、お召しになっているガウンが——」と言って、フィオーナが着ているピンクのシルクガウンを指し示した。「川に落ちたら、台なしになってしまいます」

フィオーナはふんと鼻を鳴らした。「ボートを離れるつもりはないから大丈夫よ。では、行きましょうか」

グレイはほほえむと、フィオーナの腕をしっかりとつかんで急な土手をくだり、狭い岸辺におりた。ボートは傾いた状態で、半分岸辺に引きあげてあった。

「いつも夏のあいだは栈橋につないでおくんだが、しばらく前に栈橋の端まで歩いたら、渡し板が何枚か腐っていた。きみが川に落ちたら大変だからな」

「お気づかいありがとう」フィオーナは皮肉っぽく言った。「でも、いまは栈橋よりあなたの小さなゴンドラのほうが心配だわ」

「これは漕ぎボートというんだ」

フィオーナはボートの内側と外側の塗装のはげた部分に目を走らせた。あまり大丈夫そうに見えない。「前もって、ちゃんと調べたんでしょう？　この……この小舟を」

「ああ」

「それじゃ、板が腐っているとか、そのほかの不都合はなかったのね？」

「ああ、水漏れもない。きみの靴が濡れるとしたら、それは川の水が跳ねるか、ボートがひっくり返るときだ」

「それじゃ、わたしの靴の運命は、ボートを操るあなたの腕にかかっているのね」

フィオーナが言い終わらないうちに、グレイは彼女の腰をつかんでやすやすと持ちあげ、ボートに乗せた。フィオーナはふたつある座席代わりの細長い渡し板のあいだに立ち、川面に不安そうに目をやった。グレイが手を離すと、ボートが少し揺れて――まだ砂地にいるのに、船酔いすることがあるのかしら？

「座ってくれないか」グレイが涼しい顔で言った。「座り心地がいいように――それと服が汚れないように、クッションを置いておいた」

「ありがとう」フィオーナはそろそろと座って、ボートの左右のへりをつかんだ。グレイはボートを押しながら水のなかに入った。「ブーツが！」フィオーナは思わず声をあげた。

「なに、履き古しのブーツだ」彼は船尾のへりをつかむと、勢いをつけてボートに乗りこみ、フィオーナの向かいに腰をおろした——ボートを激しく揺らしながら。

フィオーナは悲鳴をあげ、ボートのへりに必死でしがみついた。

まだ近くにいたほかの面々がぎょっとして振りむいた。フィオーナが頭から川に落ちるのではないかと、首を伸ばして心配そうに見ている。

グレイは手を伸ばして、フィオーナの手をそっとつかんだ。「大丈夫だ。揺れはすぐにおさまる。立ちあがろうとしないかぎり、もう揺れることはない。約束する」

フィオーナは引きつった笑いを漏らした。「安心して。こんな原始的な乗り物の上で、立とうなんて思わないから」

「漕ぎボートだ」グレイはにっと笑って、床に落ちていたオールを拾った。「さあ楽しむんだ、フィオーナ。わたしはなすべきことをする。きみはただ座って、新鮮な空気と景色を——そして最高の同伴者とのひとときを満喫すればいい」

フィオーナは大きく息をつくと、そろそろと頭をあげて岸辺を見た。リリーとソフィーが懸命に手を振っている。「気をつけて！」リリーが大声で言った。「楽しんでね！」

フィオーナは手を振り返したかったが、ボートのへりから手を離すわけにもいかないので、ただ叫び返した。「そうするわ！」

それから、ボートをつかんでいた手を少しずつ緩めた。心臓の鼓動も、もう落ち着いている。そしていつの間にか、景色を楽しんでいた――川沿いの鮮やかな緑の木々や野の花の眺めでなく、向かいに座っているハンサムな男性の姿を。黒っぽい髪に日差しが照りつけ、そよ風で乱れた髪が額にかかっていた。長くたくましい脚が左右に伸びて、彼が体を動かすたびに筋肉が波打つのがバックスキンのズボン越しにわかる。彼がオールを水面から持ちあげるたびに、ウールの上着が肩のところで伸び縮みしていた。

その力強い動きに、フィオーナはうっとりした。たとえボートが大きな滝の端に向かっていたとしても、そのまま彼が漕ぐのをじっと見つめていただろう。

いつも素敵な人だと思っていたけれど、今日は格別だった。たまらなく魅力的だ。なにが変わったのだろう。いつになく屈託のない笑みを浮かべているから？　それとも優しくしてくれるから？　いつも険しい口元がほころんで、けさはしかめ面を一度も見ていない。まるで十年くらい若返ったよう――どうしてそうなったのかわからないけれど、こんな変化なら歓迎だった。

こんなふうにのんびりしたグレイなら、脅迫状のことも少しは切りだしやすいかもしれない。今日はそうするつもりだった。

彼はボートを川のなかほどに漕ぎだして、岸辺の笑い声が船べりを叩く水音やカエルの鳴き声と混ざり合うまで待った。

「しばらくあなたとふたりきりになれてよかった」フィオーナは口を切った。

「ほう？」彼は興味津々とばかりに言った。「なにかしたいことがあるのか、セイレーン？」

フィオーナは顔を赤らめた。「そんなことは思っていないわ」

「ほんとうに？」

「ええ」嘘だった。こんなふうに誘うような言い方をされると、なにひとつわからなくなる。

「それは残念だな」じっと見つめられて、ぞくぞくした。

平静を装って、話を振りだしに戻した。「あなたに話したいことがあったの」

彼はオールの持ち手を膝に置いた。「わたしもきみに話がある。だが、きみの話から聞かせてもらおう」

その日の朝、なんと切りだすか練習したはずなのに、いまはなにひとつ思い出せなかった。でも、そんなことはどうでもいい。肝心なのは、グレイに真実を話すことだ。ふだんはぶっきらぼうでむっつりした人だけれど、話せばきっとわかってくれる。

フィオーナは大きく息を吸いこんで言った。「あなたに送った手紙を憶えていて？　わたしが結婚を申しこんだときの」

「ぼんやりと」彼はふざけて答えた。

「それを読んだあと、あなたはわたしに、なぜあなたと結婚したいのか理由を話すように言ったわね」

グレイはぴたりと動きを止めて、真顔になった。「ああ」

「そのときわたしが話した理由を憶えてる？」

「わたしの爵位が理由だった」にこりともせずに言った。「それから、自立するための手だてだと。持参金の分け前も必要だ」彼は首の後ろをかいた。「いったい、なにが言いたいんだ？」

「あのときは、できるかぎり正直に答えたの。ただ、あなたをほとんど知らなかったから……」

「つまり、それは結婚を申しこんだほんとうの理由ではなかったというのか？」

「ええ」フィオーナは言葉を探した。「理由のひとつなのはたしかよ。でも、ほかにも特別な理由があったの。あなたに話さなかった理由が」

彼の瞳に警戒と――おそらく失望が浮かんだ。「話してくれないか」

「数週間前、手紙が届いたの。差出人が何者かはわからない――大金を払わないかぎり、家族のひとりにまつわる恥ずべき秘密を公にするという内容だった」

しばらくのあいだ、グレイは黙りこくったまま彼女を見つめていた。なにも聞こえなかったように。

「それで、自分の持参金を脅迫者への支払いに充てることにしたのか？　そんなばかな……フィオーナ、なんでもっと早く打ち明けてくれなかった？」

「わかってる……。あなたに打ち明けたかった。はじめは自分ひとりでなんとかしようと思ったの――そのことを知っている人が少なければ少ないほどいいと……。でも、秘密が大勢の人に知られたら、あなたの評判にも傷がついてしまうと思うようになって――だって、結婚したら、わたしの家族はあなたの家族になるでしょう。このまま黙っておくのは公平ではないと思ったの」

「それで怒っているんじゃない」彼は苛立たしげに髪をかきあげた。「わたしに話してくれれば、きみを脅迫している不届き者を見つけることができたかもしれない。くだらないハウスパーティで貴重な時間を無駄にしているあいだに、悪党はロンドンでつぎにどう動くか抜け目なく考えているかもしれないんだぞ」

フィオーナは唇を嚙んだ。こんなふうに言われるとは思わなかった。それに、悪いドラゴンを退治するつもりになってくれているのはうれしかったが、それとはべつにほかのことが引っかかった。「ハウスパーティが時間の無駄だったと、ほんとうにそう思っているの?」庭園で彼とキスを交わし、図書室で彼をスケッチし、小さな家で彼と愛を交わしたこと――これほど刺激的で、胸がときめく素晴らしい日々ははじめてだった。

それを、時間の無駄だなんて……。

「きみは結婚相手――つまりわたしを――確実にものにすることに気を取られていた。わたしたちが脅迫者を突きとめ、悪事をやめさせるために全力を注ぐべきときに――そうなれば、わたしと結婚する必要もなくなるのに」

ああ。こうなることは予見できたはずだった。グレイはわたしの利己的な行動――すべてがそうではないけれど――を知って、結婚を考えなおそうとしている。胃がむかむかして、額に冷や汗が浮かんだ。「たしかにそのとおりだけれど、わたしは――わたしは――」フィオーナはうめいた。

「フィオーナ？」グレイが目の前に膝をついて両手で頬を挟み、彼のほうを向かせた。「どうした？」

「わたしと結婚したくないのなら――仕方がないわ」声を絞りだした。結婚して一生恨まれるなんて、耐えられない。「なにか別の手だてを考えて、脅迫者に対処して――家族を守るから」

「もう手遅れだ」グレイはうなるように言った。「きみはわたしに身を任せた。ほかのだれかと結婚するのを、わたしが許すはずがないだろう」

23

グレイはひそかに悪態をついた。正気か？　なんで台なしにするんだ。たったいま、フィオーナがほかの男と結婚するのを許さないと言ってしまった。

フィオーナは涙を拭っていた。「ほかの人と結婚なんてしたくないわ」

グレイは座席に座りなおすと、大きく息をついた。「だが、必要に迫られればするだろう？」

「家族の名誉を守るためなら」

「愛していない男の妻になってもか」くそっ、なんでそんなことを言うんだ？　自分は、なにより大事なのは愛だと説教するような男ではなかったはずだ。「その脅迫者は、なにを公にすると言ってきたんだ？」

フィオーナは頭をぐいとあげて彼の目をまっすぐ見た。「言いたくないわ」

彼はたじろいだ。「自分の幸せを犠牲にしてまで――よほど人に知られてはまずいことらしいな」

「さっきも言ったとおり、必要なことをするまでよ」

「数日後にわたしたちは結婚するんだぞ。それなのに打ち明けないのか？　なぜ？」答えはもうわかっていたが、フィオーナの口から聞きたかった――人を信頼することで苦い経験をしてきたのが自分だけではないことをたしかめるためにも。

「なぜなら、わたしにまつわる秘密ではないからよ」彼女はいっとき口をつぐんで、さらにつづけた。「数日前、あなたのおばあさまが同じことをおっしゃったわ——別の話題でだったけれど。つまり、わたしにまつわる秘密なら、だれに話そうとわたしの自由——あなたにも打ち明けていたはずよ。でも、これは違うの」

そういうことか。

「リリーか？」

フィオーナは肩を落とした。「……ええ。でもこれだけは信じて。リリーはなんの罪も犯していないわ。恥ずべき秘密というのは、リリーがしたことではなくて——でも、あの子を間違いなく破滅に追いこむことなの」

グレイはその言葉を考えながらボートを漕いで倒木をよけ、さらに川を下った。「それなのに、きみが脅迫されているのか」

「ええ」フィオーナは少しためらってつづけた。「その秘密はリリーに関わることだけれど、あの子はそのことについてはなにも知らない——もし知ったら、身の破滅を悟るはずだわ。妹が公然と辱めを受け、苦しむ事態を防ぐためなら、わたしはどんなことでもする。愛する家族のためなら、だれだってそうするでしょう。そのことを脅迫者は知っているのよ」

フィオーナの言っていることはもっともだ。だがそれでも、彼女を守りたいと思わずにはいられなかった。

フィオーナの家族を脅かしている悪党の首を締めあげてやりたい。

「リリーのことについてはもうなにも聞くつもりはないが、脅迫状の中身については話せるんじゃないか？——たとえば、どれくらいの金額を要求されているとか、どこで金を受けとろうとしているのか。できれば、筆跡の見本や手紙の一部がほしい。脅迫者の正体について、なにか手がかりがつかめるかもしれない」

「脅迫状は二通届いたの。その一部なら……」フィオーナは唇を噛んだ。「でも、わたしの心は決まっているわ。脅迫者が何者かわかったとしても、沈黙と引き換えにお金は払うつもりよ」

グレイは脅迫者を黙らせるのにもっと効果的な方法があるはずだと思ったが、いまはなにも言わないでおくことにした。「その男の言い分はほんとうだと思うか？」

「その人は証拠を持ってるの。手紙を読んだだけで本物とわかる証拠よ」

グレイはうなずいた。祖母の言ったとおりだ。フィオーナは賢く、そして強い——美しいのは言うまでもなく。

「よく話してくれた」彼は手を伸ばして、フィオーナの滑らかな頰を親指で撫でた。「妹を守りたいというきみの決意には頭がさがる。わたしも力になろう。だが、なによりきみを守りたい。悪党と暗い路地で会ったり、危険に身をさらすようなことはしてほしくないんだ。きみにもしものことがあったら……」最後まで言うことができなかった。

「わかってもらえてうれしいわ。それに、心配までしてくれて……。でも、わたしは大丈夫よ」

彼が親指を唇に滑らせたので、フィオーナは指先をくわえてキスでじらした。濡れて温かくて――このうえなく刺激的だ。

くそっ。おんぼろのボートの上でなければ地面に押し倒して、フィオーナが燃えあがるまでキスをし、われを忘れて声をあげるまで歓ばせてやるのに。漕ぎボートほど誘惑に不向きな場所はない。

だがグレイは挑戦するのをいとわないたちだった。

オールを置いて、上着を脱いだ。「失礼。このほうが漕ぎやすいんだ」

「いいのよ。わたしも、ボンネットを脱いだほうが景色を楽しめそうな気がしていたの」

フィオーナは思わせぶりに顎の下のリボンを引っ張り、ゆっくりと指を滑らせて麦わらのボンネットを脱いで、ピンでまとめられた豊かな赤褐色の髪をあらわにした。

「そのほうがいい」グレイは言った。「だが、少し遠いな」

「この座席から動かないようにときつく言いつけられたはずだけれど」

「この船の船長として、わたしは状況をつねに分析している。いまはわたしといるほうが安全だ」そう言って、座席のあいだの船底に腰をおろした。「――ここにおいで」

フィオーナは狭い空間を見て眉をひそめた。「どこに――どうしたら……？」

「マキューシオに乗ったときのことを憶えているだろう？」彼は両脚のあいだに上着を広げてにんまりした。

フィオーナは目を見開いて、たちまち首まで真っ赤になった。「そんなことをして大丈夫かしら？」

「近くにはだれもいない。きみが恋しかった」

フィオーナは恥ずかしそうにほほえんだ。「わたしもよ。大ごとにならないと約束してもらえるかしら？」

「たとえば？」

「さあ、よくわからないけれど――座礁するとか、敵国の水域に入りこむとか、海賊に出くわすとか」

「そんなことにはならない」グレイはさっと彼女を抱き寄せて後ろ向きにすると、太腿のあいだに座らせ、背中を自分の胸に押しつけた。柔らかな尻が硬くなりつつあるところに当たっている。

彼女の優雅な首すじに顔を近づけ、耳の下にキスをし、耳のなかを舌でなぞった。素晴らしい味だ。フィオーナと一緒にいるのが、このうえなくしっくりする気がする。

彼女のこめかみに、まぶたに、鼻の横に、口元にキスして、貪欲に求めた。わたしのものだ。

指先を首すじに滑らせながら、胸の膨らみと肩の滑らかな肌を愛撫した。さらに手が届くように――そしてもっとよく見えるように、彼女が頭をのけぞらせる。呼吸するたびにコルセットに締めつけられた胸が上下していたが、ボートの上で服を脱がせるつもりはなかった

──そうしたいのは山々だったが。

かわりに胸の膨らみを両手で包みこみ、その先端を円を描くように愛撫した。フィオーナが声を漏らして背中を反らせたので、さらに指に力を込め、シルクの層の下にあるとがった先端をこすった。

フィオーナが後ろに手を伸ばして、片方の腕を首に巻きつけた。「つづけて」

ああ、なんて魅惑的なんだ……。彼女が漏らす歓びの声に聞き入った。快感に酔いしれて目を閉じ、体を欲望で震わせている。

そのすべてを記憶に刻みつけた。

このあたりは川岸の木々が密生していた。流れも緩やかになって、ボートが止まっているのかと錯覚するくらいだ。景色はカメの歩みのようにゆったり通り過ぎていた。まるで、ここで過ごすあらゆる瞬間を楽しもうとしているように。

「お願い……」フィオーナは息を弾ませながら脚を開き、ますます悩ましげに腰をすり寄せてきた。

グレイはフィオーナのスカートの下に手を滑りこませ、膝から太腿の内側、そして薄いシルクのストッキングの端へとそっと手のひらを滑らせた。こわばった肌に羽根のように軽く触れてじらしながら、快楽をもたらす場所にじりじりと近づいていく。

柔らかな襞に触れると、彼女の入口はすでに熱く濡れていた。

まるで天国にいる心地だった。

なぜなら現実の世界では、美しく才能豊かな女相続人は、自分のように気難しく財産もない男に身を委ねたりしないからだ。人を愛することのできない男。

ましてや、川に浮かんだおんぼろのボートのなかで、自分のような男に身を委ねるなどあり得なかった。

彼はこめかみから首すじ、肩の丸みへと唇を滑らせた。たびたび吸われたり、甘噛みされたりして、肌がぞくぞくする。彼の片方の手は服の上から胸の膨らみを愛撫し、体が熱くなるまで先端の蕾をこすった。もう片方の手は両脚のあいだの中心を探り当て、巧みに指を動かしている。

体を重ねた営みも素晴らしいけれど、こんなふうにするのもとてもいい。彼の胸にすっかり体を預けて、緩やかに揺れ、当てもなく流されるボートの動きに――そして快楽の高まりに身を任せた。

もう、心はすべて彼のもの。

グレイは脅迫状のことを打ち明けてもわたしに愛想を尽かさなかった。いまも変わらず、わたしと結婚したいと――少なくとも、わたしがほしいと思っている。それは紛れもなく、責任感や好意があるからだ。いいえ、もしかしたら……。

とにかく、いまはそれで充分。

頭上の枝葉がそよぐ音や、船板に打ち寄せるさざ波の音や、虫がぶんぶん飛びまわる音がしだいに消えて、残ったのはグレイだけになった。

わたしを抱いているたくましい体。

欲望を駆りたてるみだらな指。

肌の上を動きまわる熱い唇。

しわがれた、うっとりするほど魅惑的な声。「さあ、このまま自分を解き放つんだ。わたしの腕のなかできみがいくのを感じたい。きみが解放されるのを——きみはわたしのものだと感じたいんだ」

ああ……。体が彼の命令に従った。まるで、魔法使いに魔法をかけられたよう。耳のなかで、欲望が脈打っていた。まるで滝から落ちる直前で踏みとどまっているよう。まわりの空気がびりびり震えて目まいがした。そこから火花を散らしながら真っ逆さまに落ちて——体がふっと軽くなった。言葉にならないほど素晴らしい——これが人を愛するということなのかしら？

グレイはしっかりと抱きしめて、激しく、だが優しくキスしてくれた。彼にしがみついたまま——徐々にわれに返った。満たされて、まだ頭がぼんやりしている。

グレイが動こうとしなかったので、しばらくそのままでいることにした。

しまいに、彼が口を開いた。「きみに打ち明けなくてはならないことがある」

「わたしの話ほど深刻ではないんでしょう？」おどけて言った。「脅迫事件の上を行くなんて、相当むずかしいはずよ」

グレイは苦笑いを浮かべると、手を取って指を絡めた。「たしかにそうだな。だが、きみを驚かせる能力を侮らないでもらいたい」

「わたしの秘密をわかってくれたことは感謝しているわ」それはほんとうだった。「あなたがどんなことを打ち明けようと、わたしも同じようにするつもりよ」

「よかった。なぜなら、わたしたちのボートはしばらく前から座礁して、動いていないからだ」

「そんな!」慌ててスカートを元に戻して座席に戻り、浸水しているところがないか見まわした。「沈んでしまうの?」

「それはなさそうだ。川底の泥にはまっている」

「でも――動けないんでしょう?」手のひらをおなかに当てて、朝食をもう少し食べておけばよかったと思った。もう空腹なのに、どれくらいここに足留めされるのかしら?

「動けないのはいまだけだ」グレイはにやりとすると、座席に手をつき、船縁から川に飛びおりた。「つかまって」

座席につかまるのとほとんど同時に、彼は船体に肩をつけてぐいと押した。彼が押すたびにぐらりと揺れたが、しまいに力いっぱい押されてボートは川底を離れた。グレイはボートを追いかけ、たちまち腰まで水に浸かった。

彼を置きざりにしてこのまま漂流するのかとぞっとしたが、グレイは船べりに飛びつき、どうにかボートに這いあがった――ドレスに水を飛ばしながら。

「すまない」と言いつつ、彼は少しも申し訳なさそうではなかった。

フィオーナは肩をすくめてほほえんだ。「少し水が跳ねたぐらいどうということはないわよ。それに、ボートが座礁するなんて、一日のできごととしてまたひとつ忘れられないことが増えたわ」今日の冒険を早く日記に書きたくてたまらなかった。見出しもいくつか考えている。

『川での逢い引き』――これはだめ。

『波の上でしたよからぬこと』――ううん。

『漕ぎボートの上で魅せられて』――これはまあまあ。

「フィオーナ」グレイが向かいに腰をおろして、器用にオールを操った。

「なにかしら？」

彼はにんまりして尋ねた。「では、大丈夫なんだな？」

「ええ」大丈夫どころか、うれしくてたまらなかった。

「それはよかった。なぜなら、きみに見せたいものがまだたくさんあるからだ」

フィオーナが怪訝そうな顔をしたので、彼は笑った。

「川をくだっていけばわかる。すぐにほかのみんなと合流するが、それまではきみを独り占めにしたい。時間を無駄にするつもりもない」

フィオーナは幸せいっぱいだった。脅迫されていることを打ち明けるのは不安でたまらなかったけれど、彼は思っていたよりはるかに理解のある人だった。そして抱きしめられて、唇を奪われて触れられたときは、彼のなかに優しさを感じた——この幸せならいつまでもつづくと信じられるほど。今日だけでなく、来週も——来年も。

「わたしも時間を無駄にしたくないわ」フィオーナは言った。「あなたのお気に入りの場所をぜんぶ見せてちょうだい」

いっとき、彼はじっと見つめた——こちらが赤くなるほどひたむきなまなざしで。しまいに彼は言った。「よし。まずは例の縄ブランコだ」

フィオーナは笑顔をこわばらせた。「それは、離れたところからそのブランコを眺めるということなんでしょうね。ボートで川をくだりながら眺めるんでしょう？　じつは、このボートで川をくだるのがとても楽しくなってきたの」

「答えは状況次第だ」彼はいたずらっぽく言った。「というより、きみが挑戦を受けてたつかどうかで決まる」

24

グレイはどうかしている。このわたしに、縄ブランコに乗るように挑発するなんて。

フィオーナは咳払いして言った。「わたしが災難を呼びこみやすい体質だということを忘れているんじゃないかしら」

「そんなことはない」グレイはにやりとした。

「だから、危険なことはしないようにしているの」

「そうともかぎらない」グレイはいっとき考えた。「わたし宛に、結婚してもらえないかといきなり手紙を送りつけたじゃないか。それを〝危険〟と言う人もいるだろう」

フィオーナは頭を傾けて一歩譲った。「たいていの人は、それを〝なりふりかまわない〟と表現するでしょうね」

「きみがそんな行動に出たのは妹のためだった。わたしなら〝大胆〟と言う。そして〝勇敢〟と」

フィオーナは笑った。「まさか。勇気があるのはリリーのほうだわ。わたしはスケッチブックの陰に隠れて、安全な距離を置いて世界を眺めるのが好きなの」

「そういうときもあるかもしれないが、きみは自分を過小評価しているんだ。今日は危険を承知で、わたしと一緒にボートに乗った。それがうれしかった」

「わたしもよ。でも、ブランコに乗るのはまったく別の話。心配性の乳母が許可しないようなブランコだったらなおさらだわ」

グレイは鼻を鳴らした。「そんな代物じゃない」彼はオールを膝の上に置くと、フィオーナの背後の木立を見あげた。「だが、約束はできないな。自分の目でたしかめたらいい」

フィオーナは肩越しに振り返って、川岸にそびえ立ついちばん高い木を見あげた。はじめは枝葉しか見えなかったが、しばらくすると長い縄がぶらさがっているのが見えた――すり切れた縄が、川の上に垂れている。ひと目見ただけで、フィオーナはぞっとした。「ブランコなんかじゃないわ。ぼろぼろの、下のほうに結び目があるだけの縄じゃないの」

グレイは肩をすくめた。「むかしは縄のいちばん下に、座席がわりの木の丸い板が結びつけてあった。だが、何年もたつうちに腐ってなくなってしまったんだろう」

「当然そうなるでしょうね」また頭がくらくらしはじめた。

「カービーとわたしは一度も板を取り替えなかった。結び目がしっかりしていたから」

「信じられない……」フィオーナは片手でぱたぱたと顔を仰いだ。「あなたとカービーさんが、ロビン・フッドみたいに縄にぶらさがっていたなんて」

グレイは低い声で笑いながらボートを縄に近い川岸に寄せた。「ここはわたしたちの避難所だった」

「避難所って、なにから避難するの？」

グレイは彼女の目をまっすぐ見た。「すべてからだ」

「立ち入ったことを聞いてしまうようだけれど――」フィオーナは言った。「伯爵家のひとり息子として生まれて、なにがそんなに大変だったのかしら？　ご両親とうまくいっていなかったの？」

「いいや」グレイは正直に言った。「うまくいっていなかったのは父と母だ。わたしはふたりを愛していたが、両親はいつもいがみ合っていた」

「それで、あなたは放っておかれていたの？」

グレイはうなずいた。「祖母がわたしの親がわりとして最善を尽くしてくれたが、ふだんは両親をなだめるので手いっぱいだった。父と母は伯爵と伯爵夫人としての務めはもちろん、父親と母親としての務めにもまったく興味がなかった。激しくいがみ合っていないとき、両親はあちこちの退廃的なハウスパーティを渡り歩いて、賭博や酒に……」みだらな乱痴気騒ぎやアヘンのことには触れないほうがいいだろうと思いなおした。「あとは想像に任せる」

フィオーナは彼を見つめた。「年端もいかない子どもには、つらいことだったでしょうね」

「それでも、充分幸せだった。毎年夏になるとカービーがここに来て、領内で自由に過ごしたものだ」グレイはボートを岸に着けると、飛びおりて狭い岸辺にボートを引っぱりあげ、両手を広げてフィオーナに片目をつぶった。フィオーナがそろそろと立ちあがると、彼は笑顔で彼女を抱きあげ、砂地に降ろした。

それからフィオーナが大きな岩にのぼるのを手助けし、垂れさがっている縄の端を持って自分もよじのぼった。

「グレイ」フィオーナが真顔で言った。「わたしはその縄にはぶらさがらないわよ。挑発されても——大金がかかっていても。一万ポンドくれると言われても」

「ずいぶん頑ななんだな」グレイはからかうように言った。

フィオーナはすっと息を吸いこんだ。「当たり前よ。もっと言うなら、森のなかでクマに追いかけられて、逃げるにはその縄にぶらさがるしかなくても、わたしはいや」

「きみがどれだけこの縄を毛嫌いしているのか、よくわかった」グレイはほほえんで彼女の手を取った。「だが、ここにはクマなどいないし、きみがしたくないことをわたしが無理強いすることもない」

フィオーナは目を閉じて安堵のため息をついた。「ありがとう。考えただけで冷や汗が出るくらいなの。でも、あなたとカービーさんが子どものころにここで屈託なく楽しい時間を過ごしていたのは素敵なことだと思うわ。どんなふうにして遊んだのか、話してもらえる？この岩から縄にぶらさがって飛んだの？」

「そうするときもあったが、ふだんはその辺の木の枝のどれかから縄につかまって飛ぶことが多かった。枝が高ければ高いほど気持ちいい。あれほど空を飛んでいるような気分になったことはなかった」グレイはそう言って立ちあがると、古い縄をたぐりよせて少し体重をかけた。

「ギリシャ神話のイカロスが、蠟で固めた翼で飛び立ってどうなったかは知っているでしょう？　わたしたち人間は、地に足をつけていたほうがいいのよ」

「こつは、ちょうどいいときを見計らって手を離すことだ。それより早かったり、遅かったりすると、岸に落ちて足を挫くことになる。だが完璧なところで手を離せば、川のいちばん深いところに砲弾さながらの勢いで突っこむ」

「怖そうだけれど、同じくらい楽しそうね」

「それなりにけがもしたが、不思議なことに、いまではそうしたことが懐かしい」

「あなたとカービーさんが固い絆で結ばれているのも不思議はないわね。まるで兄弟みたい」

グレイは縄が巻きつけてある真上の太い枝を見あげた。あの高い枝までのぼろうと決心するのに、カービーとふたりで何日もかかったものだ。そしていざあの枝までたどり着くと、今度はおりられるか心配になった。しまいになんとかおりて事なきを得たが。「カービーとわたしに血のつながりはないかもしれないが、わたしは彼を兄弟だと思っている。祖母のほかに、家族はカービーだけだ」

フィオーナは後ろに手をついて彼を見あげた。「わかるわ。リリーとわたしは産みの親が違うの。リリーが赤ん坊のころに、わたしの実の母と父が引き取ったのよ。そのときわたしはまだよちよち歩きの子どもで、ひとりだったころの記憶はないの。リリーはあらゆる意味でわたしの妹よ。リリーがいなかったら、人生がどうなっていたか想像もできない――むなしかったと思うわ」

「それならわかってもらえるはずだな」だが、まだフィオーナに少年時代の最悪の日々を話していなかった。彼はまだその問題を遠巻きにしていて、どこから話すべきか迷っていた。あの日のできごとを語るなら、恐怖と、怒りと、深い悲しみを思い出さないわけにはいかない。おそらく、だからこそ口にできなかったのだろう——これまで、ただの一度も。

あのときの記憶は、鍵をかけて一生しまいこんでおくつもりだった。だが、フィオーナには話さなくてはならない。結婚するなら、夫がどれほど心に傷を負っているか、彼女には知る権利がある。そしてフィオーナが夫を変えられると——どうすれば人を愛せるか教えようとちらりとでも考えているのなら、あの話でそんな甘っちょろい考えは一切捨て去るはずだ。

「きみはさっき、妹のいない人生は想像もできないと言ったな。では、逆を考えことはあるか？　つまり、ある不幸なできごとが起きなかったら、人生はどんなふうに違っていたか」

「それなら、しょっちゅうよ」フィオーナは即座に答えた。「母が生きていたらどんなふうになっていたかしらって、よく考えるの。毎日午後には子ども部屋でお茶をして、ピクニックをしに公園に出かけていたでしょうね。父は再婚することもなかっただろうし、いまのように疎遠になることもなかったかもしれない。うちに帰る途中で妖精に会ったと、いまもリリーやわたしをからかったり、だれもうまく歌えないのにピアノフォルテのまわりでみんなでバラッドを歌ったりしていたかも……。リリーとわたしがミス・ヘイウィンクルの女学校に行かされることもなかったはずよ。わたしのお母さまがここに——今回のハウスパーティに来ていたら、たちまちあなたのおばあさまと意気投合したと思うわ。きっとそう」

「わたしもそう思いたい」そして、止める間もなく付けくわえていた。「きみの母上は、無愛想な伯爵と娘が結婚することをどう思うだろうか？」

フィオーナの赤褐色の髪が日差しを浴びて輝いていた。「母が亡くなったとき、わたしはまだ子どもだったの。だから、どんな男性を理想と思っていたかはわからない。でも、母のことで憶えていることがあるわ。わたしが幸せなときは、母も幸せそうだった。だから、あなたと一緒にいるとき幸せなら、母もあなたを歓迎してくれるはずよ」

グレイは鼻を鳴らしたが、彼女の言葉は冷えきった心に沁みわたった。「母上に大人になったきみを見せてやりたかった。きみがどれほど画才に恵まれているか。どんなに美しくて優しいか……」

フィオーナは彼の手を引っ張った。「座って――お願い」

グレイは縄を離して、彼女の隣に腰をおろした。「日差しが強くないか？　ボートからボンネットを取ってきてもいいが――もっと日陰の多い場所に移ろうか？」

フィオーナは彼に向きなおって、まじまじと見た。そして、彼がこれ以上先延ばしも隠しごともしないのを見て取った。「ある不幸なできごとが起きなかったら、あなたの人生はどんなふうに違っていたの？」

「……言葉にするのはむずかしい。だが、〝ある不幸なできごと〟については話そう。あとは想像に任せる」

フィオーナの瞳が大丈夫だというように彼を励ましていた。

「あれは十二歳の夏だった。学校が休みで、カービーとわたしはここで自由に過ごしていた。毎日が冒険で、釣りに乗馬、狩り、水泳……」

「縄にぶらさがって飛ぶのも？」フィオーナはにっこりした。

「もちろんだ。ある日、父と母が激しく口論していたので、カービーとわたしは馬にやろうと、リンゴを何個か持って厩《うまや》に行った。父の馬にブラシをかけていると、従僕が腕を振りまわしながら芝生を横切ってくるのが見えた。わたしの名を叫び、両親がすぐ会いたがっていると。図書室で」

あのときの従僕の取り乱した声が、いまも聞こえるようだった。ひどく青ざめて……。だがなにより憶えているのは、館に駆け戻っているのに、自分の足が鉛のように重たく感じたことだった。ただごとではないことはわかっていた。両親は学校の成績を尋ねたり、玄関広間に泥だらけの足跡を残したからといって叱ったりしない。

「図書室のドアを開けたとき、父が机の向こうで歩きまわっていた。決闘用の銃を手にして」

フィオーナの顔から血の気が引いた。「そんな……どうして……」

頭のなかに、あのときの光景が鮮やかによみがえっていた。胃がむかむかしたが、自分の手を包みこんでいるフィオーナの手に意識を集中した。

「母が机の椅子に座って、震える手で飲み物を持っていた。グラスの縁からワインがこぼれて、絨毯に染みが広がっていた」蒼白になった母の顔のまわりに、乱れた後れ毛が垂れていた。頬紅が妙に場違いで、だれかが嵐のなかでピクニックの敷物を広げたように見えた――

「母は入口にいたわたしを見つけると、そこにいてと言った。わたしがどうしたのかと尋ねると、父が言うことを聞かせようとしていると――この場で自殺すると脅して」

フィオーナは彼の手を握りしめた。「そんな恐ろしいことを……」

そう、あんな恐ろしいことはなかった。だがいったんはじめた以上は、最後まで話さなくてはならない。「父は上着の色が変わるほど汗をかき、目を大きく見開いていた。そしてさっとわたしに向きなおると、母に向かって銃を振りまわした。わたしは心臓が止まる思いで母に駆け寄ろうとしたが、母は来ないでと……。父は笑った――悪魔のような声で。そして、母はロンドンの男の半分を相手にしている売女だと罵った。レイヴンポート伯爵夫人などと名乗るのもおこがましいと」

「グレイ……」フィオーナはささやいた。

「母はグラスを落として父に飛びかかると、胸を叩いて、あなたも同じくらい堕落しているじゃないのと叫んだ。つぎにわたしが見たのは、ふたりが抱き合い、体を揺らしながらすすり泣いている光景だった。母はもう二度とこんなふうにはならないからと言ったが、父はさらに激昂して、銃を握りしめた」

グレイは袖で額の汗を拭いて胸がむかつくのをこらえた。フィオーナは彼の背に腕をまわして、肩に頭をもたせかけた。「いったんやめましょうか？　日陰を探して休んだほうが……」

「いいや」いまわしい話を終わらせなくてはならない——こちらの神経が参ってしまう前に。自分のなかにある毒を吐きだして、白日の下にさらさなくては。

「助けを呼ぼうと思った」声を絞りだした。「祖母か召使い——とにかく両親をなだめてくれそうなだれかを。だが部屋を出ようとすると、母がぞっとするような声で行かないでと叫んだ。わたしがここにいれば、父はだれも傷つけたりしないからと。だが、父はせせら笑った。母は泣いてやめてと懇願した。このままではあなたの跡取りに、一生心の傷を残すことになるからと……」

フィオーナは彼を見あげた。「なにもなかったと言って」

グレイはかぶりを振った。「父はわたしの目の前で自分を撃った。あとはもういいだろう」父が息子を見据えたまま口に銃口を突っこんだことや、銃が発射されたときの耳が割れるような音……。

天井、そして父のシャツや顔に血が飛び散ったことをフィオーナに話す必要はない。母がこの世のものとは思えない悲鳴をあげて床にくずおれ、見る影もなくなった父の頭を膝のうえにかき抱いてすすり泣いていたことも。

自分の家族が、どれほどゆがんでいたか——なぜ自分がだれも愛せないのか、これでわかってもらえただろう。

フィオーナを引きさがらせるには充分なはずだ。

腹立たしいのは、自分がもうそれを望んでいないということだった。

自分がフィオーナにふさわしくないことはわかっている。だが、それでも求めずにはいられなかった。彼女はわたしのものだ。これからもずっと。

25

フィオーナはグレイの胸に手のひらを置いた。「どんなにつらかったかしら……。そんなことを目の当たりにするなんて――それも、十二歳の子が……」

しばらくのあいだ、ふたりは口をきかなかった。川の水が岩にぶつかり、木々の葉末がそよ風に揺れる音だけが聞こえた。

しまいに、グレイが口を開いた。「ある不幸なできごとが起きなければ、わたしの人生はどんなふうに違っていたか？　これでわかっただろう。あのできごとがなければ、成人する前にいまの爵位と領地を継ぐことはなかった。母が悲しみをアヘンと酒で紛らわせて、目の前で衰弱していくのを見ることもなかった。父を止められなかったことで罪悪感に苛《さいな》まれることもなかった」

「いいえ」フィオーナは両手で彼の苦しそうな顔を挟むと、自分のほうを向かせた。「違うわ。それはあなたのせいじゃない。その日、ご両親はあなたを巻きこむべきではなかった。ふたりの愛情はゆがんでいて、あなたはそのあいだで都合よく利用されていたのよ。まだ子どものあなたを……。そしてあなたのお父さまのしたことは、止めようがなかった」

グレイは肩をすくめた。「止められたかもしれない」

フィオーナの頰を涙が伝いおりた。どうにかしてわかってもらわなくてはならないのに、喉が詰まって言葉が出てこない。彼の幸せ――そしておそらく自分の幸せは、その一点にかかっているのに。「それはどうかしら」声を絞りだした。「状況を客観的に見られる人間の意見には耳を傾けるべきよ。あなたのせいではなかった。それを止めることはできなかったし、止めようとしたら、あなたかお母さま――たぶんふたりとも犠牲になっていたでしょう。まさに二重の悲劇になるところだったのよ。どうかわたしを信じて、グレイ」

グレイは彼女の手のひらにキスをすると、両手で包みこんだ。「頭ではわかっているんだ。信じたいさ。だが、簡単ではないんだ――わかるだろう」

彼が失ったものを思うと、胸が締めつけられるようだった。父と母、子ども時代――そして、人を信じること。「わたしはご両親とは違うわ」必死だった。「わたしはあなたを傷つけたりしない。ほんとうよ」

「きみがわたしを傷つけないことはわかっている。わたしがきみをけっして傷つけないように」

フィオーナは戸惑った。彼は迷っていて――いくらふたりがそう思っていても、しまいにはたがいに傷つけ合うのではないかと思っている。

でもそれは、彼が傷ついて、疑り深くなっているせいだ。愛には危険を冒す価値があることをわかってもらうためなら、いくらでも時間をかけるつもりだった。それに、彼が心を開いてくれたのは、とてもいい兆しだ。

言葉が出てこなくて、彼の唇にそっとキスした。彼は弱々しくほほえんだ。

「あの日を境に、なにもかも変わってしまった。ただひとつ――カービーを除いて」

「つらいときに心の支えになってくださったのね。あなたとカービーさんが固い絆で結ばれているのも当然だわ」

グレイはうなずいた。「あのとき、父の血は――カービーにもかかった。わたしの知るかぎり、カービーはそのことをだれにも話していない。秘密を守るように頼んでもいないのに。カービーは、あのできごとが噂になることが、わたしにとってどんなに屈辱的なことかわかっていた。カービーのおかげでおかしくならずにすんだようなものだ。カービーは岩のように揺るぎなく、その後もずっと忠実な友でいてくれた」

「あの方がその場に――そしていまもあなたのそばにいてくださってよかった。でも、あなたのことを気づかっているのはカービーさんだけではないわ。あなたのおばあさまももちろんそうよ――そして、わたしも」

彼はフィオーナの顔にかかる後れ毛を耳の後ろに押しやった。「きみの同情がほしくて父の話をしたんじゃないんだ。ただ、なぜわたしが――こんな男になったのか、説明したかった。なぜこの場所が特別なのかも」

フィオーナは彼の肩に頭を載せて、頭上の縄を見あげた。「わかる気がするわ。ここはあなたが少年に戻れるところなのね――お父さまのことがあったあとでも」

「あの日の夜、召使いたちが黒い喪章を窓に取りつけているあいだ、カービーとわたしはここに来た。そのとき、はじめて勇気をふるって、いちばん高い枝から飛びおりたんだ。わたしは川に突っこみ、体に付いた血を洗い流した――頭のなかのおぞましい光景も」グレイは肩をすくめた。「不思議なことに、それでずいぶん楽になった」

フィオーナはうなずいた。わたしのことを信用してくれて。彼が正直に話してくれたことがうれしかった。「打ち明けてくれてありがとう。わたしのことを信用してくれて」グレイと身を寄せ合っているのも心地よかったが、これはまた違う感情だった。もっと深いなにか。

彼は傷だらけだけれど、その傷を癒すことはできる――そしてもしかしたら、また人を愛せるようになるかも知れない。

「そろそろみんながいるところに行かないと」グレイは残念そうにため息をついて言った。

「そうね。きっとメリーがわたしを探しているわ――リリーとソフィーも」

グレイが向きなおった。黒っぽい瞳が熱っぽく求めている。そのまま手を伸ばして髪に指を差し入れ、甘くとろけるようなキスをした。

フィオーナは喜びで胸がいっぱいになった。いままでのキスとは違う。約束が込められたキス――過去を乗り越えて、ともに未来に向かおうと心に決めている。

グレイは名残惜しそうに唇を離すと、彼女を助けながら岩をおり、ふたたびボートに戻った。

フィオーナは彼の向かいで、オールを力強く動かすたくましい肩と腕の動きにうっとりと見とれた。すでに、かすかなおしゃべりや笑い声が岸辺づたいに聞こえてくる。そこでみんなと合流し、ピクニックを楽しむのだ。

川岸まであと四、五ヤードというところで、グレイは不意にオールを引きあげて両側に置いた。「明日、きみの父上が見えたら話をするつもりだ。そしてきみさえよければ、明日の夜、舞踏会で婚約を発表しよう」

フィオーナはうれしくて、思わず彼の首に手をかけてキスをした。「願ってもないことだわ」

心が浮き立って、踊りだしたくらいだった。もちろん、現実には踊らない。そんなことをしたら、つんのめって川に落ち、お気に入りのガウンを濡らしてしまう。それでも喜びが次から次へと湧きあがって、とてもじっとしていられない気分だった。

グレイはとても思いやりがあって、優しく気を配ってくれる。世間の男女のなれそめはこんな感じなのかもしれない――粋な紳士が美しいレディになにかと尽くして、彼女の愛を勝ち取ろうとする。いろいろ困難はあったけれど、なんとか妹を救って、なおかつ自分の恋も実らせることができるかもしれない。

そう、そうなる可能性はある。そして、おとぎ話の魔法がかけられるのに、舞踏会よりふさわしい場所はない。

舞踏会が大好きな理由（簡潔に）

一、ガウン。豪華で――そして少し大胆なガウンを着ると、自作のゴシック小説の主人公になったような気分になる。魅力的で、勇敢で、美しい女性に。
二、ダンス。カドリールからワルツに至るまで、あらゆるダンスが恋のきっかけとなる。思わず顔が赤くなるようなほめ言葉に、熱いまなざし、さりげない触れ合い。
三、シャンパン。気持ちが浮き立って、だれもが心配ごとを忘れてお祭り騒ぎに加わり――そしていつもより行儀の悪いことをする。
四、シャンデリアの明かり。舞踏室のシャンデリアの下では、なにもかもが美しい。模造宝石がダイヤモンドのようにきらめき、極薄いリンネルもシルクのように輝く。無数のろうそくの明かりを浴びたら、ぱっとしない壁の花ですら舞踏会の華になれる。
五、さまざまな可能性。条件が整えば、いちばんありそうにないことでも起こりうる。醜聞を避け仲たがいした相手とよりを戻し――恋がはじまる。

「今日お父さまがいらっしゃるなんて、信じられない！」リリーが飛び起きて言った。まだ朝の八時にもなっていないのに、ずいぶんなはしゃぎようだ。「今日はこれからすることがたくさんあるわ。大奥さまに、お花を飾るお手伝いをすると約束したの。それから村に出かけて、お父さまへのちょっとした贈り物を探そうと思って。新しいパイプか、粋な帽子がいいかしら――お姉さまはどう思って？」

フィオーナはのろのろと頭を枕から持ちあげると、仰向けになって、顔にかかる髪を押しやった。「まだこんな時間なのに……。でも、お父さまはどちらも気に入ってくださると思うわ――あなたからの贈り物なら」

リリーはベッドから飛びおりると、衣装簞笥の両開きの扉をぐいと開けた。「ばかみたいな思いつきかもしれないけれど、ちょっとした仕草や声かけで、お父さまを眠りから覚ますことができるかもしれないでしょう。わたしたちを抱きしめて額にキスして、会いたかったと言ってくれるかもしれない。わたしたちがここに来るよりも前から、お父さまはわたしたちに背を向けて――疎遠になっていたけれど」

フィオーナは起きあがって、妹にほほえんだ。「そうね。あなたがお父さまのことをあきらめていないことがわかってうれしいわ。だって、わたしもあきらめてないもの。むっつりした顔をしていらっしゃるけど、中身はいまもわたしたちが大好きなお父さまのはずよ。それに環境が変わるのは、お父さまにとってもいいことだと思うわ」

「これからソフィーと三人で朝食をいただいて、一緒に村に出かけない？」

「ありがとう。でも、お父さまが到着してもろもろの準備が慌ただしくはじまる前に、一、二時間ほどスケッチをしたいの。午後に舞踏室で、一緒に飾りつけをしましょう――そうそう、あなたに見せたいものが……」フィオーナはベッドを滑りおりてスケッチブックを取りあげ、妹に近づいた。「ゆうべソフィーと一緒に、飾りつけが終わった舞踏室を想像して描いたの。これを見て」

リリーはフィオーナが差しだした大まかなスケッチを見て目を丸くした。「まあ……」しばらくその絵を見つめて言った。「ほんとうに素晴らしいわ。わたしたちだけで見るのがもったいないくらいよ」

「飾りつけは、ぜんぶソフィーが考えたの。わたしはそれを紙に描いただけ」

「簡単なことではないはずよ」リリーは言った。「おかげで、今夜の舞踏会がますます楽しみになったわ。待ちきれないくらい」

「わたしもよ」フィオーナは言った。「さあ、着替えを手伝ってあげるからデイ・ガウンを出してちょうだい。メリーは呼ばなくていいでしょう」

リリーはしばらく考えて言った。「灰色のガウンにするわ。なぜだかわかる？」

「そうしたら、今夜着る予定の深紅のシルクガウンが引き立つからでしょう？」

「そのとおりよ」リリーは瞳をきらめかせた。「ミス・ヘイウィンクルの学校で教わったことが少しは役に立ったわね」


朝食のあと、フィオーナはスケッチブックを持って庭園に向かった。手入れのされていない低木や伸び放題のツタに囲まれたなかで、人魚の噴水のそばにあるベンチに腰掛け、グレイのスケッチを開いた。

生身のグレイが目の前でポーズを取っているわけではないけれど、昨日ボートの上で長いこと一緒に過ごしたおかげで、その姿は脳裏に刻みつけられている――それをもとに、最後の仕上げをするつもりだった。それは傷跡やえくぼや顔の形と言った身体的なことではなく、もっと漠然としたことで――たとえば、縄にぶらさがらないかと言ったときに、彼の瞳に浮かんだ愉快そうな光がそうだ。男性らしい自信とは裏腹に、意外なほどもろい一面があることや、ふたりだけに通じる冗談を言っているようないたずらっぽい笑みも描きくわえたかった。

いつものようにフィオーナは時を忘れて没頭したが、真昼になるころには作業に満足していた。

とうとう、グレイの肖像が完成した。

これまでで最高の出来映えだ。

その絵は、グレイのなかにあるいちばん彼らしい部分をとらえていた。彼がどんな人間か、その本質が描かれている。一見すると、たしかに強面で気難しそうな伯爵なのに、そこには傷ついた少年や、献身的な孫、忠実な友人の面影もあった。そして情熱的で優しい恋人であり、もっとも勤勉な人でもある。

そんな彼を愛していた。

このスケッチを見た人はだれでも、そのことにすぐ気がつくはずだ。

だからこそ、ここ数日で彼との仲が深まっても、この肖像画をだれにも見せる気になれなかった――とりわけ、グレイ本人には。

いずれ時が来たら、彼に肖像画を見せて気持ちを伝えるつもりだけれど、それまではスケッチブックを閉じて待つつもりだった――彼の気持ちが追いつくまで。そうなることを信じなくてはならない。

努力の結晶に満足して、館に戻った。途中、客間で母とレディ・キャラハン、そしてグレイの祖母がお茶を飲んでいた。

「まあ!」母が言った。「舞踏会の前に休まなくてはいけないのに、また絵を描いていたのね」

「疲れていないから大丈夫よ、お母さま。お父さまはまだ到着していないの?」

「ええ、でもそろそろ見えるはずよ」

フィオーナはうれしくて、その場でくるりとまわりたいくらいだった。「舞踏室で、リリーとソフィーを手伝ってきます」

「今夜は何人くらいお客さまがみえるのかしら?」レディ・キャラハンが尋ねた。

「いい質問ね」グレイの祖母が口を開いた。「昨日の午後遅くにまたお返事をいただいたの。フィオーナ、行く前に、お客さまのリストを取ってもらえるかしら? そこに——書き物机の上に紙が置いてあるでしょう」

「はい、すぐにお持ちしますわ」フィオーナは机の上にあった大きな紙を手に取った。さまざまな筆跡で招待した人々の名前が書きつらねてある。「お見えになるお客さまの数を数えましょうか?」

グレイの祖母はにっこりした。「お願いするわ」

フィオーナは印のつけられた人数を頭のなかで足しながら、リストの上から下へと目を走らせた。どことなく見覚えのある、流れるような変わった筆跡に気づいたのはそのときだった。ヘフリン卿とその奥方――Lord and Lady Heflin のｆの字が特徴的で、下の行にかかっている。これは――。

紙を持った指がしびれて、わなわなと手が震えた。この筆跡は――脅迫状の筆跡と同じだ。

「――お客さまは何人見えるのかしら？」母の声がした。

「途中で――途中でわからなくなってしまって……」フィオーナはソファの背につかまって気持ちを落ち着けた。同じようにｆの字を書く人はほかにも大勢いるはず――そうでしょう？

どうか、偶然の一致でありますように。

舞踏会を開くことにしたのは、このハウスパーティがはじまってからだった。

つまり、ヘフリン卿と奥方の名前を書いた人物はフォートレスに滞在しているということになる。そして、その脅迫者はすぐそばに――自分やリリーと同じ屋根の下にいる。

26

「……申し訳ありません」フィオーナはどうにか言葉を絞りだした。「きっと、少し日光に……当たりすぎたせいですわ」手に持っていた紙でぱたぱたと顔をあおぐと、招待客のリストに目を凝らして、印のつけられた客の数を急いで数えた。「五十八人おいでです。こちらに滞在しているわたしたちを除いて」

「では、七十人分の仕度をするように言っておくわ」グレイの祖母が言った。「ここで開くにしては大がかりだこと」

フィオーナはうわの空でうなずいた。とにかく、あの特徴的なfを書いたのがだれなのか突きとめなくては……。「これでぜんぶでしょうか？　今日、遅れて届いたお返事がまだあるかも……」

「それはないと思いますよ。もしあればギッディングズがほかの手紙と一緒に持ってくるでしょうから」

「招待状をお送りしたのに、お名前を書き忘れた方がいらっしゃるかもしれません」必死で食いさがった。「わたしは半ダースのお名前しか書いてないんです。それから、リリーとソフィーの筆跡で書かれたお名前がそれぞれ半ダースほど。わたしたちのほかに、どなたがお客さまのお名前を書かれたんでしょうか？」

グレイの祖母はかすかに眉をひそめた。「それは――いろいろな人に手伝ってもらいましたからね。わたしが自分でできたらよかったんでしょうけれど、もう目がむかしほど見えないものだから。返事が届くたびに、たまたま近くにいた人に書いてもらっていたの」

フィオーナは片眉をつりあげた。「こちらに滞在している男性にもでしょうか？」なんの興味もない振りをしたが、内心では現実をまだ受け入れられずにいた。リリーの人生を脅かし、わたしを脅迫した人でなしが、この一週間ずっと目と鼻の先にいたなんて。

「ええ、殿方にもお願いしましたよ。デイヴィッドもいくつか名前を書いてくれたわ」

「デイヴィッド？　伯爵がですか？」フィオーナはぎょっとした。彼のはずはない。

「ええ」グレイの祖母は答えた。「それから、ほかの殿方にもお願いしたわね。ペンサム卿に、カーター卿――」しばらく考えて、さらにつづけた。「――それからカービーにも」

フィオーナの口はからからになった。「そうですか……」

「みなさん、喜んで手伝ってくださって――親切な方たちね」

「それをお伺いして安心しました」フィオーナは招待客のリストを指してさらに言った。「こちらの紙は書き物机の上に置いておきます――間際になって追加される方がいらっしゃるかもしれませんから。わたしはこれから舞踏室に行きます。お母さま、お父さまが到着されたら知らせていただけるかしら」

「あなたがそう言うなら。わたしは、舞踏会の前に体を休めておいたほうがいいと思いますけどね」

「お願いよ、お母さま」

母は長々とため息をついた。「いいわ、では行ってらっしゃい」

客間を出たフィオーナは、自分に届いた脅迫状を持ってまた戻ってくるつもりでいた。脅迫状と招待客のリストの筆跡を比べて、同じかどうかたしかめる必要がある。けれどもその一方で、ある事実を受け入れられずに悩んでいた――筆跡が同じなら、脅迫者は自分が知っていて、なおかつ信頼もしているうちのだれかなのだ。

少なくとも、解決の糸口はつかんだ。けさ目覚めたときは、脅迫者はロンドンにいるだれかだと思っていたけれど、もし筆跡が同じだったら、犯人の正体を突きとめる大きな一歩になる。なにしろ、怪しい人物の数がぐんと絞られるのだから。ペンサム卿にカーター卿、そして――こんなことは考えたくないけれど――グレイが兄弟のように思っている人、カービーの三人に。

グレイは厩を出て、いつになく軽い足取りで館に向かっていた。この自分がフォートレスで舞踏会を催すばかりか、それを心から楽しみにしているとは。一週間前にそんなことをだれかから言われたら、どうかしていると言い返していただろう。

だが、フィオーナのおかげですべてが変わった。

以前の自分なら、舞踏会の支出について不満をつぶやいたり、館の傷んだ部分をいつまでも気にしたり、大して知りもしない相手と上品な会話を交わすことを想像して憂鬱になったりしただろう。だがいまは、フィオーナとダンスするのが楽しみで仕方がなかった。

そして隣でほほえむ彼女に見守られながら、ふたりの婚約をみんなの前で発表する。

今夜はまた、どこかで時間を作って彼女と過ごそうとも思っていた。おそらく客たちが帰ったあと——召使いたちが起き出す前に。

いずれにしろ、フィオーナとはすぐ結婚するつもりだった。彼女の父親が特別結婚許可証を入手するか、ふたりでグレトナ・グリーンまで出向くか。どこで、どうやって結婚するかはどうでもよかった——フィオーナをすぐわがものにできるならなんでもいい。

館に戻って寝室に向かおうとしたとき、階段にフィオーナの姿が見えて胸が高鳴った。スケッチブックを抱え、燃えるような髪を引き立たせる穏やかな青いガウンを着ている。

「フィオーナ!」声をかけて、元気いっぱいの子犬さながらに階段を駆けのぼった。

彼女は振り向いて、踊り場で立ち止まった。「グレイ」

彼はフィオーナが耳に挟んだ鉛筆にそっと触れた。「けさもスケッチをしているのが見えた。なにを描いていたんだ?」

フィオーナはスケッチブックを持つ手に力を込めた。「じつはあなたを描いていたの。でも、いまはまだ見せられないわ。もう少し待ってて」

残念だったが、ひとまずほほえんだ。「さっきまで、みんなで遠乗りに出かけていた。きみの父上が到着する前に身ぎれいにしておかないと」

「ありがとう。優しいのね」

さりげなく近づいて、彼女の腰に手をまわした。「わたしのいまの気持ちは〝優しい〟というより〝不届き〟というほうがしっくりくる」

フィオーナは彼の胸に片手を置いてほほえんだ。「どちらかというと、その両方――〝優しくて不届き〟なのが好きだわ」

「それならきみが優しい人でよかった。わたしは不届きな人間だから。間違いなく」彼は肩越しに振り返ってまわりにだれもいないことをたしかめると、フィオーナの手首をつかんで引き寄せ、かすめるようにキスをした。

こうするとフィオーナのまぶたがたちまち重くなって、夢見るような表情になるのが好きだった。体から力が抜けていくのがわかる。

だが、今日の彼女はなにかが違った。かすかに眉をひそめて、なんとなくほかのことに気を取られているような感じがする。「わたしが父上とどんな話をするのか気になっているのか？　心配はいらない。最善を尽くすと約束しよう」

フィオーナは指先で彼の顎の輪郭をたどった。「そのことを心配しているわけじゃないの。父は人を見る目があるから、きっとあなたのことを気に入るわ」

「なにかほかに気がかりなことがあるのか？　脅迫状のことが心の重しになっているのはわかるが、いまはもうきみひとりじゃない。ふたりの時間が取れ次第、手紙を調べて反撃の対策を立てよう――その悪党が二度ときみに近づかないようにするために。きみときみの家族はわたしが守る」

「ありがとう」フィオーナの表情がやわらいだ。「わたしはぜんぶ忘れたいわ。あの件の記憶をはじめから消したいくらいよ」

グレイは彼女を抱き寄せた。「そうだな」だが、ほんとうはこう思っていた——脅迫者と決着をつけないかぎり、ずっと怯えて暮らす羽目になる。「強欲で人の弱みにつけこむ悪党にきみが食い物にされるのは許せない。だが、その男がいなければ、わたしはいまきみのそばにいなかった」

フィオーナは彼の首に片手をまわしてもたれかかると、彼の下半身が硬くなっていることに気づいて片眉をつりあげた。「それなら、脅迫者に感謝しないといけないわね」

「きみがほしい」彼はうなった。「今夜わたしの部屋に来てくれないか」

「そうするわ。いまは、わたしの気持ちだけ受けとってちょうだい」フィオーナはそう言うと、彼の頭を引き寄せて、じっくりと濡れたキスをした。

フィオーナを手近な部屋に引っ張りこんでスカートをたくしあげ、自分のものをうずめて快楽に酔いしれたい——そうしないようにするのが精いっぱいだった。彼女の父親はいつ到着してもおかしくないから。

気持ちを落ち着けて、彼女の頬に手を添え、親指で唇を撫でた。「きみの気持ちはたしかに受けとった。糊のきいたハンカチやシルクのリボンよりずっといい」

「忘れないで」フィオーナはゆっくりと離れた。なまめかしい動きで。「——今夜まで」

「今夜まで」彼女の言葉をそのまま繰り返した。自分が手に入れた幸運が信じられなかった。

しばらくして、舞踏室に足を踏み入れたフィオーナは息をのんだ。まるで外の世界が館のなかに持ちこまれたよう――ただの四角い空間だった部屋が、妖精の庭に様変わりしている。緑が四方の壁を彩っていた。青々と茂った枝葉や蔓、色鮮やかな花々が窓や戸口の周囲を飾って、みずみずしく香り高い空間を作りだしている。飾りに結びつけられている金色や銀色のリボンが、そここできらめいていた。

それは見たこともないほど洗練された見事な空間で、飾りつけを提案した女性の優れた美的感覚を反映していた。「ソフィー！」フィオーナは声をうわずらせた。「驚いたわ。いつにも増して素敵な出来映えじゃない」ソフィーはもともと自然の美しさを利用することに長けていて、これまでにも植物を使っていろいろな飾りつけを作っている。今回はフォートレスの敷地や庭園に生えているありきたりな花――たぶん雑草まで使って、夢のような空間を作りだしていた。

ソフィーは舞踏室の真ん中で金色の後れ毛を耳に掛け、腕組みをし、周囲をゆっくりと見まわして仕上がりをたしかめていた。「あなたの絵がなければここまでできなかったわ。かなりうまくできたんじゃないかしら」

「かなりですって？」リリーが鼻を鳴らした。「これは傑作よ！　大奥さまがこれを見たら、卒倒してしまうかもしれないわ」

「大奥さまはひとことも口を挟まずに、わたしたちの好きにさせてくださったの」ソフィーが言った。「気に入ってくださるといいのだけれど」

フィオーナは親友のほっそりした肩に腕をまわしてぎゅっと抱きしめた。「気に入ってくださるわよ。なにか手伝うことは残っていて？ それともわたしはお邪魔かしら？」

「召使いのみなさんがろうそくをぜんぶ取りつけて、芯の先も切りそろえてくれたわ。雨が降りそうにないから、みなさんでいま、テラスにランタンをさげているところよ。わたしたちがすることは、あとは着替えて髪をまとめるだけ」

「ソフィーは優しいからそう言うけど、要するに邪魔しないでということよ」リリーがからかうように言った。「お部屋で少し休んだらどう？ 今夜の舞踏会は、お姉さまにとってとても重大な催しになるような気がするの」

フィオーナはリリーの視線を避けて、かがんで落ちていた小枝を拾った。「どうしてそう思うの？」

「とくに理由はないんだけれど」リリーはなにも知らないような顔をして答えた。「ただ、伯爵がお姉さまにぞっこんで、お姉さまもそうみたいなんだもの。今夜の舞踏会はハウスパーティの締めくくりだから、舞台としては完璧――」

「そうね、あなたの言うとおり、少し昼寝したほうがよさそうだわ。この枝は外に出しておくわね。あとで仕度をするときに、またお部屋で会いましょう」

リリーはくすくす笑った。「お姉さまの晴れ姿が早く見たいわ。今夜、主役の王女さまになるのはお姉さまよ」

27

恋に落ちることについて

以前は、ロマンティックな恋には詩やダンス、花束、贈り物が欠かせないと思っていた。ミス・ヘイウィンクルが言っていたように、男性の気持ちの深さは、その人が訪問し、ワルツを申しこみ、シャペロン付きでその人と一緒に公園を散歩した回数で推しはかるものだと。でも、愛の深さにはまったく違う目安もある――たとえば、ふたりだけの秘密や意味ありげに交わすほほえみ、そして思わせぶりな触れ合い……。蒸し暑い夏の日にボートで川をくだっていると、自然とそうした雰囲気になる。

そんな一日を過ごすとわかる。もう二度と元の自分に戻れないことが。

数時間後、フィオーナは机に立てかけた小さな鏡に映る自分の姿を見つめていた。まさに王女になった気分。ターコイズ色のガウンは手持ちのなかでいちばんのお気に入りだった。波打つ髪はメリーが巧みにまとめて、うなじに巻き毛がこぼれ落ちる魅力的な髪型にしてある。

「とてもきれいよ、お姉さま」リリーが肩に顎を載せて言った。「レイヴンポート卿はお姉さまのとりこになるでしょうね――まだそうなっていなければだけれど」

「あなたも素敵よ」フィオーナは言った。鏡のなかでこちらを見ているふたりの顔は、肌の色合いから瞳の色、口の形まで似ても似つかない。それなのに、どこかいたずらっぽい表情が驚くほど似ていて、ふたりがほんとうの意味で紛れもなく姉妹であることを示していた。

「いつか、わたしたちふたりをスケッチしたいわ――ちょうどこんなふうにして」

「ええ、ぜひそうして」リリーはにっこりした。「こんなに素敵な髪型にまたしてもらえるかわからないけれど」

そのとき寝室のドアがバタンと開いて、ハートリー夫人がメリーを従えてせかせかと入ってきた。メリーはヘアピンを一本くわえ、もう一本を手にして、ハートリー夫人の手に負えない髪をなんとかまとめようとしている。

「もう結構よ」ハートリー夫人はぴしりとメリーに言うと、大きく息を吸ってふたりの継娘に向きなおった。胸の前に、バラの浮き彫りが施された小さな木箱を抱えている。

「少し顔が赤いわ、お母さま。気分は大丈夫？」フィオーナが尋ねた。

「ええ、大丈夫よ」と言ったものの、ハートリー夫人の手は震えていた。彼女は箱の向きを変えてフィオーナに渡した。

「なにかしら？」

「開けてごらんなさい」ハートリー夫人はフィオーナがためらっているのを見てため息をついた。「さあ」

フィオーナは息を吸いこむと、蝶番付きの蓋を開けてなかを見た。黒いベルベットの上におさまっていたのは、ダイヤモンドをちりばめたサファイアの首飾りだった。まるで荒れくるう波に月の光がきらめいているよう……。

息が止まるほど見事だった。

そして、胸が苦しくなるほど懐かしい。

リリーははっとして口に手をやり、フィオーナはぽろぽろと涙をこぼした。「わたしたちのお母さまの首飾りだわ……」

「正確には、あなたのお母さまの首飾りよ」ハートリー夫人がフィオーナを指しながら訂正した。

フィオーナはかぶりを振って、困惑しているリリーと顔を見合わせた。「わたしたちのお母さまよ。紛れもなく」

「肖像画でお母さまがつけていた首飾りだわ」リリーがすすり泣きながら言った。その肖像画は母とフィオーナとリリーの三人を描いたもので、母が病に倒れる数カ月前に父が依頼したものだ——いまはロンドンの屋敷の客間に飾られている。フィオーナとリリーは母を亡くしてからというもの、毎日のようにその絵を目にしてきた。それはなによりも強い、目に見える親子の絆の証だった。

絵のなかの母は長椅子にもたれ、幼いフィオーナとリリーは白いレースのフロックを着て、母の前に置かれた房飾り付きのスツールにそれぞれ腰掛けていた。

リリーはいまだに、画家の前で何時間もポーズを取ったことを憶えているという。画家は母に向かって、娘たちでなく自分を見るように何度も声をかけたのではないだろうか。そして結局あきらめて、見たままの肖像を描いたのだろう。愛情にあふれ、母親としての誇りを目に宿した母は、娘を——娘たちふたりを深く愛していた。

「肖像画で、あなたたちのお母さまは首飾りをつけていたかしら？」ハートリー夫人は冷ややかに言った。「正直に言って、気づかなかったわ。箱のなかには、そろいの耳飾りも入っていますからね」

フィオーナは木箱を机の上に置くと、そろそろと首飾りを取りだし、その重さに驚いた。金の鎖は温かく、宝石は内側から輝いているようにきらめいている。

最後に見たとき、その首飾りは母の首元を飾っていた。母が亡くなってからは、父がどこか安全なところに保管しているものとばかり思っていた。愛する母の瞳にそっくりな鮮やかな青のサファイアを見なくてすむどこかに。

リリーが木箱のなかから耳飾りを取りだしてろうそくの明かりにかざすと、きらびやかな光がサファイアからこぼれ落ちそうなほど揺らめいた。「どこにあるのかと思っていたわ。でも、お父さまを悲しませたらと思うと怖くて聞けなかった」

ハートリー夫人が咳払いした。「そうでしょうね。じつは、あなたたちのお父さまがこの宝石をわたしに預けて、ふさわしいときが来たらあなたたちに渡すようにとおっしゃったの。そのときが、まさに来たんだわ。あなたは伯爵の心をとらえて、この宝石をつける権利を勝ちとったのよ」

フィオーナは怒りがこみあげるのを抑えた。「母の宝石は勝ちとるものではありません。わたしたちと母を結ぶ最後のつながりのひとつで、かけがえのないものなんです」

ハートリー夫人は目をしばたたいた。「もう少し喜んで、感謝してくれるものと思っていたのだけれど。そんなふうだから、いままでお相手が見つからなかったのよ。今夜はその首飾りと耳飾りをつけたらいいわ――伯爵の目に留まろうとしている娘たちのなかで、きっとあなたを引き立ててくれるから」

フィオーナは唇を嚙んで、辛抱するように自分に言い聞かせた。継母と言い合ってもわかってもらえるはずがないし、これから大事な舞踏会が控えているときに口論などしていられない。それに、大切な母の形見をこれからは手元に置いておけるのだ。

「では今夜、首飾りをつけるようにします」フィオーナは言った。「リリー、あなたは耳飾りをつけて」

「そんな、だめよ」リリーが言った。「お姉さまが耳飾りもつけないと……。首飾りと合わせてつけるものでしょう」

「あなたとわたしがひとつの組み合わせなの」フィオーナはきっぱりと言った。「耳飾りをつけたら、首飾りをつけるのを手伝ってちょうだい」

ハートリー夫人は諸手をあげた。「好きなようになさい。あなたたちのお父さまがさっき到着されて、いま夕食前の身支度をされているわ。十五分後に客間で会いましょう――遅れないようにして」

フィオーナはハウスパーティのほかの客たちと並んで夕食の席に着いた。そして喉元の宝石に触れて、今夜どんなことが起きても立ち向かえますようにと祈った。

父は左側の席で、娘の手をそっと叩きながら、この一週間会えなくて寂しかったと言ってくれた。フォートレスに来るのは予定より遅くなったけれど、約束どおり父はちゃんと来てくれた。それに母と違って、館のみすぼらしいところを見ても父は眉をひそめなかった。忙しく稼動している工場と無駄のない執務室での仕事に慣れている父は、なにより効率を重視している。だから床板がきしもうと、カーテンがほころびていようと関係ない。父がほとんど眉ひとつ動かさないのはありがたかった――なぜなら、フォートレスにはそうした場所がたくさんあるから。

テーブルの上座に座っているグレイは、濃紺の上着に青いベストを合わせて、息が止まるほど素敵だった。館の主として愛想よく振る舞い、祖母やほかの客全員と心のこもった会話を交わしている。それでいて、食事のあいだじゅう、フィオーナから長いこと目を離すことは一度もなかった。

なにもかも完璧だった――このなかにいる男性のひとりが脅迫者でなければ。リリーへの脅威がなくならないかぎり、心が安まる日は来ない。そしていま、その人でなしに少しだけ近づいている。

今日の午後、脅迫状をもって客間に戻り、手紙の筆跡と招待客のリストの筆跡が同じであることをたしかめた。ということは、犯人はペンサム卿かカーター卿か、あるいはカービー氏ということになる。

　テーブルの向かいでは、ペンサム卿がリリーの話に耳を傾け――リリーは弓の腕比べをしたときのことを父に詳しく話していた――その大げさな話しぶりに思わず笑いだしていた。カービー氏は母のすみれ色のガウンをほめている。母はもうそれだけで永遠に彼をえこひいきするだろう。カーター卿はカービー氏の父であるダンロープ卿と、競走馬でいちばん優秀な血統について白熱した議論を闘わせていた。

　このうち、若い三人はだれひとりとして悪人に見えなかった――脂ぎったひげを生やしているわけでもなければ、腹がせりだしているわけでも、目つきが悪いわけでもない。三人ともシャレード（ジェスチャーゲームの一種）をして遊んだり、世間話をしたりする間柄だ。それなのに、三人のうちひとりはリリーの生みの母にまつわる恥ずべき事実を探りだし――その情報を悪用するほど成りさがっている……。

　幸い、犯人はこちらが気づいていることを知らない。となると、ハウスパーティの残りの数時間を使って状況を変えるしかない。

　デザートを食べ終わったところで、グレイが父に向かって穏やかに声をかけた。「ハートリーさん、舞踏会がはじまる前に、書斎でしばらくお話ししてもかまわないでしょうか？」

　父が問いかけるような視線を向けたので、フィオーナは大丈夫だというようにほほえんだ。父は少しだけ背筋を伸ばして応じた。「もちろんですとも、レイヴンポート卿」

フィオーナはふたりが肩を並べて食堂を出ていくのを見て――ふたりとも自分の世界の中心にいる人だ――胸が締めつけられる思いだった。残りの客たちは、男性も含めて客間に移動した。このときを待っていた。

レティキュールから小さなカードの綴りを取りだして、ピアノフォルテのそばで風景画を見ていたソフィーとカーター卿に近づいた。「素敵な庭園ですね」ソフィーが話しているのが聞こえた。「申し分ない構図ですし、色彩も美しくて。描かれているものも興味深いわ」

「そうかもしれないけれど――」フィオーナはすかさず話しかけた。「でも、あなたが考案した庭園に比べたらありきたりね」

カーター卿が振り向いた。「それは耳寄りな話だ」

「舞踏室をご覧になればわかります」フィオーナは彼に言うと、ソフィーに向きなおった。「お話ししているときにごめんなさい。じつはひとつ、あなたにお願いしたいことがあって……」そう言って肩越しに振り返り、グレイの祖母が聞いていないことをたしかめた。

「もちろん、かまわないわよ」ソフィーは応じた。「なんでも言ってちょうだい」

フィオーナは声が震えそうになるのをどうにかこらえながら説明した。「大奥さまに差しあげようと思って、ここの風景をスケッチしたの。一週間お世話になったことへのささやかなお礼の気持ちよ。大奥さまは、わたしたち若い世代と過ごすのを楽しんでいらっしゃったでしょう。だから、わたしたち一人ひとりが短い手紙を書いて差しあげたら喜んでくださると思うの。そして全員の手紙を集めて、額に入れたスケッチと一緒にお渡ししたらどうかと思うのだけれど」

ソフィーは両手を合わせた。「素敵な思いつきじゃない！　もちろん喜んで書くわ」

「わたしも書こう」カーター卿も、とくに訝しげな表情も見せずに同意した。

「ありがとう。あなたならそうしてくれると思ったわ」フィオーナはふたりに一枚ずつ小さなカードを渡した。「いきなりで申し訳ありませんが、明日わたしたちが出発するまでにカードをいただけないでしょうか。ほんの一、二行でかまいませんので」ほんとうは、こう付けくわえたかった――できたらどこかに小文字のfを書いていただければ、さらに助かります。だが、これ以上踏みこむべきではない。いまは手書きのカードに証拠になりそうな特徴があることを祈るしかなかった。

「わたしは今夜、短い詩を書くことにするわ」ソフィーが言った。

カーター卿はカードを入れた胸ポケットを叩いた。「明日、朝食のときに渡そう」それから声をひそめて付けくわえた。「――ただし、二日酔いで忘れていなければだが」

ソフィーは穏やかにほほえんだ。「でしたら、今夜のうちに書いたほうがよさそうですね」

「そうすると言ったら、今夜わたしと踊ってもらえるかな？」

ソフィーは少し考えて答えた。「ええ」

フィオーナは親友の肩を抱きしめた。「ありがとう」ソフィーのためにも、カーター卿がどうか脅迫状の送り主でありませんように。

客間を見渡すと、ペンサム卿が長椅子に座ってリリーと話しているのが目に入った。リリーはお茶を注いでいるところだ。フィオーナはふたりにすっと近づき、それぞれにカードを渡して、さっきと同じ説明を繰り返した。

「もちろん書くとも」ペンサム卿が言った。「もし明日出発するまでに書く時間がなかったら、ロンドンに戻ってから秘書に届けさせよう」

「いいえ」はっきり言ってしまった。そんなに待てないし、手紙は秘書でなくペンサム卿が書いたものだとはっきりしている必要がある。「できれば、ここにいるうちにカードをまとめたいんです」

「ずいぶん急ぐのね」リリーが怪訝そうに言った。

「だが、たしかにもっともだ」ペンサム卿は丁寧に言った。「明日までにカードを書こう、ミス・ハートリー」

「ありがとうございます」フィオーナはほっとした。「では、これで失礼します。ほかにもお願いしたい方がいるので……」

残るはカービー氏だけだった。彼はサイドボードの傍らで、ひとりでブランデーを注いでいる。すぐ目の前にいるのに、フィオーナの足は石のように重くなった。

勇気を奮い起こして、笑顔を貼りつけて近づいた。「こんばんは、カービーさん。じつは――」

「やあ、ミス・ハートリー」カービーはデカンタを置いて振り向いた。「きみとふたりきりで話したいと思っていたんだ」

フィオーナの背筋に冷たいものが走った。「わたしと？」

「もう一度、きみが抱えているむずかしい問題について、手助けできることはなんでもすると伝えたかった」カービーは一歩近づいて声を低めた。「例の手紙の件だ」

「お気持ちには感謝します。でも――」

「これだけは知っておいてもらいたいんだ。わたしは詳しいことは知らないが、今回のことはきわめて個人的で、厄介な問題だと理解している。もしわたしの助けを受け入れてくれるなら、最大限の注意を払って秘密を守るつもりだ」

「ありがとうございます。せっかくですが、いまはそれなりに対処しておりますので……」

「ほんとうに？」カービーは頭を掻いてしばらく黙りこんだ。「詮索するつもりはないし、きみを怖がらせたくもないんだが、脅迫というのはきわめて悪質な犯罪だ。危険極まりない。そこが気になってね」

フィオーナは手に冷や汗をかいていた。カービー氏が心から気づかってくれているように思えるのに、自分は彼を脅迫者ではないかと疑っている。「わたしもそう思います」正直に言った。けれども、少なくともいまはグレイがそばにいる。これ以上の心配は無用だと言おうとしたとき、カービーが先に口を開いた。

「いったい、どんな輩があんなことを要求するんだ？　年若いレディに対して、真夜中に公園に来て、木のうろに金を置いていけなどと……。考えただけで頭に血がのぼる」

「用心を怠らないように気をつけるつもりです」けれども、そう言っているそばから、フィオーナの頭のなかに警告する音が鳴り響いた。カービーが拾った脅迫状には、深夜の金の受け渡しについてはなにも書いてなかった。公園のことも。木のうろのことも……。

なんてこと——この世でいちばんそうでないことを祈っていた、まさにその人が脅迫者だったなんて。

「そうだな。用心するに越したことはない」カービーはブランデーのグラスをゆっくりとまわしてひと口飲んだ。「じきに試練が終わることを——そして、悪党が二度と現れないことを祈っている」

フィオーナの心臓は、怒りと恐怖で激しく脈打っていた。「あなたがその悪党だった——そうなんでしょう？　これまで脅迫者からの要求について、具体的なことはなにひとつ話していないはずよ」

カービーの気づかわしげな表情が、一瞬のうちに警戒から威嚇するような表情に変わった。「きみは少し気が昂ぶっているんじゃないかな、ミス・ハートリー。妄想だよ。知ってのとおり、わたしはきみを助けたいんだ」苛立たしげに言った。「さっき金の受け渡しについて話したことはただの推測だ——脅迫者がいかにも言いそうなことだっただけだろう」

フィオーナは肩越しに振り返った。母とグレイの祖母とレディ・キャラハンは暖炉のそばでクラレットを飲み、ソフィーとリリーは客間の向かいでほかの男性ふたりと話している。こんなところで危害を加えられるはずはない。それでも体が震えた。

ようやく脅迫者を暴いて追い詰めた。心の声が、相手は思っている以上に危険な人物だと警告を発している。それでも、ここで引きさがるわけにはいかない。

「脅迫者はこのハウスパーティに来ていると、予想はしていたの」フィオーナは言った。「あなたは、わたしが信じたくないことをそのまま裏づけた――グレイのいちばん古い親友が、そんな悪事に手を染めるなんて。わからなかったのは、〝なぜ〟。どうしてあんなことをしたの？」

「わたしは生活の足しに賭博をしているんだ」カービーは鼻を鳴らした。「きみの家は金があり余っているだろう」

フィオーナは顎をぐいとあげ、腕組みをして手が震えるのを抑えた。「グレイが知ったらなんて言うか……」

カービーは歯をむきだして詰め寄ると、声を押し殺して言った。「グレイにこのことが知られることはない」

「いいえ、間違いなく知ることになるわ」フィオーナは取り乱しそうになるのを必死でこらえた。「グレイがいまこの部屋にいたら、迷わず言うつもりよ」

カービーは口をゆがめて、ぞっとするような笑みをちらりと浮かべた。「それは間違いだ」

「グレイがあなたの味方をすると思う？　わたしが結婚しようと思っている方よ。そしてグレイは、あなたがほんとうはどんな人間か知る権利がある――たとえそうすることで傷つくことになっても」

「ああ、そうなるさ」カービーは平然と言った。「だが、それよりもっとあいつを打ちのめす方法がある——あのことを世間に知られたらどうなる？　過去のできごとを蒸し返すだけでいい。少しばかりいまわしい話を広めるだけで、フォートレスはもちろん、グレイの領地そのものが危うくなる」

フィオーナはぎょっとした。「どういうこと？」

「もちろん、グレイの父親が自殺したことだ。たしかにこの目で見て、この顔に血が飛び散ったんだからな。これまでだれにも話さなかったのは、法的に見て明らかにまずいことだから——知ってのとおり、自殺は重罪と見なされるからだ。当主が自殺したとわかれば、国王に領地と財産を没収される。それに、グレイとあのばあさんに改めて屈辱と悲しみを味わわせるのは忍びないだろう。なにしろ自殺した者の遺体は掘り出され、心臓に杭を打ちこまれて、四つ辻に埋葬される習わしだ」

「あなたという人は——」フィオーナは震えるこぶしを握りしめた。「なんてあくどくて、身勝手なの。でも、そんな脅しにわたしが屈すると思う？　あなたがグレイをそんなふうに裏切るはずがない。ただのはったりでしょう」

「きみが思い違いをしているのはそこのところだ」カービーの瞳が冷たくうつろになった。「わたしが失うものはなにもない。いま、たちの悪い貴族から金を借りているが、金を返さなければその男の手の者が差し向けられることになっている——それもすぐにだ。ほかにも同じ男から金を借りて期限までに返さなかった者たちがいたが、そうした連中がどうなったか、わたしは知っている。おそらく今度は命がない」

「それでも、だれかを脅迫するよりましな手だてはあるはずよ」フィオーナは最後の勇気を振り絞って説得しようとした。

「そんなものはない。だからこそ、きみには要求どおり口止め料を払ってもらわなくてはならないんだ。あとあとの面倒を避けるために、グレイとも別れてもらいたい。いいか、わたしが指示したとおりの時間と場所に金を置いていかなければ、〈ロンドン便り〉の次の号に下劣きわまりない記事がひとつだけでなく、ふたつ載ることになる。見出しに売春婦と自殺の文字が躍るだけで、新聞は飛ぶように売れるだろう。社交界の連中は、人の転落を見るのがなにより好きだからな」

フィオーナの膝はわなわなと震えていた。「グレイとの結婚の約束を取り消すなんてできないわ」

カービーは平然とブランデーを飲んだ。「それなら仕方がない、きみを許せるだけのゆとりがグレイに残っていることを祈ろう――父親にまつわる恥ずべき事実が表沙汰になって、フォートレスが危機にさらされても」

なんて冷酷非情な人だろう。でも、現実的な話をすれば、もしかしたら……。「あなたにお金を支払うには、結婚して持参金を手に入れなくてはならないのよ」

「きみは機転の利く女性らしい」カービーはさらに言った。「金を工面する手だてくらい、思いつくだろう」そしてフィオーナの喉元に視線を落とし、母の形見の首飾りをぎらついた目で見つめた。

フィオーナはむかむかした。「考えてみるわ」ほかにどうしようもなかった。「でもその前に、あなたが知っていることを——妹やグレイのお父さまの秘密を口外しないと誓って」

「きみの妹やグレイを破滅させたいわけじゃない。だが、必要とあればそうする。この悪夢を終わらせたければ、とにかくこちらの指示どおりに金を持ってくること——そして、グレイと距離を置くことだ」カービーはブランデーを飲み干してグラスをサイドボードに置くと、上着の袖を引っ張った。「そのことを心に留めて、今夜の舞踏会を楽しむんだな。グレイやほかのだれかに怪しまれたくない」

フィオーナはかろうじてうなずいた。いますぐ部屋を出てカービーから離れないと、この憎たらしい顔を平手打ちするか、頭にデカンタを叩きつけてしまいそうだ。

けれども、これでなすべきことははっきりした。

リリーとグレイを救う方法が、カービーに金を払ってグレイと縁を切るしかないのなら、その両方を実行するしかない。

たとえ母の首飾りをあきらめることになっても。

たとえグレイと自分が深く傷つくことになっても。

グレイを一生愛そうと思っていたけれど、ふたりで過ごせる時間はあとひと晩しかない。

一夜を共にして——そして、さよならを告げるつもりだった。

28

フィオーナの父親は、グレイが予想していたような人物ではなかった。ハートリー氏はこめかみのあたりの髪が銀色で、身長もグレイより数インチ低かったが、どんなパブで喧嘩をしようと引けを取らないくらい屈強な男性に見える。そして妻と違って見栄というものにまったく興味がなく、率直かつ明瞭に話す人だった。

グレイはハートリー氏を書斎に招き入れると、暖炉のそばに置いてあった革張りの安楽椅子をすすめた。それから不意に十八の若者になったような気がして、そわそわとクラヴァットを緩め、両肩をまわした。「なにか飲みますか?」

ハートリー氏はうなずいて安楽椅子に腰をおろし、書斎を見渡した。きっと埃っぽい書棚や色あせた絨毯に気づいただろう。「どうやら何時間も机に向かっているような方ではなさそうですな」彼は言った。

それが批判なのかほめ言葉なのかはかりかねて、グレイは肩をすくめた。「汚れますが、外で働くのが好きなんです。だからといって、伯爵の務めをおろそかにはしませんが」彼はふたつのグラスにブランデーを注いだ。

「それは結構」ハートリー氏はグラスを受けとると、ブランデーをゆっくりと口に含んだ。

「娘たちがなぜあれほど早く来るようにせっつくのかわかりかねていたのですが、夕食の席でフィオーナを見てわかりました」

グレイはどきりとした。「と言いますと？」

「フィオーナがあなたを見るときのまなざし――そしてあなたが娘を見るときのまなざしを見て、気づかないはずがありません」

グレイは向かいの安楽椅子に腰をおろすと、まっすぐに彼を見た。「複雑なお気持ちでしょう。わたしのことはあまりご存じないが、お嬢さんにはできるかぎり幸せになってほしいと思ってらっしゃる。しかしわたしは、お嬢さんのことをとても好ましい女性だと思っています。できれば結婚したいとも」その言葉を――自分の気持ちをおおっぴらに口にしてすっきりした。「フィオーナを大切にして、彼女を幸せにするために全力を尽くすと約束します。どうか祝福していただけないでしょうか」

ハートリー氏はなにも言わずに、グレイがさらになにか言うのを待っているように彼を見つめた。

とうとう沈黙に耐えきれなくなって、グレイは口を開いた。「もちろんフィオーナは伯爵夫人となり、その称号に伴う責任を負うことになります。しかしそれでも、スケッチをし、家族や友人たちと楽しく過ごす時間はふんだんにあるでしょう。わたしたちは一年の大半をロンドンで過ごしますが、ここフォートレスでもロンドンでも、ご家族を歓迎します――お好きなときにいつでも」

ハートリー氏は少し困ったような笑みを浮かべた。「あなたはなぜ、フィオーナと結婚したいとお思いかな？」

グレイは傍らのテーブルにグラスを置いて、身を乗りだした。「それは、彼女が思いやりがあって、才能豊かで、美しくて……」

「それから？」ハートリー氏は先を促した。

フィオーナの父親は、簡単には解放してくれそうになかった。父親なら当然だろう。だが、自分の気持ちを語るのは外国語を話すのと同じくらいむずかしい。とにかく、フィオーナのおかげでどんな気持ちになるか語って、つじつまが合っていることを祈ることにした。

グレイは立ちあがって、書斎のなかを歩きまわりながら言った。「フィオーナといると、まわりの世界を違う角度から――もっとよく見てみようという気になります」

「それから？」

「フィオーナがほほえむと、冷え冷えとした陰気な部屋にいても、天気のよい夏の戸外にいるような気分になります。彼女にはつまずいたり転んだりするそそっかしいところがありますが、ささいなことで思わぬ心づかいを見せてくれます」

「たとえば？」

グレイは顎を撫でてしばらく考えた。「たとえば、年配の女性になにかと優しくしてくれたり――恐ろしいことにも勇敢に立ち向かったり……」くそっ、ぜんぶほんとうだが、言わなくてもいいことまで話してしまった。だが、まだ言っていないことがある。いまこの瞬間まで気づかなかったことが。

フィオーナを愛している。

そんなことはあり得ない、できるはずがないと思っていた。だが、この二週間のうちに、心の奥底にあるなにかが変わった。

凍てついたツンドラのような心が溶けた――フィオーナのおかげで。

ハートリー氏は咳払いをした。瞳が意味ありげにきらめいている。「娘は――わたしのフィオーナは特別です。気丈な娘でしてな。あれの母親が亡くなったとき、家族みんなが打ちひしがれましたが、なかでもフィオーナの悲しみようはひどかった。一年ほど、毎晩泣き疲れて眠っていたものです。それがある日、朝食の席でわたしにこう言った。『お父さま、ゆうべお母さまの夢を見たの。もう泣くのはやめなさいって言われたわ。そして勇敢になりなさいって。お父さまとリリーを頼むわね、と』……。そういう娘です」

「いかにもフィオーナらしいお話ですね」グレイは言った。「献身的で、こうと決めたらあとに引かない」

「わたしはフィオーナになんでも最高のものを与えようとしました。フィオーナとリリーのためにできるだけのことをしようと――たとえそうすることでふたりから疎遠になり、親としての役目を継母に任せることになろうとも。いま思えば、フィオーナの期待に応えられないことを恐れていたのでしょう」

「お言葉を返すようですが、ご自分に対して厳しすぎるのではないでしょうか。フィオーナはあなたを慕っていますよ」

ハートリー氏は深々と息を吸いこむと、なにかを振り払うようにかぶりを振った。「わたしが無数の過ちを犯したというのに……。いや、言いたいことはこうです。フィオーナには幸せになる権利がある。愛される権利が」

「まったくおっしゃるとおりです」

「わたしはフィオーナになんでもしてやりたいのです。そしてフィオーナはあなたを望んでいる。喜んで祝福しましょう。ただし、条件がひとつ――フィオーナの気持ちをつねに思いやっていただきい」

グレイはほっとして息を吐きだした。「ええ、お約束します」立ちあがってハートリー氏と握手しようと手を差しのべたが、驚いたことにハートリー氏は彼を抱きしめて、ぽんぽんと背中を叩いた。

「あなたの人生はこれからどんどんいい方向に変わっていくでしょう。こちらの館を明るく変えられる者がいるとしたら、それはフィオーナをおいてほかにありません。フィオーナを見くびっていたら、いずれ痛い目に遭いますよ」

グレイはハートリー氏の肩をつかんでまっすぐ目を見た。「フィオーナのことで学んだことがひとつあるとするなら、彼女と賭けをしていけないということです」

フィオーナが舞踏室に向かうころには、すでに晴れ着姿の人々がぞろぞろと入場して、風変わりで美しい壁の装飾を首を伸ばして見まわし、感嘆の声をあげていた。グレイと祖母は舞踏室の正面の入口を入ったところに立ち、客たちを丁重に迎えている。来場した客は、ほとんどが村の住民か、近隣の領地から来た人々だった。

室内の雰囲気は、まさに舞踏会そのものだった。祭りのようににぎやかで、ささやかな魔法がかけられているような気がする。

そんな浮かれた空気とは裏腹に、フィオーナの気持ちは沈んでいた。でも、悩みを打ち明けられる人はだれもいない。カービーが表沙汰にしようとしている秘密や、そのことで脅迫されていることは、だれも知らないのだから。そんなことよりフォートレスでの最後の夜をできるだけ楽しもうと思いなおして、血色をよくするために頬をつねり、髪を撫でつけて、テラスドアから舞踏室に入った。

「やっと来たのね！」母が声をあげてフィオーナの腕を取り、人混みへと引っ張った。「ちょうどいま、リリーに呼びにいってもらおうと思っていたところだったのよ。さっきお父さまと少し話して――レイヴンポート卿と結婚するんですってね。夢のようだわ――わたしの娘が、伯爵夫人だなんて」ハートリー夫人は片手でぱたぱたと顔を仰いだ。

フィオーナは心臓が止まる思いだった。「お願いだからお母さま、気の早い期待はやめてちょうだい。正式にはまだなにも決まっていないの。なにも発表していないのよ」

なにも発表していないし、発表されることもない。グレイとどこかで話せる時間が取れ次第、まだ婚約を発表することはできないと伝えるつもりだった。あれほどなりふりかまわず彼を追いかけて、期限があると繰り返し念押ししていたのに、突然心変わりした理由を説明しなくてはならないなんて。

だが、ひとつ考えがあった。

「なんですって」母は目を丸くした。「ばかおっしゃい。レイヴンポート卿から結婚を申しこまれたのよ。こんなにたしかなことはないし、間違いなくおめでたいことで――」

「ソフィーが考案した飾りつけは素晴らしいと思わない？」フィオーナは話題を変えようとした。「まるで魔法の森みたい。妖精が現れても驚かないわ」

ハートリー夫人は険しい目で彼女を見た。「今夜の催しを台なしにしないでくれるわね、フィオーナ。わたしたちが長年努力してきたのはこの日のためなの。ミス・ヘイウィンクルの学校にあなたたちを行かせ、つねに戦略を練り、身分の高い人たちにぺこぺこして――」

「でも、わたしは一度も――」

ハートリー夫人はフィオーナの腕をぐいと引っ張り、娘を振り向かせた。「これはあなたひとりの問題じゃないのよ」

母の言うとおりだった。そう、これはリリーと父とグレイにも関わる問題だ。その三人のために正しいことをしなくてはならない。それに母と口論することだけは避けたかった。フィオーナは穏やかに言った。「そうね、たしかにお母さまの言うとおりだわ。肝に銘じておくわね。さっきはちょっと神経が高ぶってしまったの。気を静めて、落ち着いて振る舞うようにするわ」

ハートリー夫人は眉をつりあげた。「わかっているならいいのよ。伯爵がうまくその気になってくれたのだから、いまさらあなたのほうから引っくり返すようなことはしないでちょうだい」

フィオーナは思わず反論しそうになって、言葉をのみこんだ。「ええ、わかったわ、お母さま」そしてリリーとソフィーを探しにいこうとしたとき、ハートリー夫人が入口のほうに目をやって眉をひそめた。「どなたかしら？　あの方は」

フィオーナは継母の視線の先に目をやり、グレイに向かって優雅に手を差しだしている美しい女性を見つけた。グレイはその手を取ってお辞儀している。顔をあげた彼の顔には、なぜ来たのかとでも言いたげな表情が浮かんでいた。それを見て、フィオーナははっとした。

「レディ・ヘレナだと思うわ――レイヴンポート卿が以前婚約していた」

「そんな人が、ここになにをしに来たのかしら？」ハートリー夫人が口にしたのと同じ疑問をフィオーナも考えていた。

「――お話中にお邪魔してごめんなさい」レディ・キャラハンが横目で伯爵とレディ・ヘレナを見ながら小走りに近づいてきた。それどころか、彼女だけでなく舞踏室にいる人々の半分がふたりに注目していた。伯爵を袖にしてまだひと月もたっていない女性が、特別な招待客のような顔をして彼の舞踏会に涼しい顔をして現れたことにだれもが驚いている。「いま、レディ・ヘレナがなにをしに来たのかと話していたでしょう？　人づてに聞いたんだけれど、レディ・ヘレナのおじさまがこちらのお隣に領地を所有されてらっしゃるそうなの。その方から、親族を連れていってもかまわないかと聞かれたものだから、大奥さまは礼儀正しく承諾なさったんですって。でも、よもや孫を振った女性が平然と現れるなんて、夢にも思わなかったでしょう」

「でも、現れたのね」フィオーナはささやいた。

「恐れることはないわ」ハートリー夫人が娘を鼓舞するのは珍しいことだった。「あの方に比べたら、あなたのほうがあらゆる点で勝っているもの。ガウンや装飾品は、あなたが身につけているものに遠くおよばないわ」

そうかもしれないが、レディ・ヘレナはそれでも輝いていた。白いシルクのガウンは袖口と裾に銀の刺繍が施されていて、その簡素だが優雅な仕立てが彼女の美しさをいっそう引き立てている。だが、フィオーナがうらやましく思ったのは、レディ・ヘレナの染みひとつない肌でも金色の巻き毛でもなかった。そんなことより、彼女の自信と品のよさがうらやましい。レディ・ヘレナは岩から落ちたり、人前で自分の足につまずいたりするような不器用な女性でない。それは、お気に入りの真珠の首飾りを賭けてもいいほどたしかなことだった。

レディ・ヘレナは正真正銘のレディとして生まれ育った。おかげで、平民の娘にはとてもまねできない——ミス・ヘイウィンクルからいくら口うるさく言われても身につかなかった品の良さが自然と備わっている。

フィオーナはすっと息を吸いこんで、そんなことはなにひとつ関係ないと自分に言い聞かせた。カービーに言われたように、どのみちグレイとは結婚できないのだから。

グレイがわたしに恋をしていなくてよかった——わたしはもうグレイに夢中になっている

けれど。そのほうが、『あなたとは結婚できない』と彼に伝えるのが楽になる。グレイは打ちのめされて少し傷つくだろうけれど、きっと立ちなおるはず。

わたしが立ちなおるよりずっと早く。

29

招待客たちを出迎えるのは、グレイが舞踏会を催したくない理由のひとつだった。今夜だけで、去年一年交わしたより多くの握手をし、上品な会話を交わしている。いまはただフィオーナを見つけて、彼女の父と話したことを伝えたかった。

あれからハートリー氏が言ったことを考えていた――彼はフィオーナにできるだけのことをしてやりたいと思っていたのに、それができなかったと感じている。そして自分と娘たちが疎遠になってしまったことを、フィオーナと同じくらい残念に思っているようだった。おそらく脅迫されていることをフィオーナが父親に打ち明けたら、ふたりで協力して醜聞が広まるのを防げるのではないだろうか。そうすれば、親子の距離も縮まる。

そのほうがフィオーナは幸せなはずだ。ぜひともそうなってほしい。

それにフィオーナには、妹を守るために結婚する必要がないことをわかってもらいたかった。どちらにしても自分はフィオーナを助けるつもりだし、それは彼女の父親も同じはずだ。

切羽詰まって結婚を決めてほしくない。まだ手だてはあることをわかってもらわなくては――そのうえで自分を選んでほしかった。

そして、どうやってこの気持ちをフィオーナに説明しようかと考えていたときに、ヘレナが現れた。まるでローマ神話の女神が、下等な人間の風変わりな舞踏会に降臨したかのように。

「こんばんは、グレイ」

左隣に立っている祖母が、孫の言葉をひとことも聞き漏らすまいと耳をそばだてているのをひしひしと感じた。彼は頭を傾けて応じた。「レディ・ヘレナ」

「招かれざる客でなければいいのだけれど」

「正直言って、困惑している」

ヘレナは目を伏せた。「あなたに謝らなくてはと思っていたの」

「それを、わたしが催した舞踏会の最中に伝えるのがいちばんだと思ったのか？」

ヘレナは悔いているふりをするだけの礼儀はわきまえていた。「あなたがどうしてこんなことをするようになったのか――なにが変わったのかしらと思って……」そして、飾りつけのされた舞踏室に目をやって感嘆をあらわにした。「素敵だわ。こちらのお屋敷には、わたしが思っていたよりも変わる余地があったのね」

以前は、ヘレナの口からそんな言葉を引きだすためならなんでも差しだしただろう。

だが、いまは――彼女にどう思われようとなんとも思わない。恨みもなければ、気を引きたいとも思わなかった。認められたいとも思わない。

それより、自分の計画の邪魔をしてほしくなかった。「好奇心が満足したのなら、もう――」

『ここにいる理由はないだろう』と言う前に、祖母にそっと腕をつかまれた。礼儀をわきまえろということだ。

「――今夜はゆっくり楽しんだらいい」と言いなおした。

ヘレナは思わせぶりなまなざしで彼をちらりと見あげると、「そうさせていただくわ」と言って、隣にいる祖母に目を向けた――取りすまして、孫の元婚約者をよく思っていないことを態度で示している。だがヘレナはひるむ様子もなく、自分の戴冠式に出ていくような顔をして舞踏室のなかほどに進んでいった。

これからなにか不吉なことが起こるように遠くで雷の鳴る音がしたが、客たちの顔は晴れやかだった。

ほとんどの招待客が到着して、ようやくフィオーナを探す余裕ができた。グレイは祖母を、緑の飾りつけが施された格子のそばに連れていって座らせた。ほかにも年配の婦人たちが何人かいて、みんなでダンスフロアを眺めている。「なにか飲み物を持ってきましょうか、おばあさま?」

「いいえ、結構よ。わたしは大丈夫。あなたは楽しんでいらっしゃい」祖母は瞳をきらめかせた。「フィオーナと最初に踊ったらいいわ」

「わたしもそう思っていたところです」グレイは祖母の柔らかな頬にキスした。

フィオーナはすぐに見つかった。ターコイズ色のガウンを着て、舞踏室の向かい側で村の住民と話している。

彼女のほうに踏みだしたちょうどそのとき、だれかに肘をつかまれた。

「ここにいたのか」と言ったのはカービーだった。ブランデーのグラスを渡されたが、フィオーナのところに行こうとしていたところを邪魔されたので、グレイは苛立った。「話があるんだ」

グレイは首の後ろを掻いた。「いいとも。だが、手早く頼む。人を探しているんだ」

「フィオーナ・ハートリーのことだ」

グレイはにわかに真顔になった。「フィオーナがどうかしたのか?」

「少し様子がおかしいと思わないか?」

グレイは親友の顔をまじまじと見た。「どういう意味だ?」

カービーは困惑したように眉をひそめた。「さっき夕食のあとで彼女と話したんだが、どうも——落ち着きがないんだ。まるで、なにか後ろめたいことがあるような……」

「考えすぎだ。大方、舞踏会のことで頭がいっぱいだったんだろう。フィオーナとリリーとソフィーは、ずっとこの部屋の飾りつけにかかりきりだったから」

「そうかもしれないが……」カービーはダンスフロアのほうをグラスで指し示した。「きみが探しているのは彼女なのか?」

「そうとも。くそっ——いまカーターとワルツを踊っている」グレイはぶつぶつ言うと、主人役としての務めを果たすことにした。「牧師のお嬢さんにダンスを申しこむとしよう。きみも紳士の務めを果たしたらいい」

カービーは鼻を鳴らした。「そんなことをして、なにが楽しいんだ?」

「好きにすればいいさ」グレイは肩をすくめた。「面倒には巻きこまれるなよ」

同じことを自分にも言い聞かせながら、グレイは牧師の娘を見つけてダンスフロアに向かった。踊っているときにフィオーナと何度か目が合ったが、そのたびに彼女の手を取り、背中に手を添えているのが自分だったらよかったのにと思わずにはいられなかった。フィオーナに対する気持ちをはっきりと自覚した以上、早く彼女に伝えたくてたまらない。

だが一度目のダンスが終わって牧師の娘を母親の元まで連れていき、そこからまたダンスフロアに目を戻したときには、フィオーナはパン屋の男と踊っていた。

フィオーナと踊ることはできそうもないと思ったが、二回目のダンスが終わったときに、彼女が祖母と言葉を交わして舞踏室を急ぎ足で出ていくのが見えた。

ようやく人混みから離れて話せる。彼女をつかまえなくては。


フィオーナがグレイの祖母の寝室に入ると、降りはじめた雨が窓を叩き、風が窓枠をがたつかせていた。カーテンを閉め、グレイの祖母が化粧台の上にあると言っていた柄付き眼鏡を見つけて、ふと鏡に映る自分を見た。心のなかの不安が顔に出ていないのが不思議なくらいだ。舞踏室をしばらく離れられてよかった。おかげでいまは、なにも心配ごとはないというふりをしなくてすむ。ほどなく涙でハンカチをびしょ濡れにすることになるだろうけれど。

柄付き眼鏡をグレイの祖母に渡したら、どうにかしてグレイと話をしなくてはならない。なるべく人に会わないようにしたかったので、館の奥にある階段を使って舞踏室のある階におりた。廊下に面した部屋のほとんどは締めきられていたが、ひとつだけドアがわずかに開いている部屋があった。フィオーナがそのドアに近づいたとき、男性が小声で呼ぶ声がした――フィオーナ。

首すじがひやりとした。カービーとまた顔を合わせることだけは願いさげだ。

「フィオーナ」ふたたび声がした。「わたしだ――グレイだ」彼が入口から顔を出してにこりとしたので、フィオーナはその場でくずおれそうになった。いったい、どうしたら結婚できないなんて伝えられるかしら？

「グレイ？　こんなところでなにをしてるの？」

グレイは廊下の左右を見渡した。「きみを待っていた」

フィオーナは柄付き眼鏡を見せた。「これを――あなたのおばあさまに持っていかないといけないの」

「わたしが渡してこよう」グレイは廊下にさっと出ると、眼鏡を受けとった。「この部屋で待っていてくれないか。すぐに戻る」

「以前にも似たようなことを言われたことがあったわ」フィオーナはからかった。「あのときは、お庭で真夜中に何時間も待たされたような気がするけれど。それもひとりで」

グレイが近づいて、片手を腰にまわしたので胸が高鳴った。「今度はそんなことにならない」

「待ってるわ」彼に話さなくてはならない。「でも、どうか急いで」

「ドアに鍵をかけて、わたしがノックするまで開けないでくれ」そう言いのこして、彼は舞踏室に向かった。

フィオーナは窓のない部屋に入って鍵をかけた。部屋はとても狭く、小さなテーブルに一本のろうそくが置いてあって炎が揺らめいているだけだ。フィオーナはろうそくを取りあげて周囲を見まわした。衣装箪笥よりかろうじて広いくらいで、端から端まで、どちらの方向にも四歩も歩けないように見える。片側の壁は一面が棚で、黄色いリネンや埃をかぶった陶磁器、壊れたガラス製品を入れた籠がしまいこんであった。部屋の中央にある小さなテーブルがふつうより高いのは、テーブルクロスにアイロンをかけたりするのに使われていたのだろうか。質素な椅子がテーブルの片側に置いてあったが、座る気にはなれなかった。

ろうそくをそっとテーブルに戻して、落ち着かない気持ちで待った。

それほどたたないうちに、ノックの音がした。「グレイだ」

よかった。ドアを開けると大柄でたくましい彼が勢いよく入ってきて、たちまち部屋が窮屈になった。彼はドアに鍵をかけて振り向くと、待ちきれないように抱き締めてくれた――ずっと会いたかったように。

思わずすすり泣きそうになった――自分も会いたかった。いまはさよならを言いたくない。

グレイは彼女の顔を両手で挟んで、飢えたように唇を貪った。腰を押しつけられた拍子に後ろのテーブルにぶつかり、ろうそくがひっくり返りそうになった。

グレイは片手でろうそくをつかむと、高い棚に置きなおした。狭い部屋に柔らかな光が広がった。「フィオーナ、きみに触れるのを――きみを味わうのを永遠に待たされていたような気がする」

「わたしも会いたかった」フィオーナは胸が締めつけられるように苦しかった。

「いいか」彼は真顔でつづけた。「わたしはヘレナを招待しなかったし、ここにいてもらいたいとも思わない。騒ぎを起こさずに追いだすことができればそうしていた」

その言葉は魂に染みわたった。たとえグレイとの将来が望めなくても、これまで彼と分かち合ってきたことは真実であってほしかった。「ありがとう。でも、そんなことはどうでもいいの」

「そう、たしかにそのとおりだ」グレイは彼女をひょいと抱きあげてテーブルの角に座らせた。「あの舞踏室にだれがいようと、そんなことはどうでもいい。たとえ王太子殿下がお越しになったとしてもそれは変わらない。わたしにとって、今夜はきみだけなんだ。たったいまから」

なんてこと……。ここで止めるべきだった。彼のキスでまともなことがなにも考えられなくなる前に――言うべきことを彼に告げる決心が崩れさる前に。けれども、もう唇を塞がれて、彼の手があらゆる場所に――首すじを撫でおろし、胸を包みこみ、両脚のあいだに滑りこんでくる。

どうしても止めなくてはならないのに、彼の髪に指を差し入れ、彼の腰に脚を巻きつけ、奔放にキスを返していた。

屈服するのはそんなにいけないことかしら——彼との最後の夜を味わうことが？ 欲張りすぎかもしれないけれど、胸のなかにひっそりとしまいこんでおくための大切な思い出がほしい。もう一度、愛されていると感じたい。

「なんて美しいんだ……」グレイは首すじに唇を滑らせて、むきだしになっている肌の隅々までキスした。「夕食のあいだじゅう、テーブルの向かいに座っているきみを見て、ガウンを脱がせることを考えていた——わたしのものにすることを」

「このままでも充分危険なことをしているのよ」声がかすれた。「ガウンは脱げないわ」

グレイはうなった。「いいとも。なんとかするさ」

彼は屈んでガウンの裾をまくりあげ、フィオーナがぎょっとするのもかまわず太腿まであらわにした。それから腰を抱きかかえてドレスをウエストまで引っぱりあげ、それからそっとおろした。いまはテーブルの滑らかな天板に下半身が直接乗っている。

彼がにやりとして床に膝をついたので、フィオーナの心臓は高鳴った。「あの田舎家で過ごして以来、もう一度これをしたいと思っていた」

彼はフィオーナの太腿を押し広げると、顔を近づけて入口をそっと味わったが、すぐに大胆に舌を使いはじめた。フィオーナが背中を弓なりにしてたまらず腰を突きだすと、彼はうめいて——その振動がたまらなく気持ちよくて、フィオーナは体をこわばらせた。それを知っていたかのように、彼は跪いたまま左右の膝を抱えあげて自分の肩に乗せ、フィオーナの腰を固定した。

愛する人が跪いて、わたしを歓ばせるために一心に奉仕してくれている。グレイは愛することはできないと言っていたけれど、これは……。もし愛でないとしたら、ほんものそっくりのまがい物の愛だ。

みだらな舌の動きと愛撫で快感はさらに膨れあがった。頭を反らし——強烈なうねりにとうとう耐えられなくなって、歓びの声をあげて自分を解き放った。

心地よい余韻があった。快感のさざ波になおも洗われていると、グレイが立ちあがって真剣な顔で見おろした。「何度でもきみを味わいたい。これからもずっと」

フィオーナは口元をほころばせたが、ほんとうは胸を引き裂かれるようにつらかった。どうにか立ちあがって、彼の体に身を預けた。「あなたに話さなくてはならないことがあるの、グレイ」

グレイは彼女の頭に手を置くと、下唇を親指の指先で撫でた。「わたしが先に話してもかまわないか？　頼む」

ひたむきなまなざしで言われると拒めなかった。「……もちろん」

「さっき、はじめて気づいた。わたしたちの婚約は契約としてはじまったが、きみがわたしにキスをしてからフォートレスを描くまでのあいだに、もっとずっと重要なものになった」

この言葉をどんなに聞きたかったことか……。けれども、いま言われてもどうにもならない。「わたしもあなたが好きよ。最初に結婚を申しこむ手紙を書いたときは、まさかこんなふうになるなんて夢にも思ってなかった」

「わたしもだ」グレイは彼女を抱きあげ、喜びを抑えきれないように狭い部屋の真ん中でくるりとまわった。「きみを愛している、フィオーナ・ハートリー。だれも愛せないと思っていたのが、この二週間で変わった。きみが変えてくれたんだ」

涙が湧きあがった。「ほんとうに？」

彼はうなずいた。「わたしはあの日以来、魂の抜け殻だった。生きているようで、ほんとうには生きていない――こう言えばわかってもらえるだろうか。それがいま、きみの目で世界を見るようになった――可能性と期待に満ちた世界を」

「そんなに素敵なことを言われたのははじめてよ」フィオーナの胸は締めつけられるようだった。

「きみに早く伝えたくてたまらなかった」彼はフィオーナの頬を撫でながら言った。「さあ、今度はきみの番だ。わたしに言いたいことがあるんだろう」

「ええ」――けれども、たったいま心を打ち明けてくれたのに、婚約を取り消すなんてできない。そのうえ身勝手にも、今夜一緒に過ごそうとするなんて――運命がもっと優しかったらどんなふうか、味わいたいばかりに。「でも、いまでなくていいの」

自分がなにをしようとしているのかわからないまま、彼のベストとズボンのボタンを外した。経験がないことは気持ちで補うしかない。

本能に導かれるままにグレイを押しやって、テーブルの角に座らせた。思いきっていきり立ったものを握って上下に動かすと、彼は歓びの声を漏らしたが、床に跪こうとしたところで押しとどめられた。

「待て。ガウンが台なしになる」彼は後ろにあった椅子をつかんで、フィオーナの後ろに置いた。椅子を前にずらして腰をおろすと、ちょうど高さが――これからしようとしていることにぴったりだった。

迷わず彼のものをくわえこんで上下に動いた。彼が気持ちよさそうにしていたので、今度は先端を舌で舐めまわした。彼が荒い息をついてうなったので、ふたたび口のなかに彼のものをおさめて強く吸った。

「フィオーナ……」グレイはテーブルの端をつかんだ。「きみに魂を奪われそうだ」

彼の言葉が手がかりだった。彼がうなり、あえぎ、体をこわばらせるたびに、どんなことが気持ちいいのかわかる。自分にそんな歓びをもたらす力があると思うとわくわくした。

今夜は、ふたりが織りなすタペストリーの新たな部分にほかならなかった。またひとつ壁を壊し、新たな記憶が刻まれる。

「フィオーナ」彼がしわがれた声で言った。「頼む……やめてくれ」

なにかいけないことをしたのかと思って顔をあげたが、グレイはすぐに彼女を立ちあがらせ、おずおずとキスをした。

「きみがほしい――いますぐ」

彼のうなじの巻き毛に指を滑りこませた。「わたしはあなたのものよ」それはほんとうだった。たとえ彼と結婚できなくても、心は彼のものだ。これからもずっと。「きみは素晴らしい」彼はフィオーナの額に自分の額をつけた。「わたしは、だれよりも幸せな男だ」

フィオーナは涙をこらえた。ここで泣いたらすべてが台なしになってしまう。彼との最後の夜をめそめそしたものにするわけにはいかない。だから彼にキスをした。

グレイはそのまま彼女をテーブルに押しやると、そっと後ろを向かせた。フィオーナはテーブルに両手をつき、肩越しに彼を見た。彼はふたたびスカートをまくりあげたが、今度は布地をテーブルの上にまとめた。

恥ずかしくてたまらなかったが、グレイがこれでいいというようになったので気持ちが少し楽になった。

彼の手がストッキングのちょうど上に触れ、太腿の内側を這いあがった。コルセットに包まれた乳首が硬くつぼまるのがわかる。

後ろから首筋にキスされて、下腹部がかっと熱くなった。

彼の指が入口を探り当て、襞を愛撫してなかに滑りこんだので、思わずあえいだ。

下腹部の中心が脈打ち、もどかしい感覚が全身に広がった。「グレイ。あなたがほしいわ」

彼は耳の下にキスをして耳たぶを甘噛みすると、両手を彼女の腰に滑らせて、つま先立ちになるまで持ちあげた。そしてとば口に自分のものをあてがった。

「ああ……」彼がじわじわと入りこんでなかを満たし、ゆっくりとリズミカルに動きだすと、くらくらするような快感が広がった。

「気持ちいいか？」

「ええ」息を切らして答えた。とても……気持ちいい。なにも考えられなくて、ふたりがつながっているところだけに集中した。彼の動きに合わせて、迎え入れるように腰を動かす。彼の荒い息づかいと、喉の奥から漏れるうなり声に耳を澄ませた。いまこの瞬間、彼はわたしのものだ。彼のすべてが――わたしのもの。

「いくんだ、フィオーナ」

「また？」そんなことができるのかわからなかったが、下腹部の甘い疼きはたしかに解放されることを求めていた。

彼が前から手を脚のあいだにを滑りこませて、いちばん敏感な部分を巧みに探り当てた。

「大丈夫だ、セイレーン。みだらなことを考えるだけでいい」

それはたやすく想像できた――ミス・ヘイウィンクルが垣間見ただけで卒中を起こしてしまうようなことだ。

グレイの指が剥きだしの肌の上を這いまわる。

彼が舌を動かして味わい、わたしが歓びの声をあげるて、みだらな指が快感をもたらす……。

「ああ！」

絶頂は完璧な日の出のように花開いた――ゆっくりと、甘く、熱く。たとえようもない快感が体のなかを駆け抜け、巻きひげが伸びるように体の端々に行きわたっていく。

それと同時に、彼ものぼりつめた。うなり声と共に彼が熱いものを解き放ったのを感じる。そのあいだじゅう、しっかりと抱いて名前をつぶやきつづけてくれた。

しばらくして、彼は疲れきってぐったりと上半身を預けた。彼の重みも、子犬のようにうなじに鼻をすりつけてくるのもいとおしい。「大丈夫か？」優しくささやかれて、目頭が熱くなった。

「ええ。でも、わたしは――」

「待て。なにか拭くものを探そう」彼はいったん離れると、すぐにリネンのナプキンを手に戻ってきて、脚のあいだにそっと押しあててくれた。「さあ、これでいい」フィオーナのガウンを慎重におろし、またナプキンを取って自分をきれいにした。

シャツの裾をズボンのなかに押しこんでボタンをはめながら、彼はこの世界を与えられたように満足げにほほえんだ。「素晴らしかった」近づいて、フィオーナの顔を両手で挟んだ。「きみは素晴らしい。今夜、婚約を発表するのが待ちきれないくらいだ」

ああ、それは……。フィオーナの目に涙がこみあげた。喉が苦しい。「そのことなんだけれど――」

ドーン。いきなり轟音が響いて、ガラスが割れる音がした。大勢の人が叫んでいる。

それが舞踏室の方向から聞こえた。

グレイは眉をひそめた。「何ごとだ？　わたしは行くが、きみは少なくともしばらくここにいてくれ。安全だとわかるまで舞踏室には戻るんじゃない。できるだけ早く戻る」そう言うと、心のこもった短いキスをして体を離した。

「愛してるわ、グレイ」口にしたときには手遅れだった。ほんとうのことだけれど、言うべきではない言葉。なぜなら今夜を最後に、ふたりが一緒になることはないのだから。自分のせいで彼がすべてを失い、彼の家名に傷がつくようなことがあってはならない。

「わたしも愛している」彼はちらりとほほえんだ。なんて温かくて、純粋で、幸せそうな笑顔。そして、彼は廊下に飛びだしていった。

涙をこらえている彼女の前で、ドアは閉まった。

30

グレイはリネン室を飛びだすと、舞踏室に向かって廊下を急いだ。さっきの轟音はなんだったのだろう？　考えるだに恐ろしい。

シャンデリアがだれかの上に落ちたのだとしたら？　漆喰天井の大きな塊がだれかの頭の上に落ちたのだとしたら？　大ごとだ。

胃がきりきりした。祖母を見つけて、無事かどうかたしかめなくてはならない。

側面の入口から舞踏室に駆けこんだ。よかった、シャンデリアはちゃんとさがっているし、天井も無傷だ――だが、舞踏室の奥がめちゃくちゃだった。

一見すると、テラスに通じるフレンチドアに向かって、だれかが破城槌さながらに大きな木を突っこませたように見える。葉の生い茂った枝々がガラス戸を突き抜けて、木の破片が寄せ木張りの床に散乱していた。室内を風が吹き抜けて、濡れた楽譜をそこらじゅうに飛ばしている。客たちのほとんどはその場所のまわりに集まっていた。

グレイは近づこうとして、カービーを見つけた。「けが人はいないか？」大声で尋ねた。

「何人かが切り傷やひっかき傷を負ったようだが、深刻なけがを負った人はいないようだ」

割れたガラスや窓枠でだれかがけがをしないように、彼は両腕を広げて人々をさがらせていた。「テラスはまだ見ていない」

「祖母は？」グレイはすでに、フィオーナの家族とハウスパーティに呼んだ客たちを人々のなかに見つけていた。「祖母をだれか見ませんでしたか？」

「さっきお話ししていたんですよ」ハートリー夫人が言った。「そうしたらものすごい音がして、髪の毛が総毛立ちましたわ。それから木が飛びこんできて……」取り乱して、ハンカチで口を押さえた。

「祖母は――」グレイはゆっくりと言った。「祖母はどこにいましたか？」

「あちらに――飾り付きの格子のところに」ハートリー夫人はがれきのほうに手を振った。「木が飛びこんできたあとは、もうなにもかもめちゃくちゃでしたわ。ガラスが降ってきて、みなさん逃げ惑って。この世の終わりかと思いましたよ」

グレイは額に手を当て、人々に言った。「どうかご同伴の方々のご無事を確認していただけますか。それから、足下に気をつけて、客間へ移動願います」

客たちはガラスの破片や濡れた葉、木のかけらをこわごわよけながら右往左往していた。グレイはそのなかにホープウェル医師を見つけて声をかけた。「けがをした方の手当てをお願いできますか？」

「もちろんですとも」

「カービー、みなさんをここから連れだしてもらえないか？　召使いに、タオルとお茶を運ぶように指図してくれ。わたしは祖母を見つけ次第、客間に行く」

カービーは彼の肩を叩いて力強くうなずいた。「任せてくれ。大奥さまもきっとご無事だ」

　グレイは倒れた木の幹を跳び越え、むきだしの根に近づこうとした。だが、破壊されたドアの残骸に邪魔されてそれ以上進めなかったので、首を伸ばして外の暗いテラスを見た。

「だれかそこにいますか？」

　聞こえるのは降りつづく雨の音と、遠くでとどろいている雷の音だけだった。

　倒木のまわりを見まわして、テラスに出る道を探した。フレンチドアがあった場所の片隅に、どうにか這って通り抜けられるくらいの空間がある。肘をつき、這いつくばって、狭い穴に頭を入れた。

「おばあさま？」自分のなかの一部は、返事が聞こえることを望んでいた。なぜならそれは意識があって――生きているということだからだ。だが残りの部分では、この修羅場のどこにもいないでほしいと願っていた。ハートリー夫人は木が突っこんでくる前にフレンチドアのそばに座っていたと言っていたが、おそらく前触れがあってその場を離れたのだろう。

　狭い穴から抜けだし、よろよろと立ちあがった。「おばあさま」もう一度呼びかけた。「どなたかいますか？」

　外壁にさがっていたランタンを取り、倒木の枝の下をひとつずつ見てまわった。木の重みでテラスにあった大理石のベンチがひとつつぶれているが、幸いそこにはけがをしている人も抜けだせなくなっている人もいなかった。降りしきる雨で上着もベストもびしょ濡れになりながら、石造りのパティオのそばにある木の根元をたしかめた。折れて、焼け焦げてぎざぎざになった根元が小型の火山のように突きだしていた。テラスと芝地の境目に、シルクハットの十倍ほどの穴が開いている——落雷の痕跡だ。

グレイはほっとしてため息をついた。祖母は外にはいない——木の下敷きにもなっていない。どういうわけかだれも姿を見ていないが、館のどこかにいてショールにくるまり、温かいお茶を飲んでいるのだろう。それとも寝室にいて、いまごろ侍女が上掛けをたくしこんでいるか。とにかく、無事ならどこかにいるはずだ。

舞踏室に戻るにはまた這いつくばらなくてはならなかったので、館の外を歩いて客間に向かった。なかにいたペンサム卿が気づいて、フレンチドアの鍵を開けてくれた。「いま、カーターにきみを探しにいってもらったところだ。大奥さまはこちらでぴんぴんしていらっしゃる。風が強くなって窓ががたつきはじめたころに、侍女がここに連れてきてくれたそうだ」

「よかった……」グレイは人混みをかき分けて暖炉のそばに座っている祖母に近づき、しっかりと抱きしめた。「大丈夫ですか、おばあさま?」

「もちろんですよ。大丈夫でないわけがないでしょう?」

「舞踏室があんなことになったものですから、一時はどうされたのかと……」彼は祖母の手の甲にキスした。「ご無事で安心しました」

「みなさんも、せいぜい引っかき傷程度で無事ですよ」祖母は手を振って部屋じゅうを指し示した。客たちはあらゆるソファ、長椅子、椅子に座って、飲み物を飲みながらがやがやとおしゃべりしている。「あの木が倒れたおかげで、今夜の舞踏会はこの先何十年も語りぐさになるでしょうね」

「わたしもそう思います」祖母はいつも、悪い状況のなかで明るい兆しを見つける。

「まあ、びしょ濡れじゃないの。風邪をこじらせる前に着替えたほうがいいわ」祖母はそう言って眉をひそめた。「それから、お医者さまにも診てもらいなさい。手から血が出ているわよ」

「大したことはありません」グレイはそれから室内を見まわしてフィオーナを探した。まだリネン室にいるのだろうか。

それを見透かしたように、祖母は茶目っ気たっぷりに言った。「フィオーナならあそこにいますよ。村のご婦人たちをいたわっているわ」

グレイは祖母の目線をたどって、部屋の隅にフィオーナを見つけた。燃えるような赤毛とターコイズ色のガウンの大胆な組み合わせが絵になっている。

彼女は小さなサンドウィッチやスコーン、ビスケットを盛った大皿を持って、年配の客たちのあいだをまわっていた。いまはピアノフォルテの椅子に座っているぽっちゃりした白髪の老婦人のところで立ち止まり、大皿を置いて自分のショールをすすめているところだ。老婦人が遠慮してもフィオーナは譲らず、笑顔でシルクのショールを彼女の肩に掛けている。

彼女の一挙手一投足を目で追わずにはいられなかった。自分では不器用でなにかと失敗をしでかすと思っているかもしれないが、それは違う。彼女は思いやりを体現したような人だ。優しくて、思慮深くて、まわりにいる人々を——わたしも含めて——ほっとさせる才能がある。

今夜の舞踏会は、ふたりの婚約を祝福してもらう特別な催しになるはずだった。だが、すべてはあの雷で変わった。

だが、なにも特別な催しにする必要はないのではないだろうか。

首を伸ばして、フィオーナに気づいてもらおうとした。その視線を感じたようにフィオーナは顔をあげ、ふたりの目が合った。

彼女の瞳には安堵と愛情が浮かび、それから――ふっと曇った。おそらく、残念に思っているのだろう。

今夜の催しがこんなふうになって、フィオーナはがっかりしているはずだ。無理もない。だがそんな状況は、すぐに立てなおすつもりだった。

まわりより一段高くなるように、小さなスツールに飛び乗った。「みなさん、ご注目いただけますか？」

人々はすぐさま静かになり、だれもが彼を見てつづきを待った。

「まず最初に、今夜あのようなことでお騒がせしたことを心からお詫び申しあげます。大きなけがをなさった方がひとりもいらっしゃらなかったのは幸いでした。ご協力およびご理解いただき、心より感謝申しあげます。とりわけ、いつも頼りにしている友人のカービーが、みなさんを助けてくれました」

何人かの客がグラスを持ちあげた。「乾杯！　乾杯！」

グレイがカービーのために乾杯の声かけをすると、カービーは照れたように手を振った。

拍手が静まると、グレイはさらにつづけた。「みなさんご承知のとおり、このフォートレス——そして一族の領地は長年放置されていました。舞踏会も、夕食会も、そのほかの祝いごとも一切なかった。しかし、わたしはそうしたことをすべて変えようと思っています——今夜から」

室内に期待するような空気が満ち、何人かのレディがひそひそとなにごとかささやきあった。

グレイはフィオーナのことを思って、少し練習する時間があればよかったと思った。凝った婚約指輪もなければ、花束もない。だが、フィオーナがほんとうに望んでいるのはロマンティックなことだろう。いつものひねくれてむっつりした伯爵の役から一歩踏みだして、彼女がどんなに大切な存在か伝えるつもりだった。

そのために詩を書いた。それも下手くそな詩。きっと恥をかくだろう。カービーからは一生からかわれる。しかしそれでフィオーナが幸せになるなら、やってみる価値はあるはずだ。

気持ちを落ち着けて、胸ポケットからしわくちゃになった紙を取りだした。

「わたしは少しも詩を書くような男ではないんですが、けさ早く、特別な人のために数行書きました」そこでさっきフィオーナがいたところを振り向いたが、彼女は見当たらなかった。きっとこの人混みのどこかにいるはずだ——おそらく妹か祖母と一緒に。

そして見つけた。ドアの横で、悲しそうな表情を浮かべている。

すっと息を吸いこんで朗読をはじめた。

「彼女の美しさには　どんな人魚もおよばない
彼女との弓の勝負にも　挑もうとは思わない
馬で行こうがボートで行こうが
彼女がいれば　わたしの悩める魂は舞いあがる」

ひどいものだ。紙を見つめて、最後の二行を読みあげた。

「彼女と共に　未来の夢を描こう
永遠に　よりよい自分になるようにあがきながら」

何人かの女性がため息をついたが、男性は少なからず含み笑いを漏らした。
グレイはそれを無視して詩の書いてある紙をポケットにしまいこみ、改めて口を開いた。
「今夜の舞踏会はお祝いのつもりで開きました。じつは、みなさんにお知らせしたいことが――」さっきフィオーナがいたドアのほうに目をやったが、彼女はいなかった。
「相手はだれだ、レイヴンポート？」カーターが大声で尋ねた。「もったいぶらないで、さっさと教えてくれないか」

グレイは客間を見まわしたが、フィオーナの姿はどこにもなかった。気を悪くしたのだろうか。詩など書いたものだから、びっくりしてしまったのかもしれない。「今夜発表するつもりでしたが——どうやらいまは、あまりふさわしくないようです」

「いいえ、いまがそのときよ」

なんだって？　グレイが声のしたほうを見ると、ヘレナが金色の巻き毛をさっと肩の後ろに払っていた。彼女は人々のあいだを縫うようにして近づいてくると、考える間もなく彼を引っ張ってスツールからおろし、隣に立って腕を組んだ。

「違う」グレイは小声で言った。「きみは誤解している」

ヘレナはその言葉が聞こえなかったようににこやかにほほえむと、ほかの人々に向かって言った。「みなさんにお知らせするのに、いまほどぴったりのときはありません。わたしたちは、やはり一緒になる運命だったのです。このたび、改めて正式に婚約しました。いまはほんとうに幸せです」

「違う」グレイはきっぱりと繰り返したが、客たちはすでに歓声をあげ、ふたりのために乾杯をはじめていた。グレイはヘレナから離れたが、もう手遅れだった。フィオーナの父親が顔をしかめて客間を出ていくのが見えた。ハートリー夫人はリリーの腕につかまり、扇子でぱたぱたと自分を扇いでいた。よろよろと椅子に腰をおろした祖母は、一気に十年くらい老けこんだように見える。

いったい、どうしてこんなことに？

ほかの女性たちがお祝いを言おうとヘレナのまわりに群がる傍らで、グレイはまたもやスツールに飛び乗った。「みなさん、聞いてください」ざわざわした声が徐々に静まって、客たちはふたたび彼を見た。「レディ・ヘレナとわたしは婚約していません」

驚きの声があがり、人々のあいだに戸惑いが広がった。

「先ほどの詩は、別の女性――ミス・フィオーナ・ハートリーに捧げたものです。しかし彼女はここに――いないようだ」魂をさらけだし、心の内を言葉にし、今夜すべてを分かち合ったあとで、彼女は行ってしまった。

フィオーナは違うと心から信じていた。彼女なら、ふたりが直面するどんな嵐も乗り越えていけるほど勇敢だと。だが、たった一度の嵐――文字どおり本物の――で、彼女は逃げだしてしまった。その理由がどうしてもわからない。

フィオーナを探しにいきたかった。あらゆる疑問に対する答えが頭のなかで渦巻いている。だが、彼女には時間と、距離を置くことが必要なのかもしれない。いまできることは被害を少なくし、さらにまずい状況になる前にこの集まりをお開きにすることだった。

「みなさんと同じように、ミス・ハートリーも今夜のできごとで動転してしまったのかもしれません――舞踏室で大惨事が起きていたかもしれないことを考えると、無理もないことでしょう。もろもろのことを考え合わせると、このつどいはここでお開きにしたほうがよさそうです。みなさんの馬車に、玄関の前に並ぶように知らせましょう。村まで馬車が必要な方は、わが家の馬車でお送りします。従僕が傘を差して、馬車まで付き添いますので」

客たちはいくぶん心残りな様子で飲み物を置いて、別れの挨拶を交わしはじめた。グレイが早めのお開きを詫びようと室内をまわっていると、ヘレナが青い瞳に怒りの炎をひらめかせて目の前に立ちふさがった。

「とんでもない過ちを犯したわね」ヘレナは冷ややかに言った。「わたしはあなたの誇りを回復させてから、あなたを取り戻すつもりだったのよ。金庫が空っぽで、こんな崩れかけたお屋敷でも結婚してあげるつもりだったのに、よくもよりを戻す機会を台なしにしたわね」

「わたしはよりを戻すつもりなどまったくなかった。その気があると思ったのならきみの思い違いだ。そもそもきみは、今夜来るべきではなかったんだ、ヘレナ」

「いまはそう思っているわ。あなたはわたしにふさわしくないもの。高貴な血が一滴も入ってない不器用なお金持ちのお嬢さんのほうが、ずっとお似合いだわ。でも、その方も考えなおしているんじゃないかしら？　あなたはたしかにハンサムよ。でも、それより受け入れがたいのは、あなたの冷えきった心なの。あなたが人を愛せるとわかってもらうには、ひどい詩を数行書いたくらいでは足りないでしょうね」

「たしかにそのとおりだ」グレイはゆっくりと言った。「ただし、フィオーナについては、きみはまったく思い違いをしている。彼女は賢くて、優しくて、忠実な人だ。そして高貴な生まれではないかもしれないが、たしかにレディだ――あれほど心が広くて、思いやりがある女性をわたしは知らない」

「なんて感動的なせりふかしら」ヘレナが冷たく言った。「人魚を引き合いに出すより、そのどれかをさっきの詩に使えばよかったのに」

グレイは話を切りあげることにした。「カービー!」グレイに呼ばれて、カービーが怪訝そうに近づいてきた。「すまないが、レディ・ヘレナをおじの馬車まで連れていってもらえないか?」

「喜んで」カービーが腕を差しだすと、ヘレナはこわばった手をその腕に置いた。出口に向かいながら、ヘレナは肩越しに振り向いて捨て台詞を吐いた。「あなたを悩ませているものは、漆喰や木材や釘では直せないわよ。そもそも直せないんじゃないかしら」

「——そんなことはありませんよ」グレイが振り向くと、隣に祖母が立っていた。「なんだろうと、直そうという意志があれば直せます」

グレイは祖母の肩を抱き寄せた。「ありがとうございます、おばあさま。残念ながら、今夜はわたしが思い描いたような夜にはなりませんでした」

祖母は肩をすくめた。「まだ取り返せるかもしれないわ。とにかく、フィオーナのことをあきらめてはいけませんよ」

「ご心配なく。あきらめるつもりなどありませんから」フィオーナがすでにあきらめていなければいいのだが——。「しばらくおひとりにして大丈夫でしょうか? リリーと話したいんです」リリーならフィオーナへのことづけを頼めそうだった。

「行きなさい。わたしはそろそろ休みますからね。あとは侍女が助けてくれるでしょう」祖母はグレイの手をそっと叩いた。「明日の朝、話を聞かせてちょうだい、デイヴィッド」

グレイは祖母の頬にキスをすると、ピアノフォルテの前に座ってしんみりしたメロディーを弾いているリリーのところに向かった。

「いい曲だ」彼は話しかけた。「なんという曲なのかな？」

「わたしが作った名もない曲です」リリーは弾くのをやめて彼を見た。彼女のまなざしや声に責めるようなところはなかったが、それでもグレイは後ろめたかった。「あなたと姉のあいだになにがあったのかは存じません。でも姉がさっき、客間を出ていったときにつらそうな顔をしていたことは知っています」

「フィオーナを傷つけてしまってすまない」彼は懸命に言った。「仲直りしたいんだが……」

「でしたら、お話しする相手が違います」

「わかっている。そこできみの助けがどうしても必要なんだ。わたしのことづけをフィオーナに伝えてもらえないだろうか？」

31

ハウスパーティのあいだ姉と共有しているベッドの足下で、リリーはグレイのことづけをひとつずつ指折りながら伝えた。「お姉さまを悲しませたことを直接謝りたいんですって。時間と場所を決めて、ぜひとも会ってほしいそうよ。できることならいますぐここに来たかったと思うわ。でもいまは、招待した方々が無事に帰れるように気を配らなくてはならないから」

フィオーナは心がばらばらに砕け散ってしまったことを悟られないようにうなずいた。

「……ほかには?」

リリーは気の毒そうにほほえんだ。「なにも。でも、レイヴンポート卿はほんとうに真剣だったわ。あの方の話を聞くつもり?」

答えるかわりに、フィオーナは衣装箪笥につかつかと近づき、旅行鞄を引っ張りだしてベッドの上に放った。

「お姉さま?」リリーは納得が行かずに尋ねた。「荷造りなら明日、朝食のあとにすればいいでしょう。いまはもう休んだほうが——」

「お父さまとふたりで、今夜発つことにしたの」フィオーナは鞄をぐいと開け、ブラシと装飾品とローブを放りこんだ。「——馬車が到着したらすぐに」

リリーは唖然とした。「え？　真夜中に？　どうして明日の朝いちばんに出発しないの？」

「詳しくは説明できないわ――ひとつ言えるのは、あとひと晩でもここで過ごすのは無理ということよ」もしそんなことをしたら、グレイの腕のなかに駆けこまずにはいられなくなる。そうしたら、カービーのことも打ち明けたくなって――でも、それはできない。グレイが失うものが大きすぎる。

リリーはがっかりしてベッドに腰をおろした。フィオーナはさらにストッキングやそのほかのこまごましたものを鞄に詰めこんだ。なにを入れたかほとんど見ていないし、気にする余裕もない。舞踏会で着たガウンすら着替えないつもりだった。グレイと同じ屋根の下で過ごす時間が長くなるほど、決心が鈍ってしまいそうだから。

とりわけ、あの詩を聞いたあとでは。

あれはひどい詩だったけれど――感傷的でつたない言葉の一つひとつがいとおしかった。

「レディ・ヘレナのせいで苦しんでいるの？」リリーが尋ねた。「あの方が騒ぎを起こすために来たのは明らかだわ。結局恥をさらして終わったけれど。伯爵もあの方の茶番には動じなかったでしょう」

「茶番って？」

「お姉さまが客間を出たあと、レディ・ヘレナはレイヴンポート卿とよりを戻してまた婚約すると宣言したの」

「それでお父さまはあんなに怒ってらしたのね」フィオーナはつぶやいた。父は寝室に戻ろうとしていた彼女を呼びとめると、娘の泣き濡れた顔を見て、グレイを八つ裂きにすると言った。フォートレスからただちに連れだしてと頼んだのはそのときだ。父はかつてのように娘を溺愛する父親に戻って、願いを聞き入れてくれた。

「伯爵はみなさんの前でレディ・ヘレナの発言を否定したわ。そして追い払った」リリーはさらに言った。

「それはよかったわね」フィオーナはかぶりを振ると、ベッド脇のテーブルに置いてある置き時計をたしかめた。父と館の前で、十分後に待ち合わせすることになっている。「でも、わたしが動揺しているのはレディ・ヘレナのせいではないの」

リリーは姉の手を取り、はっとするほど強く握りしめた。「伯爵がなにを言ったのか、なにをしたのか知らないけれど、あの方に傷つけられたのなら、わたしがかならず思い知らせるわ。お姉さまはあの方を思いやって、理解もしていたのに。もしあの方がお姉さまをたぶらかしていたのなら、わたしは――」かわいい顔をゆがめて、リリーはつづけた。「なにか手だてを見つけて、あの人の人生を生き地獄にしてやるから」

妹がこんなに怖くなるなんて知らなかった。「お願いだから、そんなことはしないで」涙がこぼれた。リリーがそこまで考えているなんて。なおさらカービーにお金を払わなくてはならない。妹を――そしてグレイを、なんとしても守らなくては。「グレイはわたしを傷つけていないわ。あの人となら幸せになれると思ったのだけれど――つい最近、それは無理だとわかったの」涙がさらにこみあげた。「もう行かないと……。残りの荷物は、あなたとメリーでまとめて、明日一緒に持って帰ってもらえるかしら？」

「もちろんよ。わたしも一緒に下まで行くわ。お父さまに挨拶しないと」リリーはフィオーナの肩にショールを掛けると、鞄を持つと言い張った。「わたしは明日の朝、お母さまと一緒に出発するわ。午後におうちで会いましょう」

フィオーナは顔を伏せ、グレイに会いませんようにと祈りながら玄関広間を足早に横切った。「おうちでまた話しましょう」

「それまで思いきったことはしないと約束して」リリーが言った。

「思いきったことって、たとえば？」

「たとえば、ガウンを燃やすとか、その美しい髪を切って、女子修道院に入るとか、そうしたことよ」

リリーはいつも、わたしを笑顔にする方法を知っている。「約束するわ」

玄関の石段をおりると、馬車の横に立った父が御者に大声で指図していた。フィオーナとメリーに気づいた父は、娘たちのところに急ぎ足で来ると、フィオーナを先に馬車に行かせ、リリーの額にキスした。

ほどなくフィオーナと父を乗せた馬車は出発し、水たまりと轍だらけの私道をガタゴトと走りだした。フィオーナは馬車が大きく揺れるたびに父親がぶつぶつ言うのを無視して、フォートレスが小さくなっていくのを後ろの窓から見守った。

ほんの一週間前にここに来たときは、一週間後には婚約して、脅迫者に払うお金も入手できると思っていた。

それがいま、なにも得られないまま去ろうとしている。

婚約者も。

お金も。

今後の見通しもない。

ただ、グレイとの苦く甘い思い出が残って――そうなっていたかもしれない夢のような光景を垣間見ただけだった。


グレイは寝室をいらいらと歩きまわっていた。フィオーナはかならず来る。リリーはことづけを伝えてくれるだろうし、フィオーナと今夜あれだけのことを分かち合ったのだ。来ないはずがない。ふたりで、これ以上ないほど親密なときを過ごしたのだから――それも、親密になったのは体だけではない。

フィオーナは愛していると言った。

たしかに自分は愛の営みのあとですぐにその場を離れて、いろいろなことを台なしにした。それからヘレナが騒ぎを起こした。

だから、フィオーナのために償いをするつもりだった。今夜から。彼女に対する気持ちを示して、わかってもらう。

だが刻々と時間が過ぎていくうちに、頭のなかに不安が広がっていった。

なにかがおかしい。

もしかしたら、ほかのことで気分を害したのだろうか。寝室を抜けだせるような状況ではないのかもしれない。それとも、いろいろなことがありすぎて、疲れきって眠ってしまったか。

どれひとつとっても、充分な理由になる。

だがなにか腑に落ちなかった。なにかほかに理由が……。

置き時計をにらみながら、辛抱強く待った。時計の針は二時を過ぎ、やがて三時になった。とうとう四時を過ぎたころ、思いきって廊下に出て暗闇のなかを進み、フィオーナの寝室の前で立ち止まった。ノックをしたくてたまらなかった――フィオーナが妹と部屋を共有していなければそうしていただろう。

部屋に戻って、夜明けまで、リネン室でしたことを頭のなかで繰り返し思い浮かべた。あの場を去らないですんだらどんなによかっただろう。

朝日の最初の光が射しこむと、グレイはまだ寝ているはずの従者を起こさずに顔を洗い、身支度をした。そして下階におりてフィオーナを待った。

食堂に最初に入ってきたのはペンサム卿と彼の弟カーターだった。ロンドンに早めに出発するという。

「『レイヴンポート伯爵家のパーティは退屈だ』とはもうだれも言わないだろうな」カーターは片目をつぶってグレイと握手した。

「おかげで楽しい一週間だった」ペンサムが付けくわえた。「気晴らしになったし、一緒に滞在した人々も素晴らしかった」

つぎにおりてきたのはカービーとその父親のダンロープ卿だった。別れの挨拶を交わすと、ダンロープ卿はグレイの背中を叩いて言った。「きみがこの館を修復したがっている気持ちはわかるし、そうするのは大した心がけだと思う。だが、ときにはすっぱり見切りをつけて、前に進まないといけないこともあるものだ」彼はグレイを見て、気の毒そうにほほえんだ。

「おばあさまを大切にな」

グレイは言葉をのみこんでダンロープ卿と握手した。ダンロープ卿が馬車に乗りこんでいるあいだ、カービーはうんざりした表情で言った。「父のことを許してくれないか。父には夢がないんだ。衣食住を快適にするより――あるいは人生を純粋に楽しむより、金庫にある金を二十回数えるほうがましだと思っている」

グレイは肩をすくめた。「今週はいろいろと頼みごとをしてすまなかった。やはりきみは頼りになる」

「いつだってお安いご用だ」カービーは敬礼のまねをして馬車に乗りこんだ。

カービーの馬車を見送って玄関に戻ったグレイは、女性たちの話し声を聞いてほほえみを浮かべた。旅行用の服に身を包んだハートリー夫人とレディ・キャラハン、そしてリリーとソフィーがいる。

だが、フィオーナと父親の姿はどこにもなかった。

「みなさん、おはようございます」グレイは玄関広間で女性たちに挨拶した。フィオーナはどこかと聞きたかったが、懸命にこらえた。「朝食の席でお会いしませんでしたね」

「朝食を部屋まで運んでいただいたんです」ハートリー夫人は手袋を引っ張りながら、彼を見ずに応じた。「まだひどく疲れているものですから。まあ、あれだけ怖い思いをして、しかも落胆させられたあとでは当然だと思いますわ」

これは……。グレイはリリーを振り向いた。「姉上は——病気ではないんだろう？」

リリーはかぶりを振った。困ったような、同情するような表情を浮かべている。「最後に姉を見たときは元気でした。姉と父はゆうべ遅くに——というより、けさ早くに出発したんです。たぶん、いまごろはもうロンドンにいますわ」

なんだって？　知らないうちに、どうやって出発したんだ？　まだなにも埋め合わせをしていないのに。彼は額に手を当て、懸命に気持ちを落ち着かせた。

「出発する前に話したいと思っていたんだが……」

「閣下のことづけでしたら伝えました」リリーの言葉に、グレイはなおさら胸をえぐられた。フィオーナはこちらが会いたがっていることを知っていた——それなのに荷物をまとめて、帰ってしまうとは。

だが、彼女を責めるわけにはいかない。もっと早く愛を告白する機会はたくさんあった——図書室で、森の家で、そしてボートのなかでも。その機会をことごとく無駄にしてしまった。

ハートリー夫人が聞こえよがしに鼻を鳴らし、侍女を従え、レディ・キャラハンと共に脇を通り過ぎていった。「さあ行きますよ、リリー。早くロンドンの快適な家に戻りたいわ」

リリーはおとなしく母のあとにしたがったが、グレイの前で立ち止まった。「フィオーナのことをほんとうに大切に思ってらっしゃるのでしたら、気持ちが整理できるように、しばらくそっとしておいていただけますか」

グレイはうなずいた。ただし、フィオーナには時間がもうない。

二日後に脅迫者に金を払わなければ、リリーとハートリー家の人々全員が破滅することになる。

そんなことを許すわけにはいかない。

32

「なにをしているの？」ロンドンのタウンハウスで、フィオーナの広い寝室の入口からリリーの声がした。

「え？」フィオーナは泥棒の現場を押さえられたようにどきりとして宝石箱から目をあげると、母の形見の首飾りを慌てて箱に戻し、パチンと蓋をした。「ハウスパーティに持っていったものを片づけていたの」ロンドンには昨日戻ったばかりだが、グレイにはもう一週間も会っていないような気がする。彼が恋しかった――この胸の痛みが消えることがあるのかしら。

「なにか悩みごとでもあるのかと思って」リリーが言った。

「そう思うわよね。最近、あまり話ができなくてごめんなさい。ちょっと自分のなかで整理したいことがあるの」

リリーはぎこちなくほほえんだ。「レイヴンポート卿も昨日ロンドンに戻ったの。また下に手紙が届いてるわ。一通目の手紙の隣に置いてある――もし読みたかったらだけれど」

読みたかった。とても。でも、読んだら彼に会いたくなって、また深い仲になってしまう――どうにもならないのに。「あとでお返事を書くわ」曖昧にはぐらかした。

いまはカービーに金を支払うのが先だった。サファイアの首飾りは、手持ちの宝飾品のなかでいちばん価値があるものだ。母の形見を手放すのは身を切られるようにつらいが、母ならきっとわかってくれる。ただ、首飾りがなくなったことをリリーになんと説明したらいいのだろう。形見はリリーのものでもある。たとえば、なくしたとか、盗まれたと言う？　嘘をつくのは嫌いだけれど、リリーを——そしてグレイを守るには、首飾りを手放すしかない。

「今日はどなたを描いているの？」リリーはフィオーナの机を指して尋ねた。机の上には紙と鉛筆とパステルが散らばっている。

人ではなく、物を描いていた——母の首飾りを。何年たっても、どんな首飾りだったか思い出せるように。

「大したものじゃないの」フィオーナは額に手をやった。「でも、あなたが来てくれてちょうどよかった。スケッチブックと日記帳を探していたの。見つからなくて、途方に暮れていたのよ」

リリーは眉をひそめた。「どうしてわたしが持っているの？」

どういうこと？　フィオーナはぞっとした。「どうしてって——フォートレスから持ち帰った荷物のなかに、日記帳とスケッチブックが見つからなかったからよ。だから、あなたが自分の荷物に入れたと思っていたの。お願い、そうだと言って」

リリーの顔が真っ青になった。「いいえ、持ってないわ」

フィオーナはくらくらした。「リリー、これは真面目に聞いているの。もしだれかにあの日記を読まれたら……」そんな——もしグレイに読まれたら——もうこの場で死んでしまいたい。

リリーは両手を揉み絞った。「でも、昨日の朝に荷造りしたときは、日記帳もスケッチも見当たらなかったわ。だからお姉さまが自分で持ち帰ったものとばかり……」

フィオーナははっとした。「大変。舞踏会の夜に、マットレスの下に隠して——すっかり忘れていたわ」

「それなら、たぶんまだその場所にあるわね」リリーは言った。「伯爵にお願いして、こちら宛に直接送るように手配してもらったらいいわ」

「ええ、そうね」フィオーナは日記帳とスケッチブックがだれにも見つからないことを祈った。グレイにあの日記を読まれたら、二度と彼に顔向けできない。人ひとりに羊が百匹いるような遠く離れた辺鄙な村で、残りの人生を過ごすしかなくなってしまう。それか、女子修道院に入るか。

「そういえば、もう一通手紙が届いていたわ。だれからかわからないけれど」

フィオーナはぞっとした。手紙をくれそうな人は何人かいる——いとこに、グレイの祖母、ミス・ヘイウィンクルの学校時代の友人。でも、脅迫者への支払い期限まであと一日しかないことを考えると、差出人がだれだかわからない手紙は脅迫者——カービーからのものに違いなかった。

思わず引きつった笑い声が漏れた。「きっと古い知り合いからだわ」

リリーの瞳がいたずらっぽくきらめいた。「それとも、秘密の崇拝者からかも。これからソフィーのところでお茶をしに行くんだけれど、お姉さまも来る？」

「ちょっと疲れたわ。少し横になったほうがよさそう」

リリーは心配そうに言った。「具合が悪いの？」

「いいえ、そういうわけじゃないのよ」フィオーナは素知らぬ顔で化粧台の鏡を見て、耳の後ろに巻き毛を撫でつけた。

「わかったわ。日記帳とスケッチブックが見つかるといいわね。わたしにできることがあったら知らせて――なんでも」

「ありがとう」どういうわけか不意に涙がこみあげて、フィオーナは慌てて化粧台の上にあるものを並べなおすふりをした。「それじゃ、夕食のときに会いましょう」

リリーが出ていくとすぐに、フィオーナは宝石箱のところに戻って母の首飾りを取りだし、頬に押しあてた。気のせいかもしれないけれど、母のにおいがするような気がする。どうにかしてこの花のような香り――母のなごりをスケッチに残したかった。もう少しも時間を無駄にできない。


一時間後、フィオーナは父の馬車のなかで、侍女のメリーと向かい合って座っていた。メリーがハミングしながら窓の外を眺めているあいだ、フィオーナは玄関広間の銀の盆に置いてあった差出人のわからない手紙の封を切って開いた。筆跡をひと目見て、いやな予感が現実になったことがわかった――カービーからの手紙だ。

親愛なるミス・ハートリー
なにを金と引き換えにするのか、もう一度思い出してもらおう。きみの妹の未来に、家族の評判、そしてグレイが持っているものすべて――フォートレスも含めて。きみがグレイと距離を置いて指示どおりに金をよこすなら、万事うまくいく。
だが金をよこさなければ、醜聞好きな新聞の読者は、めったにないおいしい話を目にすることになる――いまからクリスマスまで、話題には不足しないだろう。
明日の夜、われわれの取引が無事に終わるのを楽しみにしている。それを最後に、あの恥ずべき話は忘れようじゃないか。

取引が終わったら、カービーは前を向いて進むつもりかもしれないけれど、こちらはそうはいかない。恥ずべき秘密を公にするぞと脅されたことはけっして許せない。昼も夜も、そのおぞましい言葉は頭をついて離れなかった――ミス・リリー・ハートリーの母親は売春婦だ。

フィオーナはこぶしを握りしめた。カービーの首を絞めてやりたい。いいえ、もっと――。

「おかげんは大丈夫でしょうか?」メリーが心配そうにこちらを見ていた。「むずかしい顔をしてらっしゃったものですから」

「大丈夫よ」深々と息を吸いこんで、手紙をレティキュールの奥に押しこんだ。「少し気が進まない用事があるの。それが終わったらすぐによくなるわ」

馬車が止まると、メリーは外を見て首をかしげた。「気が進まない用事――公園で？　どなたかと会うんですか？」

「今日ではないの。今日はただ――散歩するだけ」そして、母の首飾りを隠すことになっている木を見つける。卑劣で強欲な男は、首飾りで口を閉じてくれるはずだった。


二時間後、フィオーナはそわそわしながら父親の書斎の前に立っていた。

公園で、首飾りを隠すことになっている木を見つけたけれど、父がお金を貸してくれるならその必要はなくなる――なにも理由を聞かずに。

父にはリリーの産みの親について話すわけにはいかない。そんなことを知ったら、父の弱い心臓は耐えられないかもしれないから。

フィオーナはドアをノックしようとした。

「――お父さまなら、けさ出かけたわよ」

「お母さま」フィオーナはぎょっとして振り向いた。継母のハートリー夫人が背後の廊下で、フィオーナがそこにいるのが気に入らないように少し顔をしかめていた。「いつお帰りになるの？」

「二、三日後ではないかしら。また何カ所か工場をまわるんですって。お父さまになにかご用？」

フィオーナは肩を落とした。父が期限までに戻ることはないし、手紙を出す時間もない。レティキュールの底に押しこんだ恐ろしい手紙のことを考えた。

「お母さま、お願いがあるの」

ハートリー夫人は片眉をつりあげた。「どんなことかしら？　レイヴンポート卿に関係したことなの？　ハウスパーティがあんなふうに台なしになったあとですもの、これ以上お付き合いするのはやめたほうがいいと思うわ」

グレイの名前が出て、フィオーナの胸は痛んだ。「この件は伯爵とはまったく関係ないと誓うわ。じつは、お母さまにお願いが――それも、かなり大きなお願いがあるの。お金を貸していただけないかと思って……」

ハートリー夫人はなにを言うのとばかりに手を振った。「こまごました物や絵を描く道具や身のまわりのものは、好きに買えばいいわ。支払いをお父さまにつけてもらえれば」

「そういう用途に使うものではないの」フィオーナは言葉を濁した。「じつは、まとまったお金が必要で……」

フィオーナから金額を聞いたハートリー夫人は、胸に手を当てて目を丸くした。「お父さまとわたしは、年ごろのレディがほしいと思うようなものはなんでも与えてきたわ。いったい、どうしてそんな大金が必要なの？」

フィオーナはいっとき目を閉じて答えた。「それは言えないわ」

「それならお金も用立てられませんよ」ハートリー夫人はふんと鼻を鳴らすと、眉をひそめてフィオーナを見た。「まさか、賭博をしているの？」

「いいえ」フィオーナは即座に答えた。「そんなことではないの。でも、ほんとうに重要なことなのよ。そうでなかったらお願いしないわ」

ハートリー夫人は踵《きびす》を返して歩きだした。「これまで甘やかしすぎたのね。与えられたものに感謝するかわりに、もっとほしがるなんて」

フィオーナはあきらめずに追いすがった。「お母さまのおっしゃるとおり、わたしはこのうえなく恵まれているわ。お母さまとお父さまのおかげで、なに不自由なく育ってきた。でも、今回はわたしを信じてほしいの。返せるようになったら、すぐにお返しするから」

ハートリー夫人はこらえきれずに笑った。「それじゃ、そのお金はどうやって用立てるつもり？　あなたが肖像画と呼んでいるあの落書きを売って用意するの？」彼女は客間に入ると、長椅子に腰をおろして額に手を当てた。「若い娘が肖像画を描いてお金をもらうなんて、家族の恥さらしになるようなことは許しませんよ。それに正直に言って、あなたのスケッチにお金を払う方がいるのかしら」

フィオーナは刺《とげ》のある言葉を無視した。「結婚したら、持参金のなかからお返ししようと思っているの」

「結婚？　わが家の外には、求婚者が列をなしているわけではないようだけれど」ハートリー夫人は歯に衣着せずに言った。「でも、それはまた別の問題。そのお金をなんに使うか話さないのは、あなたがなにかよからぬことに――まずくしたら犯罪に――巻きこまれているからだと考えて当然でしょう」彼女はうめいて目を閉じた。「侍女を呼んでちょうだい。湿布と――それから気付け薬も持ってこさせて」

「――わかったわ」これ以上言っても無駄だ。

お金を借りられなかった。父はロンドンの外にいる。そして明日までに結婚できる見込みもない。

となると、残された手だてはただひとつ――母の首飾りをカービーに渡すしかない。

彼女は呼び鈴を鳴らして侍女を呼び、寝室まで継母に付き添い、それから自分の寝室に戻った。

脅迫の件を解決することはできそうもないけれど、日記帳とスケッチブックを取り戻す手だてはまだある――そして、グレイに気持ちの整理をつけてもらうつもりだった。

机に腰をおろして、グレイ宛に短く、淡々とした手紙をしたためた。三度も書きなおしたことなど、彼にはけっしてわからないだろう。書きながら何度涙を拭ったか、一日のなかで何度彼のことを恋しく思っているかも。

そして、彼を守るためになにを犠牲にしたかも、けっして知られることはない。

33

親愛なるレイヴンポート卿
　ロンドンに戻ってすぐに、スケッチブックと日記帳をそちらのお屋敷にうっかり置いてきてしまったことに気づきました。両方とも、わたしが滞在していた寝室のマットレスの下にあるはずです。もしよろしければ、そのふたつを直接わたしに送っていただくようご手配願えないでしょうか。なおこの件に関して、個人的な秘密は尊重していただけるものと存じます。
　フォートレスを急いで離れなくてはならなかったことは申し訳なく思っていますが、状況が変わったのです。あなたに結婚を申しこんだのは軽率でした。今後はおたがい会わないようにしたほうがよろしいでしょう。

ミス・F・ハートリー

グレイは手紙を読んで当惑した。なにが変わったというんだ？　ふたりで一緒に過ごし、たがいに惹かれ合うようになって、愛を交わした。フィオーナは愛していると言った。そしていなくなった。まるでつじつまが合わない。
彼はいま、ロンドンのタウンハウスの書斎で、フィオーナからの手紙だけでなく、彼女とのやりとりをひとつずつ振り返っていた。

フィオーナは彼が届けさせた二通の手紙を同封していた——二通とも開封されていない。はっきりわかるのは、フォートレスにスケッチブックと日記帳を忘れていなければ、手紙などよこさなかっただろうということだ。

ここ数日、考える時間はたっぷりあった。祖母とも話したが、なにより自分の心の声に耳を傾けた。

それで確信したことがふたつある。

第一に、フィオーナと分かち合ったことは本物だった。それはいま座っている肘掛け椅子と同じくらい現実で、ブーツを載せているマホガニーの巨大な机の天板よりもたしかだ。ふたりの絆は空想ではない。たしかにはじめはクモの糸のように細くて頼りなかったが、彼女と会って話をし、キスを交わすたびに絆は強まり、川辺の木に垂らしたあの縄のように太くなった——見た目は少しぼろくなっているが、けっして切れない。

第二に、フィオーナは信頼に足る女性だ。自分が両親に顧みられなかったことやヘレナに冷たく突き放されたことは、フィオーナとはなんの関係もない。両親やヘレナは、自分自身の問題で弱くなり、自滅した。だがフィオーナは違う。彼女が祖母を気づかい、家族に忠実で、赤の他人に対しても優しくしていたことを自分は知っている。

そんな彼女が逃げだして殻のなかに閉じこもったからには、それだけの理由があるはずだ——もしかするとそれは、例の脅迫が元になっているのではないだろうか。距離を置く以前から、フィオーナは妹と家族のことでどんな脅迫を受けているのか、詳しいことを話そうとしなかった。

フィオーナはわたしがふたたび信頼することを学ぶまで、辛抱強く接してくれた。わたしが追い払うたびに、戻ってなだめてくれた。

それなら今度は、自分が辛抱強くなる番だ。なにを打ち明けても大丈夫だと、信じてもらわなくてはならない。どんな秘密だろうと、どんな危険があろうと、そばにいて彼女を守ると。なにがあってもあきらめはしない。

だが、距離を置いてほしいと言われているのに、彼女を愛していることをどうしたらわかってもらえるだろうか？　脅迫者から、どうやって彼女を守ればいい？

ノックの音がしてわれに返った。置き時計をさっと見ると、そろそろ夕食の時間だった。

「どうぞ」

執事が大きな茶色の紙包みを片手に乗せて入ってきた。「フォートレスの使用人からこちらが届きました」

「あとはわたしがやる。ありがとう」

フィオーナのスケッチブックと日記帳だということは開けるまでもなくわかっていた。仕事熱心なメイドがフィオーナが使っていた寝室で見つけて、気を利かせて送ってきたのだろう。

包みを机の上に置いて、慎重に開いた。フィオーナの一部と言ってもいいスケッチブックに早く触れたかった。彼女が耳の後ろによく挟んでいた鉛筆も、絵と絵の間に挟まっているかもしれない。

スケッチブックの上に、小さな革張りの日記帳が載っていた。一見して特別な物ではなさそうだが、このなかにはフィオーナの希望や不安、夢がつづられていて――このわたしについても、少しは書いてあるかもしれない。表紙をめくりたくてうずうずしたが、どうにかこらえた。

フィオーナがなにを考えているのか、知りたくてたまらない――だがそれは、彼女自身に打ち明ける準備ができてからだ。そんな日は遠からず来るという気がした。

ため息をついて机の端に日記帳を置き、スケッチブックを開いた。

フィオーナの描いたものは素晴らしかった。なかでも庭園の人魚の噴水と、お気に入りの大岩からの眺めと、彼女自身の肖像は見事な出来映えだ。彼女の内面の美しさが絵にも反映されている。それは、彼女ならではのみずみずしい感性がとらえた世界だった。

どのページにも、フォートレスで共に過ごした思い出のひとこまが描かれていた。見れば見るほど、彼女が恋しくなる。

最後のほうに、小さな紙が挟まっていた。大小ふたつの手が重ねられているスケッチだ。手のひらを合わせ、緩やかに指を組み合わせている――親密にくつろいでいる恋人たちの手だった。

わたしとフィオーナの手。

森の家でフィオーナと過ごした朝のひとときが、まざまざとよみがえった。

「旦那さま？」

ぎくりとして振り向いた拍子に、フィオーナの日記帳にぶつかって床に落とした。日記帳が木の床に落ちたのを見て、執事が近づいて拾おうとした。「わたしがやる、バーンズ」グレイは日記帳と、そのあいだからはらりと落ちた紙を拾いあげた。

「お邪魔して申し訳ありません、旦那さま。夕食の仕度ができました。大奥さまがお待ちです」

「ありがとう。すぐ行くと伝えてくれないか」

執事がうなずいて立ち去ると、グレイは手に持った紙切れに目を落とした。カービーがフォートレスで見つけたのと同じものだろうか。

好奇心を抑えきれずに、紙を開いて書いてあることを読んだ――最後まで。

その卑劣な言葉の一つひとつにかっとし、こぶしを握りしめた。

それとはべつに、なんとなく引っかかることがあったが、それがなんなのかはわからなかった。

夕食のあとでもう一度読みなおし、ほかのものと一緒に包みなおして、フィオーナの物をすべて届けさせることにした。

フィオーナの物をすべて――しかし、彼女を取り戻すのに必要なあるものは除いて。

夕方、フィオーナはシルクの袋をしっかりと胸に押しつけ、メリーを従えてハイドパークを歩いていた。雲が垂れこめて霧雨が降っているおかげで、ふだんのような人通りはない。昨日公園を歩いたのは、首飾りを置くことになっている場所をたしかめるためだった。手紙の指示にあった、サーペンタイン池の南側にあるいちばん背の高い木――木の根元近くにうろがある――をたしかめておきたかったから。そしてその木は、カービーが手紙に書いたとおりの場所にあった。

カービーの手紙によれば、公園には暗くなってから行くことになっていた。周囲にだれもいなくなるのを待って、見えないようにうろの奥深くに金を置き、ただちに公園を出る。彼をつかまえようとなにか罠を仕掛けたりしたら、すぐさま〈ロンドン便り〉に手紙が送られることになる。

手紙の指示には従うつもりだった――ただひとつ、現金のかわりに大切な母の首飾りを置くことを除いては。でも、カービーは文句を言わないはず。なぜならあの首飾りは、カービーが要求している金額の倍の価値があるものだから。

緊張することはわかっていたけれど、体がすくみそうなほど怖くなるとは思わなかった。足が思うように動かないし、振り向いてメリーに話しかけたときも舌がこわばっていた。

「ここで待っていてもらえるかしら。昨日ここから川に行くまでのあいだに扇子を落としたの。うちに帰る前に、ちょっと探してくるわ」

メリーは怪訝そうな顔をしたが、すぐにキャップをかぶった頭をひょいとさげて言った。

「お急ぎください、ミス・フィオーナ。もうガウンが雨で半分濡れてらっしゃいます」

フィオーナは目的の木に急ぐあいだ、ほとんど雨粒を感じなかった。木の前に来て屈み、うろの奥にシルクの袋を押しこむ。これなら通りかかる人も気づかない。とりわけ暗がりのなかでは。

ほうっと息をついて、なにもかもうまく行くようにと短く祈った。

だが、静寂を切り裂く雷鳴は紛れもなく悪い前兆だった。馬車に戻りながら、フィオーナは自分の魂の一部を木のうろに置いてきたような感覚にとらわれた。

34

心の内を否定することについて

一日のうちに彼のことを思い出して、顔を見たい、声を聞きたいと思うときがある。手をつないで、唇にキスしたい……。でもほとんどの時間は、正しい道を選んだのだと思っている。

彼が傷ついて、わたしに会いたがっているかもしれないとは思いたくない。彼の心はしばらく傷ついているかもしれないけれど、傷はすぐに癒えるはず。だって、そうでしょう？わたしたちの関係はふつうのお付き合いにはほど遠かった。ロマンティックなワルツや、温室で育てられた花々や、きらびやかな舞踏室のかわりにあったのは、ダンスフロアでの災難と、草木が伸び放題の庭園と、倒木だった。

グレイは、なにかとうまくいかなかったこの章に早く区切りをつけたいと思っているはず。そして、ふたりで過ごしたひとときはじきに遠い思い出になる。

けれどもわたしは、けっして彼を忘れない。ヒキガエルから守ってくれたことや、下手だけれど素敵な詩を朗読してくれたことや、わたしの名前を祈りの言葉のようにつぶやいてくれたことを。

けっして忘れない。

フィオーナは日記帳を閉じてため息をついた。日記帳とスケッチブックは、グレイが直接届けにきてくれるかもしれないと思っていたけれど、実際には従僕が届けにきただけだった。それから、グレイが日記帳に手紙を挟んでいるかもしれないと思って探してみた。それともなにか記念になるもの——押し花やハンカチのたぐいを。でも、そうしたものもなかった。

でも、文句を言えるはずがない。なにしろ、逃げだしたのはこちらのほうで、しかもグレイがせっかくくれた手紙まで送り返したのだから。それでも、心のなかの頑固な部分が、グレイはそう簡単にあきらめないと信じたがっていた。彼ならわたしのために闘って、ふたりが一緒になるための手だてを探してくれると。

でも、そろそろ現実を受け入れる潮時だ。グレイは白馬の騎士ではないし、わたしもお姫さまではない。幸せな結末はだれにでも用意されているわけではないのだ。それでも、大抵の女性よりは幸せだった——少なくとも、だれかを全力で愛する喜びを味わえたのだから。体と、魂と、心、そのぜんぶで。

日記帳を机の引きだしに入れて、文字どおり、思い出にきっぱり蓋をした。これで人生のひとつの章が終わった。でも、リリーはもう安全だ。これから数年のうちに恋に落ちて結婚し、子どもをもうけるだろう。

なにかが違っていれば、自分もそんな幸せをグレイと分かち合えたかもしれない。

ロングコートを着ているおかげで、グレイは土砂降りの雨でも濡れずにすんでいた。なによりコートのおかげで暗闇に溶けこんで、ハイドパークの木立や低木のあいだを動くことができる。彼は自分の推理が間違っていることを祈りながら、ひと晩じゅうカービーを尾行していた。カービーが、なんの罪もない女性を——しかも親友である自分が愛している女性を脅迫するなどあり得ない。

むしろ、そんなことを考えたことが後ろめたいくらいだった。しかし、フィオーナの日記帳にはさまっていた脅迫状の筆跡は、気味が悪いほどカービーの筆跡に似ていた。そしていちばん不安に思っていることがほんとうなら、フィオーナがいきなり姿を消したことの説明がつく。なぜわたしを拒んだのか。

カービーが賭博にのめりこんでいることは知っていた。だが、そういう男なら大勢いる。そのうえ、カービーに長年の愛人がいることも知っていた——カービーよりかなり年上で、自宅に連れてきて家族と夕食を共にすることができないような相手だ。

そんなことは少しも気にしていなかった。人生の最悪の時期にそばにいて支えてくれた親友は、真に尊敬に値する男のはずだ。

だから、カービーが真夜中過ぎに辻馬車でハイドパークに来て、雨に濡れた草を踏みしめ、追い剝ぎのようにうろついていることが理解できなかった。

帽子を目深にかぶりなおし、物陰に身を潜めて、二十ヤードほど距離を開けてあとをつけた。

やがて、カービーが立ち止まった。一本の木の前でしゃがみ、根元を手探りして幹のなかに手を伸ばしている。立ちあがりながら、なにか小さなものを上着の内ポケットに押しこんだ。そして左右の肩越しに振り返り、通りのほうに歩きだした。

グレイは胸がむかむかしかけていた。たぶん、ただの偶然の一致だ。フィオーナが脅迫者に金を払うことになっているのと同じ日の真夜中に、カービーがハイドパークをうろついて、秘密の場所からなにかを回収するなんて。

自分のなかの半分は、なにかほかの理由があるはずだという考えにしがみついていた。家に帰って、見たものを忘れるべきだと。

だが、もう半分は真実をたしかめたがっていた。これはカービーに直接たしかめるいい機会だ。もしこちらの間違いでも——そうであってほしかった——カービーならわかってくれる。

その考えが変わらないうちに、木陰から飛びだした。「カービー！」

カービーは振り向きもせずに駆けだした。

「待て！」グレイはあとを追って走りだした。ぬかるんだ地面にブーツの踵がめりこむ。

カービーは止まらず、猟犬のように走りつづけた。

「カービー、わかっているんだぞ！　男らしくわたしと向き合え！」

カービーは速度を緩めなかった。全速力で通りに向かい——ぬかるみで足を滑らせ、前につんのめった。彼が顔から地面に突っこみ、よろよろと立ちあがろうとしたところをつかまえ、襟をつかんで引っぱりあげた。そしてこちらを向かせ、瞳を見た。

「ここでなにをしていた?」

「……散歩だ」カービーはおどけた口調で言おうとしたのかもしれないが、そうはならずにうろたえて——後ろめたそうに言った。

グレイは彼を揺さぶった。「真夜中過ぎに、雨のなかで散歩だと?」

「おいおい、グレイ。べつに犯罪を犯してるわけじゃないんだ」カービーはグレイの胸をぐいと押しやった。「ところで、死ぬほど驚いたぞ。きみはわたしと違って、こんな時間に出歩かない人間だと思ったが」

「なにか厄介ごとを抱えているのか?」

「厄介ごとならいつでも抱えていただろう?」カービーは上着の袖で額を拭い、帽子を地面から拾いあげた。「賭けの借金を返すために、別の男から金を借りたんだ。だが、返す方法なら考えてある。なんとかなるさ」

グレイは全身の血が凍りつくのを感じた。「どうやって用立てるんだ?」

カービーは目を逸らした。「父さ。いやな顔をされたが、これが最後だと言ったら貸してくれることになった。金貸しの手下に息子が鼻の骨を折られるのがいやなんだろう——金持ちの女性をだまして結婚にこぎつけるには、醜男ではむずかしいからな」

グレイはその話を信じたかった。心の底から。「胸ポケットに、なにが入ってる?」

カービーは肩をすくめた。「なんの話だ?」

冷たい雨がグレイの髪からうなじへと流れ落ちていた。「さっき、上着のなかになにか入れたはずだ。木のうろに置いてあったものを」

「時計を落としたんだ。まさにその場所で。ほら」彼は上着の内側に手を入れ、真鍮の懐中時計を手のひらに載せて差しだすと、勝ち誇ったように笑った。「親切な地の精《ノーム》が、わたしのために金貨を何枚か置いていってくれたと思ったのか？」

「いいや。フィオーナがそうしたのかと思った」

「フィ――ミス・ハートリーのことか？」カービーは信じられないように尋ねた。

「上着のポケットに入っているほかのものを見せてもらいたい」

「なにをくだらないことを言っているんだ、グレイ。ぞっこんなんだろう？　大方ミス・ハートリーからばかげたことを吹きこまれたんだろうが、きみが信頼できるのは、このわたしだ。わたしたちは二十年来の友人だが、ミス・ハートリーと知り合ったのは、どれくらい前だ――二週間前か？」

「そうだ」二週間。それなのにフィオーナは、祖母を除いてだれよりも理解してくれている。

「やましいことがないなら、上着のポケットに入っているものを見せるんだ」

カービーは鼻を鳴らした。「ことわる。きみに対して、潔白を証明する必要はない」そう言って行こうとしたので、グレイは彼の肩をつかんで振り向かせ、上着の内側に手を伸ばした。

「なにをするんだ！」カービーはもがいて逃れようとした。

だがグレイは胸ポケットにおさまっていたものをすぐに探り当てて引っ張りだした。小さなシルクのポーチだ。試しに振ってみたが、金貨がぶつかるような音はしない。

カービーは降参するように両手をあげた。「わかった——これは秘密だったんだ」しどろもどろになった。「セレナに首飾りを買った。とんでもなく高価な首飾りだが、心の底から大切に思っていたらそういうこともしたくなるだろう。彼女のためならなんでもしてやりたいんだ」

「その気持ちはわかる」グレイはポーチの紐をほどいて、中身を出した。街灯の明かりはおぼろだったが、それでもサファイアが手の上できらめくのがわかった。見覚えのある首飾りだ。怒りがめらめらと湧きあがった。「これはフィオーナのものだ。亡くなった母親の形見でもある。そんな大切なものを手放すはずがない」

「いや、ただの模造品だ」カービーが言った。「人造宝石さ」

グレイは首飾りをそっとポケットにしまいこんだ。「おまえがフィオーナを脅迫していたんだな」

「彼女は金持ちで、宝石まで持っているじゃないか」カービーは吐きだすように言った。

「その首飾りがなくなったところで、どうということは——」

その言葉が終わらないうちに、グレイはカービーの顎を殴った。

「ちくしょう」カービーは口からしたたる血を拭った。「いままでずっと忠実な友だったじゃないか」

「忠実？　その意味がわかっていないようだな。おまえはわたしが愛している女性を脅迫した。彼女の家族全員を破滅に追いこむところだった。卑劣で、情けない男だ。そして、わたしの友人でもない。ほんとうなら決闘を申しこむところだが、いまは正々堂々と裁きをくだす気分じゃない」グレイはふたたびこぶしを振るい、カービーの鼻を殴りつけた。

カービーは痛みに顔をゆがめ、こぶしを振りかざして飛びかかってきた。

だがグレイはこぶしを払いのけると、カービーのみぞおちを何度も殴りつけた。しまいにカービーはグレイをつかんだまま地面にくずおれた。

グレイはカービーの肩を地面に押しつけた。カービーは鼻から血を流しながらじたばたして暴れた。

思い知ったか。

だがグレイが力を緩めた瞬間、カービーは転がってブーツに手を伸ばし、ナイフを手にぱっと立ちあがった。

くそっ。カービーを尾行する前に武装しようとは考えもしなかった。そろそろと立ちあがり、相手のまわりに円を描くようにじりじりと動いた。「男らしく決着をつけようじゃないか。名誉を重んじる者として」

「名誉とは笑わせるな。ここで決着をつけようじゃないか。いますぐ。要領のいいほうが勝つ」カービーがそう言って飛びかかってきたが、グレイはさっと飛びのいて刃をよけた。

ようやくわかった。カービーとは固い絆で結ばれていると思っていたが、それは幻だった

——たとえるなら中身のない、外壁だけの城のような……。たしかに秘密を守ってずっとそばにいてくれたが、単に都合がいいからそうしていただけだったのか。

グレイはコートを脱いで地面に放った。「もう一度、かかってこい」

カービーがナイフを手のなかでくるりとまわすと、刃がぎらりと光った。彼は草の上に落ちているコートをちらりと見た。「首飾りを渡してもらおう。わたしは夜明け前にロンドンを離れる。消息を聞くことは二度とないだろう」

グレイは一歩進みでた。「そうしてもらえるとありがたい。ただし、首飾りはフィオーナのものだ。彼女に返さないといけない」

「ご立派なことだな。だがそれも、彼女をベッドに連れこむための方便なんじゃないか——もう一度」

頭にかっと血がのぼったが、グレイは餌に食いつかなかった。「臆病になるなよ。わたしの挑戦を受けるんだ。もう一度切りつけてみろ」

降りつづく雨の音だけが聞こえた。しばらくにらみ合っていると、不意にカービーは肩を落とし、両手をだらりとおろした。「わかった。きみの勝ちだ。わたしはロンドンを出る——首飾りを持たずに。荷物をまとめて、父だけに別れを告げる」

グレイはすっと息をのんだ。カービーを最後にもう一度信じたかった。「夜明けまでに出発してもらいたい」

「わかった」カービーは頭《こうべ》を垂れて行こうとした。

そしてグレイがコートを拾おうと屈んだとき——カービーが歯をむきだし、ナイフを振りかざして飛びかかってきた。

だが、そうなることはわかっていた。グレイはカービーの腕をつかむと後ろにねじりあげた。思いきり——ボキッ。

カービーはナイフをぽとりと落とすと、地面に膝をついてわめいた。地獄の底で責めさいなまれている魂のように。

みじめそのものだった。だが、苦しんで当然だ。

「おまえを窃盗の咎で当局に突きだす。それがいやなら、さっき言ったようにすることだ」

グレイはカービーの顔を泥に押しつけると、背中の真ん中をブーツで押さえつけた。「わかったか？」

「……わかった」カービーは子どものように泣き声で応じた。

「よし。だがその前に、いくつか質問に答えてもらう。嘘をつくなよ」

フィオーナが二週間前から恐れていた日が来た。ベッドに戻って上掛けを頭まで引っぱりあげられるならなんだってしただろう。だがなんとか自分を叱咤して着替えをすませ、下階におり、母とリリーのいる朝食室に入った。

ハートリー夫人はハムの塊をフォークで刺し、テーブルの向かいから声をかけた。「どうしてけさはそんなに浮かない顔をしているの？　最近やつれたようだし……。ちゃんと食べなくてはだめよ」

食べ物のことを考えただけで気分が悪くなったが、フィオーナは母の心配をやわらげるためにトーストにバターを塗った。

「わたしにはいつもどおりのお姉さまに見えるけれど――」リリーが横から言った。「でも、少し疲れているような気もするわね。ゆうべはちゃんと眠れたの？」

「ゆうべ――そうね――眠れたと思うわ」ゆうべはなかなか寝つけなかった――リリーに心の準備をしてもらうために、ゴシップ紙に載るかもしれないと言うべきかさんざん迷って。でも、そんなことをしたら、リリーの知りたがりがますます頭をもたげるだけだ。カービーには、彼が要求してきた金額より価値のある首飾りを渡した。でも、彼の指示に厳密にしたがったわけではないし、カービーは致命的なゴシップをちらつかせて人を脅迫するようなひどい男だから、まだ心配でたまらなかった。

リリーは手を伸ばして、いかにも心配そうにフィオーナの肩をさすった。「今夜のディリンガム家の舞踏会は盛大な催しなんですって。きっといい気晴らしになるわよ」

「ええ、きっとそうね」フィオーナはすでに、ひどい頭痛だと仮病を使うつもりでいた――夜じゅうベッドに横になっていなくてはならないくらいの。心の傷がまだ癒えていないときに、グレイと鉢合わせしたくない。

「けさ、郵便はもう届いたのかしら？」リリーが尋ねた。

フィオーナはどきりとした。「どうして？　なにか手紙を待っているの？」

「いいえ、〈ロンドン便り〉を待っているだけよ」リリーは瞳をきらめかせて答えると、朝食室の入口に目をやった。「よかった！　ちょうど持ってきてくれたわ」

いったいどうしたら……。リリーが執事からうれしそうに新聞を受けとるのを見て、フィオーナはくらくらした。「できたら先に読ませて――」

だが、もうリリーはお茶のカップを置いてゴシップ欄を開いていた。

フィオーナは椅子の肘掛けを握りしめ、最悪の事態に備えて妹の顔を見守った。

リリーは記事に目を通して目を見開いた。「まあ」

フィオーナは血の気が引くのを感じた。

「どうしたの？」ハートリー夫人が尋ねた。「気を持たせないで、早く教えてちょうだい」

「レディ・ヘレナのことが書いてあるわ」リリーは言った。「ポッツブリッジ卿と婚約することになったそうよ」

「子爵の？」ハートリー夫人はむせて、ゆで卵を喉に詰まらせそうになった。「だって、ポッツブリッジ卿はレディ・ヘレナの三倍くらいお年を召してらっしゃる方よ。それにたしか、お体の具合もあまりよくなかったはずだわ」

「きっとご病気がよくなったのね」リリーは素っ気なく言った。

フィオーナは大きく息を吐いた。たぶん、なにもかも大丈夫だ。リリーはいつものように〈ロンドン便り〉を読んでいて、わたしたちの世界はまだ崩れ落ちていない。ひとまず椅子の背にもたれて、さしあたり悪夢は終わったと思うことにした。

「大変だわ」リリーがまたつぶやいた。

フィオーナは心臓をつかまれたような気がした。「どうしたの？」

リリーの顔からみるみる血の気が失せていった。「信じられない」

だめ、だめ、だめ。こんなふうに真実を知るべきではないのに。フィオーナは妹が広げていた新聞を取りあげ、床に放った。「ごめんなさい。ゴシップ紙に載らないようにしようと思っていたのに」

「いったい――フィオーナ、どうしたというの？」ハートリー夫人がぎょっとして問いただした。

リリーはフィオーナの顔をまじまじと見た。「お姉さまは知っていたのね？　あの方がこうすることを」フィオーナは呆然としていた――わめけばいいのか、笑えばいいのか、それとも泣けばいいのかわからない。

「わかっていたわ。でも止められると思っていたのよ」

「どうして止めたかったの？」

フィオーナは目をしばたたいた。「だって、わたしは――あなたが――」はっとして新聞を床から拾いあげ、ゴシップ記事に目を走らせた。

なんてこと――紙面のなかほどに、自分の描いたものが載っていた。手と手が絡み合っている絵だ。

その下に、なにか書いてあった。

Ｆへ。わたしの信頼と心と魂はきみのものだ。愛している。どうか結婚してほしい。Ｇより。

「これは――お姉さまのスケッチでしょう」リリーは息を弾ませて言った。「お姉さまが描いたものだとすぐにわかるわ」

フィオーナは言葉をなくしてうなずいた。

ハートリー夫人は興奮して、お茶を飛ばしながらしゃべった。「あなたの描いたものが新聞に？」がっかりしているのか喜んでいるのか、フィオーナにはよくわからなかった。

「レイヴンポート卿が新聞社に依頼したんだわ」フィオーナは言った。

「短いことづけも一緒にね」リリーはフィオーナの肩をつついた。「お母さまに読んであげなさいよ」

フィオーナが短い文章を読みあげると、リリーは夢見るようにため息をついた。「なんてロマンティックなのかしら」

「わからないわ」ハートリー夫人が言った。「前に書いてくださった詩より素晴らしいとは思えないけれど」

そうかもしれない。だがフィオーナにとっては最高の詩だった。「あの方にお会いしなくては……」

「あまり必死だと思われないようにするのよ。不安を悟られないようになさい」ハートリー夫人は言った。「いちばんいいモーニング・ガウンを着て、髪はメリーに――」

執事がふたたび入口に現れて、咳払いした。「お食事中に申し訳ありません。レイヴンポート卿がお見えです。まだ朝食の最中で、お会いするのは食事のあとのほうがよろしいでしょうと申しあげたのですが……」

フィオーナは新聞を丁寧にたたんで胸に押しあてた。「あの方とお話ししなくては……。お願いよ、お母さま。しばらくあの方とふたりきりでお話ししてもかまわないかしら？」

ハートリー夫人はいっとき顔をしかめていたが、やがて表情をやわらげた。「伯爵にやりなおすきっかけを与えたいとあなたが思っているのなら、もう反対はしませんよ」

「あの方も、わたしにやりなおすきっかけを与えてくださっているのよ」フィオーナはナプキンをテーブルに置くと、さっと立ちあがって継母を抱きしめた。「ありがとう、お母さま」

「待って」リリーが言った。「それはつまり、イエスと返事をするということかしら？」

フィオーナはドアに向かいながら片目をつぶった。「ほんとうは、イエスと言っているのは伯爵のほうなの。先に結婚を申しこんだのはわたしだから」

「まあ、なんてこと！」ハートリー夫人はぎょっとして声をあげたが、フィオーナはすでにスカートの裾を持ちあげ、ミス・ヘイウィンクルが見たら卒倒してしまうような走り方で客間に急いでいた。

彼は入口に背を向けて座り、前かがみになって膝の上に両肘を突いていた。黒っぽい髪が襟にかかり、がっしりした肩幅がソファの背の半分を占めている。濃紺の上着が、たくましい体を包んでいた。

いつかこんなふうにしている彼をスケッチしよう。思案げで、でも揺るぎない決意をみなぎらせている、だれよりもハンサムな彼を。「――グレイ」

彼は立ちあがり、大股に近づいてきたが、手を触れる前に立ち止まった。「フィオーナ……会いたかった」

胸が熱くなった。「わたしもよ。会いたかった」

「カービーのことはわかっている」その口ぶりで、彼もつらいのだとわかった。

「どうしてわかったの？」

「脅迫状を読んで、カービーの筆跡かもしれないと思った。そうでないことを祈っていたんだが――本人を尾行してわかった。ハイドパークであの男は、きみの首飾りを持ち帰ろうとした。残念だ」彼は胸ポケットに手を入れ、シルクの袋を取りだし、フィオーナに渡した。

フィオーナは袋の紐をほどいて、首飾りを取りだした。朝の光のなかできらびやかに光る宝石は、母の笑顔のように美しかった。暖炉の上に掛けてある肖像画のなかの母も、同じ首飾りをつけている。「この形見をどんなに大切に思っていたか――どんなに必要としていたか、手放してはじめて気づいたの。取り戻してくれて、ほんとうにありがとう」涙がぽろぽろこぼれた。

グレイは彼女を抱き寄せて頭のてっぺんにキスしてくれたが、フィオーナはふたたびはっとした。「待って。あなたは知らないのよ。カービーは手紙を書いているの――〈ロンドン便り〉宛に、おぞましい内容の手紙を。その内容が公にならないようにするためには、この首飾りを渡すしかなかったの」

「カービーのことで、今後恐れることはなにもない」グレイはきっぱり言った。「まずは座ろう。なにもかも説明する」

ソファに腰をおろすと、グレイはフィオーナの手を取った。そうすることがこの世でいちばん自然なことであるかのように――実際、そうだった。心配ごとがなくなって、フィオーナは数週間ぶりにふっと肩が軽くなった気がした。

「カービーは、リリーやきみの家族を二度と脅かさない」

フィオーナは信じられなくてかぶりを振った。「あの人が〈ロンドン便り〉宛に書いた手紙を見たらわかるわ。容赦ない内容で――妹の評判を台なしにするのを楽しんでいるようなところがあった」

「わかっている。なぜなら、実際に読んだからだ――すぐに燃やしたが」彼はフィオーナの目を見た。「あの男のせいできみがどんなに苦しんだか……ほんとうにつらい思いをしたな。だが、悪夢はもう終わった。もう、あの男を恐れることはひとつもない。懲りずにまたロンドンに戻ってくるようなことがあれば、その日のうちにわたしと決闘することになる。そしてカービーには、そんなことをするような度胸はまったくない」

フィオーナはまだ納得がいかなかった。「あの人は、どうしてリリーの過去について知っていたのかしら？」

グレイは彼女の手にそっとキスした。「リリーの産みの母親のマダム・セレナ・ラベル本人から聞いたんだ。カービーはセレナ・ラベルともう何年も愛人関係にある。セレナはカービーよりかなり年上だが、カービーは愛していると言っていた」グレイは肩をすくめた。「ほんとうにそうだったのかもしれない」

フィオーナは彼と絡めた手に目を落とした。カービーがしたことは論外だけれど、グレイが生涯の友を失ったと思うとやりきれない。「あなたは親友をなくしてしまった」

「いいや、なくしていない。きみが親友だから――そして、それ以上の存在だから。きみはわたしのすべてだ」

「わたしもあなたに謝ることがあるの」フィオーナは言った。「さよならも言わずにフォートレスを離れてしまって、ごめんなさい。脅迫者はカービーだとわかったけれど、あなたに言えなかった。カービーから、あなたのお父さまの自殺を公にすると脅されて、あなたが何もかも失ったらと思うと怖くてたまらなかったの。それで、説明もしないで逃げだすような臆病なまねをしてしまったのよ。いずれわたしのことは忘れるだろうと……」

グレイはしばらく黙りこんでいたが、しまいに苦しそうに口を開いた。「ほんとうにそんなふうに思っていたのか？」

フィオーナはうなずいた。涙がふたたび目をちくちくと刺している。

グレイはフィオーナの前に膝をついて、彼女を見あげた。「フィオーナ、きみのように忘れがたい人ははじめてだ。はじめてワルツを踊ったときから、きみに人生をひっくり返されるのはわかっていた――そして、実際にいちばんいい方向に転がった。きみは信じがたいほど美しくて、情熱的で、才能に恵まれた女性だ」

フィオーナはほほえんだ。「わたしの弓の腕前のことを言っているのね？」

「きみにはほかにもさまざまな才能がある」彼がにやりとしたので、フィオーナはどきりとした。「要するに、わたしははじめからきみにぞっこんだった。そしてそのことを言えなかった――怖かったから」

「なにが怖かったの？」

「きみが同じように思っていなかったら？　無愛想で財産もない伯爵よりもっといい相手を見つけたら？　そんなことを考えずに、あの舞踏会よりずっと前に、自分の気持ちをきみに伝えればよかったんだ。それをいまから言おう。愛している、フィオーナ。もっといろいろなものを差しだせればよかったんだが――わたしのものはすべてきみのものだ。わたしの人生も、心も、魂も。死ぬまで、きみにふさわしい男になるようにつとめよう」

フィオーナは喜びに胸を膨らませて、彼の顔を両手で挟んだ。「わたしも愛してるわ。最初にわたしから結婚を申しこんだときは、切羽詰まってそうしたのだけれど、いまは――いまは、あなたなしの人生なんて考えられない」

「おっと――」彼のいたずらっぽい笑みに心がとろけそうだった。「また出し抜くつもりか？　今度はわたしの番だ」咳払いして、フィオーナの両手を握った。「ミス・フィオーナ・ハートリー、きみは愛することを教えてくれた――ささやかな優しさと、途方もない自己犠牲の精神で。心のこもった涙と、くらくらするような笑顔で。そうしたことを、もっときみと分かち合いたい。わたしを世界でいちばん幸せな男にしてくれないか。結婚すると言ってくれ」

フィオーナの胸に温かいものが花開いて、体じゅうに広がった。「もちろん結婚するわ。自分のために詩を書いたり、花束を贈ったりすることになってもかまわない」ふざけて言った。「だって、あなたはほんとうに大切なところで、わたしに寄り添ってくれる人だから」

その言葉を言い終わるのとほとんど同時に、彼はフィオーナの頭を引き寄せ、優しくじっくりとキスをした。ああ、彼がほしくてたまらない。

彼はソファに戻って、フィオーナの首すじに唇を滑らせた。「もう急ぐ必要もなくなった以上、ちゃんと時間をかけて、しきたりにのっとって結婚したいんじゃないか？」指先で彼女の耳の形をなぞった。「教会で結婚予告を三回読みあげてもらうとか、そのほかにもいくつか手順があるだろう」

「さあ、どうかしら」フィオーナは幸せそうにつぶやいた。「いまはグレトナ・グリーンまで馬車を飛ばしたい気分よ」

35

「駆け落ちなんてしたら、お父さまは心臓発作を起こしてしまうわ」ハートリー夫人はフィオーナをたしなめた。フォートレスの客間で、彼女がグレイの祖母とリリー、そしてフィオーナと一緒にお茶を飲んでいたのは、娘の結婚式の打ち合わせをするためだった。

「婚礼の日に、ほんとうにここで朝食をいただいてかまわないの？」ハートリー夫人は尋ねた。「倒木で壊れたところがまだ修理中だし、お庭も、その――手つかずでしょう」

フィオーナは母に感心せずにはいられなかった。少なくとも、露骨なことは言わないようにしている。

「ええ、そうしたいと思っているわ」ほんの二週間前にグレイから結婚を申しこまれたことがまだ信じられない気分だった。あれから母とリリーを説き伏せて、村の教会で結婚式を挙げることにした。いまは打ち合わせをするために、ふたたびフォートレスに滞在しているところだ。

だがほんとうは、花や披露宴に出す料理について話し合うより、合間にグレイとふたりきりで過ごす時間のほうが楽しみだった。「テラスはもうじき片付けが終わるし、お庭だって少々草木が伸びていてもどうということはないでしょう。そのほうがむしろ、風変わりでおもしろいんじゃないかしら」

「たしかに風変わりね」ハートリー夫人は少々不満げだったが、娘が伯爵夫人になれるなら少々の雑草くらいがまんできるはずだ。

「ミス・ヘイウィンクルは結婚式にご招待したほうがいいかしら？」リリーは机に座って、招待客を紙に書きだしていた。

「それはやめたほうがいいと思うわ」フィオーナはぶるっと身震いした。「楽しいお祝いの席が台なしになりそうだもの」

「当日は、わたしがシャンパンを何杯飲んだか、だれにも数えないでもらいますよ」グレイの祖母が愉快そうに瞳をきらめかせた。「なにしろ、ようやく待ち望んだ日が来たんですからね」

それはフィオーナも同じだった。いまから心が浮き浮きして、舞いあがってしまいそうだ。

「じつは、大奥さまにささやかな贈り物があるんです」長椅子の陰から額縁に入れた風景画を出して、グレイの祖母の膝に置いた。

彼女は柄付き眼鏡を取りあげて、風景画に見入った。ピンクがかった雲が空に浮かび、鮮やかな緑の草地が地平まで伸びている。そして彼方には、フォートレスが堂々とそびえ立っていた。「なんて素晴らしい……」彼女は目に涙を浮かべ、かすれた声で言った。「わたしがむかし見た、大岩からの眺めと少しも変わらないわ。この景色を見たとき、あなたも同じ気持ちだったのね。こんなにうれしいことはありませんよ」

フィオーナは老婦人の華奢な肩をそっと抱きしめた。「気に入っていただけて光栄ですわ」

「美しい絵ね」リリーはため息をついた。「こんなに才能ある姉がいたら、妹が人目に留まるのはなかなかむずかしいわ」

「あなたの運も向いてきますよ」グレイの祖母が言った。「たぶん、あなたが思っているより早いうちに」

「そうなるといいんですけれど」リリーはつづけた。「その絵はどちらに飾りましょうか?」

グレイの祖母はしばらく考えた。「図書室がいいかしらね——過去のいちばんいいときを記憶に残して、それ以外は忘れるしるしとして。フィオーナ、本棚と本をそのまま残すようにグレイを説得してくれてありがとう。修繕が終わったら、きっと居心地のいい素敵なお部屋になるわ」

フィオーナはほほえんだ。「きっとそうなります」

「——なにやら重要なつどいのようだな」グレイが魅惑的な笑みを浮かべて、大股で客間に入ってきた。「国王と国の運命を決める話し合いかな?」

「当たらずとも遠からずですよ」彼の祖母はにっこりほほえみ返した。

グレイはフィオーナの手を取ってキスをすると、全員に言った。「わが婚約者をしばらく連れだしてもかまわないでしょうか?」

「もちろん」フィオーナ以外の三人は、意味ありげに視線を交わして返事をした。

グレイと一緒に部屋を出たフィオーナは、息を弾ませながら言った。「おかげで助かったわ。いま、百合とチューリップのどちらがいいかで議論が白熱していたところだったの」

「きみを助ける役目ならいつでも買ってでよう」彼は廊下で足を止めると、フィオーナを壁に押しつけ、つま先が縮こまるほど激しくキスをした。「けさ、どんなにきみが素晴らしいか伝えたかな?」

「二回聞いたわ」フィオーナは答えた。「それに、まだ日が高いわよ」

「いまのうちに、きみに聞いておきたいことがあるんだ」

「いいことかしら」フィオーナは彼にもたれた。「話してちょうだい」

「昨日、〈ロンドン便り〉から手紙が来た。なんでも、きみのスケッチについて驚くほど反響があったらしい。あの絵が新聞に掲載されて以来、読者からの手紙が山ほど届いているそうだ。あの絵に秘められたロマンスと謎にだれもが夢中で、描かれた手がだれのものなのか知りたがっていると」

「素敵ね。わたしたちのささやかな秘密が、そんなことになるなんて」

「〈ロンドン便り〉が、きみの絵をもっとほしがっていると言ったらどうする?」

フィオーナは目を見開いた。「ほんとうに?」

「週末のコラムで使いたいそうだ。きみのスケッチとロマンティックな言葉が数行、毎週土曜日に掲載される。匿名のままがよければ、そうしてかまわない。しかも、向こうはかなりの報酬を支払うつもりでいる」

わたしの絵が——新聞に。うれしくて、彼の腰に両腕をまわした。「信じられないわ。でも、ロマンティックな言葉はあなたが書くのよ。詩人になる準備はできていて?」

「とんでもない。わたしはもう筆を折っているんだ。ほかのだれかを探さないと――しゃれて気の利いた言葉を思いつけるだれかを」

「それなら、ぴったりの人を知っているわ」


翌日の午後、フィオーナは川を見おろす平たい大岩の上に立っていた――木の枝から垂れている縄をつかんで。

「やっぱりやめようかしら」怖くて、膝ががくがく震えていた。汗で濡れた手に、縄の繊維がちくちくする。

それはとんでもない思いつきだった。首を縦に振ったときはどうかしていたのだ。グレイにゆっくりとキスされ、優しく愛撫されるうちに頭がぼうっとして、自分でなにを言っているのかよくわからなくなっていた。そしていま、絶壁の上に――いいえ、緩やかに傾斜している岩といったほうがいい――シュミーズ一枚で、一か八かで下の川に飛びこもうとしている。

グレイはにやにやしながら数ヤード下の川に歩いて入っていくところだった。むきだしのがっしりした肩が日光を受けて光っている。「しっかりつかまって、飛ぶだけだ」彼は叫び返した。「わたしの真上に来たら、綱を放せばいい。あとはわたしが受けとめる」

「ふたりとも首の骨を折っても知らないわよ」フィオーナは真顔で言った。

「そんなことにはならない。わたしを信じるんだ」

フィオーナは大きく息を吸いこんだ。そう、彼を信じている。それをいまからはっきり証明するのだ。気が変わらないうちに縄をぎゅっと握り、岩から飛びおりた。空中を、風を切って――。

髪をなびかせ、シュミーズを膨ませたまま川の上を滑空した。こんなに爽快な気分ははじめてだった。

次の瞬間、はっと思い出して手を離した。ちょうどグレイが待っているところに――ドボン！

「やったわ！」彼にしがみついて叫んだ。白鳥のようにはいかなかった。つま先を水面に無様に引きずって腹ばいの格好で着水したけれど、思い切りはよかった――そしていまも生きている。

「よくやった」グレイにほめられて、体がぽっと温かくなった。

肩で息をつきながら、彼の腰に両脚を巻きつけ、額と額をつけた。「わたしのちょっとした出し物を楽しんでもらえたかしら。というのも、あんなことは一度きりで充分だからよ。もう二度としないわ――今後一切」

「今後一切？」グレイは首をかしげた。「クモの群れに囲まれて、あの縄しか逃げる手だてがなくても？」

フィオーナはぶるっと身震いした。「クモに襲われたら、飛びおりるより先に気絶するわ」

彼はにやりとした。「わたしがきみを脅迫したら？」

フィオーナは目を見開いた。「どうやって脅迫するの？」

「手紙さ」彼は得意げに言った。「きみはなかなか大胆な——場合によってはとんでもないと言われそうな手紙で、結婚を申しこんだじゃないか」

「グレイ！」フィオーナは彼の顔に水を掛けた。

「あの手紙を〈ロンドン便り〉に送りつけることもできる」彼はなおも言った。

「やめて！」

「ミス・ヘイウィンクルはさぞかしがっかりするだろうな」彼はやれやれというようにかぶりを振った。

フィオーナは肩をすくめた。「たしかに少し恥ずかしい内容だけれど、あの手紙を書いたことは後悔していないわ」

「よかった。なぜなら、わたしもあの手紙を大切にしているからだ。そしてきみのことも」彼はフィオーナの体をくるりとまわした。まるで水に浮かびながらワルツを踊っているように。幸い、頭から突っこむはずの楽団員席はまわりにないし、いまは彼がしっかり支えてくれている。

「ここにいるあいだに、ちょっとスケッチしたいと思っていたの」フィオーナが言った。

「なんでも描けばいい」

「シャツを脱いだ格好のままでポーズを取ることになっても？」

彼はよく響く声でくっくっと笑った。「その気にさせてくれるんだろう？　セイレーン」

フィオーナはそのつもりだった。ふたりはキスをし、笑いながら川岸にバシャバシャと移動した。このスケッチは、これまで描いたどのスケッチよりも素晴らしい出来映えになる。写しをミス・ヘイウィンクルに送ってもいい。

きっと大いに参考になることがわかってもらえるはずだ。

あとがき

フィオーナとグレイの物語を読んでくださったことにお礼を申しあげます。楽しんでいただけたでしょうか？　わたし自身、書くことが大好きで、とくにフィオーナの日記の抜粋は楽しんで書けました。自分が日記を書いていたころ、あんなふうに個人的な思いを綴りながら、どんなにどきどきしていたか――そしてひやひやしていたか！

わたしの最初の日記帳は鍵付きのピンクと白の手帳でした。秘密の恋や中学校での日常、そしてはじめてのキスについて綴った甘く気恥ずかしい言葉の数々……。そしてお決まりの展開ですが、隠してあった日記帳を兄たちが見つけて鍵をこじ開けたのです。兄たちは中身を書き写して、感謝祭の夕食の席でいくつか読みあげました。そのときの恥ずかしさといったら……。まったく、日記帳ほど脅迫の材料にぴったりなものはないでしょう。

ロンドンで大学に通っていたときは別の日記帳を使っていました。カメラ付きの携帯などない時代だったので（笑）、訪れた場所――古い城や、荘厳な大聖堂、緑豊かな庭園などをスケッチしたのです。バースで『ロッキー・ホラー・ショー』の舞台を見たことや、大学のパブで酔っ払ったことも綴りました。ページをめくっていると、二十歳そこそこだった自分の目に映っていたものがよみがえります。

これらの日記がヒントになって、フィオーナの物語が生まれました。日記をつけていらっしゃる方は、それがときとして大きな力を持つことをご存じでしょう。人は日記に、親友にさえ明かさない秘密を綴ります。書くことで、感動的な人生の節目の数々を——魂を打ちのめしたり、心を浮き立たせたりするできごとを追体験することもあるでしょう。なによりそうすることで世界を理解し、その瞬間にしかない自分なりの真実を語ることができます。

だからこそ、本シリーズ〈デビュタントの日記〉の次作、*The Duke Is But A Dream* を読んでいただくのが楽しみでなりません。その作品では、リリーが日記というものをさらに進化させて、ロンドンじゅうの人々と共有することになります。もちろん、ある公爵はそのことに納得していませんし、それが冒険のきっかけにもなるのですが……。

これからも、読書を楽しんでください！

アナ・ベネット

見知らぬ伯爵への求婚

2021年8月17日　初版第一刷発行

著 ……………………………… アナ・ベネット
訳 ……………………………… 細田利江子
カバーデザイン ………………… 小関加奈子
編集協力 ……………………… アトリエ・ロマンス

発行人 ………………………………… 後藤明信
発行所 ……………………… 株式会社竹書房
〒102-0075 東京都千代田区三番町8-1
三番町東急ビル6F
email：info@takeshobo.co.jp
http://www.takeshobo.co.jp
印刷・製本 ……………… 凸版印刷株式会社
